www.tredition.de

AF196401

Connie Schneider

Der Auferstehungsmann

Novelle

© 2017 Connie Schneider

Verlag: tredition GmbH, Hamburg

ISBN
Paperback: 978-3-7439-2235-8
e-Book: 978-3-7439-2236-5

Printed in Germany

Für Elsa

Eine V o r b o t i n

Ich war 19, da schenkte mir eine Mitschülerin ein Buch. Als Dankeschön für meine Nachhilfe in Latein. Na ja, ob Nachhilfe dafür das richtige Wort war? Vielleicht doch eher Beihilfe. Das Buch jedenfalls muss teuer gewesen sein. Kein Paperback. 762 Seiten, klein gedruckt. Sehr klein gedruckt.

Irgendwann war sie an unsere Schule gekommen. Woher sie kam? Keine Ahnung. Und was aus ihr geworden ist, weiß ich auch nicht. Nach der gemeinsamen Abiturfeier hatte ich sie ein letztes Mal gesehen. Sie lief nach unten, Richtung Ausgang. Als sie mich traf, blieb sie kurz stehen, nickte mit dem Kopf, fast unmerklich. Danach begegnete ich ihr nie wieder und niemand, den ich kannte, hatte auch nur die geringste Ahnung, wohin sie von dort aus gegangen war.

Sie wolle sich auf ihre mündliche Lateinprüfung vorbereiten. „Optimal", sagte sie. Deshalb sei sie zu mir gekommen, denn ich sei der Beste. Sie erwarte von mir, dass ich sie bei den Vorkehrungen, die sie dazu getroffen habe, fachlich begleite. Und das hieße: Vokabeln abfragen auf jene Weise, die sicherstelle, dass sie auch wirklich jedes Wort kenne. Komplizierte Sätze ausfindig machen in diversen Lehrbüchern, die sie sich schon aus verschiedenen Bibliotheken besorgt hatte. Deren Übersetzung akribisch verfolgen und notfalls sollte ich bei Herrn Schulze um Rat ersuchen.

Ich muss zugeben, ich fand ihr Anliegen wie auch sie selbst vollkommen abgedreht. Wir alle fanden sie außerordentlich seltsam. Wie sie sich kleidete, wie sie ihre Haare drapierte, mit welchem

Ernst und ungeheurem Eifer sie den Unterricht verfolgte. Das provozierte, verlangte nach Genugtuung. Aber jeder Versuch, sie zum Gespött der Klasse zu machen, schlug fehl. Jegliche Anmache, ob böswillig oder ironisch, schmetterte sie mit einer beiläufigen Bemerkung, manchmal sogar allein mit einer nichtigen Bewegung ab, dass deren Verursacher kein zweites Mal versuchten, ihr ans Bein zu pissen. Sie kriegten alle eins aufs Maul.

Wenn ich es mir recht überlege, war ich nicht nur von dem leicht zu verdienenden Geld beeindruckt. Als sie mich fragte, ob ich ihr in Latein helfen wolle, schien es mir gar nicht, als hätte ich die Wahl und könnte auch ablehnen. Vielmehr fügte ich mich. *Sie war ziemlich groß.* Schließlich hatte ich doch nichts weiter zu tun, als Grammatik und Vokabeln zu prüfen und ihr zu jeder Stunde drei schwierige Sätze auszusuchen und deren Übersetzung zu überprüfen. Sie machte so gut wie keine Fehler. Und Herr Schulze, der meine Arbeit im Vorhinein korrigierte, *und er korrigierte sie immer*, war tief beeindruckt von unserer Beflissenheit.

Das Ganze dauerte ungefähr vier Monate. Dann war es vorbei. Sie kam einfach zur verabredeten Zeit, legte das Buch, unverpackt und ohne Widmung, *ich war tatsächlich enttäuscht darüber, worüber ich wiederum erstaunt war*, vor mich auf den Tisch.

„Ich dachte, für die letzte Stunde, zahle ich damit, Kaspar Dorfmann."

Sie hielt mich fest im Blick mit ihren meeresgrünen Augen, als sie sich verneigte, nur ein wenig, und schließlich ging, als verließ sie eine Bühne.

Sie hieß Margret. Margret! Und das Buch, das sie mir schenkte, enthielt die „Gesammelten Dramen" Jean-Paul Sartres. Nicht, dass ich besonders erpicht auf diese Literatur gewesen wäre. Überhaupt las ich zumeist nur das, was ich für den Unterricht lesen musste. Allerdings hatte ich festgestellt, dass mir Dramen ganz gut gefielen. Es ging immer gleich zur Sache. Und selten war einer allein. Noch bevor die Sommerferien zu Ende waren, hatte ich alle Stücke gelesen.

„Du bist jung, Kaspar. Wer jung ist und noch keine Zeit hatte, Böses zu tun, hat leicht richten. Aber gedulde dich. Eines Tages wirst du ein nicht wieder gutzumachendes Verbrechen hinter dir herschleppen. Bei jedem Schritt wirst du glauben, von ihm wegzukommen, und doch wird es immer gleich schwer an dir hängen. Du wirst dich umwenden, und du wirst es hinter dir sehen, außer Greifweite, dunkel und klar wie ein schwarzer Kristall. Und du wirst es nicht einmal begreifen und sagen: ,Nicht ich habe es getan.' Aber es wird da sein, hundertmal verleugnet, unabänderlich da, um dich rückwärts zu ziehen. Und so wirst du endlich wissen, dass du dein Leben auf einen einzigen Wurf gesetzt hast, ein für alle Mal, und dass dir nichts anderes übrigbleibt, als dein Verbrechen bis zu deinem Tode hinter dir herzuschleppen (...)"

Diese Zeilen beeindruckten mich ungemein und es machte mir Spaß, Elektras Namen gegen meinen auszutauschen. Gewichtige Worte richteten sich an mich und verwandelten mein Leben in ein anderes. Sie machten mich zur Figur einer Handlung, die ich mit vorantrieb, wenn auch bloß fiktiv.

Weit entfernt wähnte ich mich damals von einer Welt, in der mir je etwas zustoßen könnte, das mich auch nur im Geringsten zu einem Schuldigen werden ließ. Es war mir eigentlich auch nichts zugestoßen. Nichts, was irgendwie bemerkenswert gewesen wäre. Was im Vergleich zu den Leben der anderen Menschen um mich herum, mich zu einem Gezeichneten gemacht hätte. Und doch: Es kam der Tag, das ist noch gar nicht so lange her, da beschlich mich das Gefühl, eine Schuld auf mich geladen zu haben. Und dieses Gefühl wurde Tag für Tag stärker. Es veranlasste mich Nachforschungen anzustellen, um mich meiner eigenen Vorwürfe zu entledigen. Aber das Gegenteil geschah.

1

Wendepunkt

„Das 20. Jahrhundert hat uns mit dem Glauben versehen, dass wir unsere Gegenwart verändern können, wenn wir uns mit unserer Vergangenheit auseinandersetzen. (Zentrale Aussage! Pause machen und wirken lassen!) Wie viele von uns sind aber auf dem Weg in diese Abgründe schon verloren gegangen? Verirren sich ausweglos in ihren frühen Jahren. Winden sich in Vorstellungen einer schmerzhaften Zeit, die nur schemenhaft chronologisch und vor allem von Gefühlen zerrissen ist. (Von wem rede ich da überhaupt? Auf alle Fälle: Pause machen und wirken lassen!) Wie erkennen, wie entscheiden, welches die tatsächlich auslösenden Konstituenten sind? Wie die einzelnen Begebenheiten gewichten? Wie sie miteinander verbinden und in die richtige Reihenfolge bringen? Wie überhaupt entscheiden, was wichtig war, wenn das gesuchte Ereignis kein konkreter Vorfall ist, sondern ein diffuses Etwas, das nicht benennbar scheint? Wir verlieren uns in der endlosen Suche nach persönlichen Kontinuitäten in einer Geschichte, die unsere Vorfahren erlebt und an uns weitergegeben haben. Und am Ende wollen wir gar damit brechen. Als hätten wir eine Chance, diesen unzähligen Leben und Toden auszuweichen. Als könnten wir uns losreißen und ein Dasein führen, welches sich allein im Hier und Jetzt ergeht und immer wieder in einem neuen Morgen.

Meine Damen und Herren, ich möchte Ihnen nicht zu nahe treten. (Nein, das ist wirklich nicht meine Absicht!) Ich bekenne gern, dass ich ein begeisterter Leser Sigmund Freuds bin. Und beteuere, dass ich keineswegs denke, dass Psychotherapien per se nutzlos seien. (Lügner!) Oh nein! Aber erlauben Sie mir doch bitte, meine Damen und Herren, meinen Unmut zu formulieren, der sich in den vergangenen Jahren in mir angesammelt hat. Er hat nicht nur etwas mit diesem individuellen Abtauchen in eine vermeintlich private Sphäre zu tun, die gerade unsereins so außerordentlich kultiviert. Dieser Unmut hat auch etwas damit zu tun, dass sich unser wissenschaftliches Arbeiten, liebe Kolleginnen und Kollegen, und darum geht es mir vornehmlich, ähnlich beschreiben lässt. Hier wie dort ist das Forschungsinteresse individuell gesetzt, eine gesellschaftliche Relevanz fehlt häufig selbst da, wo sie anzunehmen wäre. Die methodische Richtlinie bleibt in der Regel diffus oder ist gar nicht vorhanden. Entsprechend verlieren wir uns in subjektiven Rekonstruktionen von vermeintlicher Wirklichkeit. Als Ergebnis präsentiert sich das, was schon vor jeglichen Nachforschungen nahe lag. Notwendige Veränderungen stellen sich auf diese Weise nicht ein, sondern die Wiederholung des bislang Bewährten bleibt die Regel. Allenfalls die Hülle wechselt ihre Farbe. Und hier wie dort bezahlt die Gemeinschaft für eine mehr, mal weniger dilettantische Suche nach Wahrheit oder zumindest Wirklichkeit (…, die wenigstens die Suchenden ein Arbeitsleben lang beschäftigt.) Von der Lösung konkreter Probleme - ob bei sich selbst oder jenen unserer Gesellschaft – bleiben wir natürlich verschont. Wer will denn Neuerungen herbeiführen, wo wir es uns in der gegenwärtigen Situation doch so übersichtlich eingerichtet haben?"

Philine lachte nachsichtig.

„Sie werden etwas verstört sein, deine Zuhörer, meinst du nicht?"

Ich sah sie an. „Sollen sie doch", dachte ich dabei. Ohne auf eine Antwort zu warten, stand sie auf, zog den Bademantel enger und lief gemächlich in den Flur, suchte etwas in ihrer Handtasche und verschwand im Badezimmer. Es würde mindestens eine Stunde dauern, bis sie wieder rauskommen würde. Resignation war derweil in meiner Brust hervorgekrochen, wo sie ganz behutsam jeden meiner Atemzüge unendlich tief ins Zentrum meines Körpers hineinpresste.

Zurück am Schreibtisch formulierte ich die fünfte Version des Eröffnungsvortrages für eine Wochenendtagung unseres Instituts. Mehr als eine Seite schaffte ich auch dieses Mal nicht. Wieder überlegte ich mir eine Strategie, mit der ich mich zur Wehr setzen wollte. Eigentlich lächerlich. Ich, der wie kein anderer an diesem Institut ganz nach eigenen Vorstellungen lehren und forschen konnte, wollte jetzt (*nein eigentlich schon immer, von Anfang an*) den anderen ihre Unzulänglichkeiten an den Kopf werfen. Es brodelte in mir. Aber es schwappte nicht über. Wie auch, ich war wohl zu dankbar. Dankbar dafür, dass mir nie jemand reinredete. Dankbar dafür, dass mich alle für einen Genius hielten (*eine leider übertriebene Einschätzung*), ein Gewinn für das Institut (*das war ich allerdings tatsächlich*). Dankbar für ihre tagtäglich erbrachte, außerordentliche Freundlichkeit und Hochachtung. „*Aufbruch in ein neues Altern. Die Entwicklung neuer Identitäten und Lebensstile alternder Generationen im sozialwissenschaftlichen Diskurs.*"

Sie waren alle Papageien.

„Meine sehr verehrten Kolleginnen und Kollegen, wir alle sind es aufgrund unserer vielfältigen Teilnahmen an Tagungen und Kongressen gewohnt, von unseren Gastgebern zunächst einmal herzlich in Empfang genommen zu werden. Eine Eigenschaft, welche man Höflichkeit nennt, gebietet uns ein solches Verhalten anzunehmen, respektive es zu erwidern. Und leugnen wir es nicht, dieses Verhalten verhilft uns allen zu einem freundlichen Start in die anstehenden Diskussionen und ist die Garantie für ein geruhsames Miteinander. Es ist sozusagen die Basis für unser manifestes Handeln. Und das Netz, in welchem wir alle landen, wenn wir uns allzu sehr aus dem Fenster hängen. Angenehm. Äußerst angenehm. Sie zweifeln daran? Aber wieso? Was sollte an dieser Plattform Höflichkeit denn zweifelhaft sein? Sie ahnen es? Aber wissen wollen Sie es eigentlich nicht! Wir sollen jetzt endlich anfangen? Die Zeit wird knapp. Genau das ist es ja, weshalb ich mit Ihnen darüber reden möchte: Die Zeit wird knapp und zwar so knapp, dass wir es uns gar nicht mehr leisten können, nicht darüber zu reden, wie uns diese spezifische Höflichkeit daran hindert, unsere Arbeit gut zu machen. Anstatt uns weiterhin gegenseitig unsere Unzulänglichkeiten zuzugestehen, sollten wir damit anfangen, uns auf Defizite aufmerksam zu machen.

Was ist das für eine Wissenschaft, die kaum Ahnung von Methode hat? Was ist das für eine Wissenschaft, die sich vornehmlich über das Auftürmen von Referenzen definiert und sich im ewigen Wiederkäuen bedeutender Theorien ergeht, die leider andere vor uns schon trefflich beschrieben haben? Was ist das für eine Wissenschaft, deren maßgebliche Vertreter und Vertreterinnen Drohnen und ihre Zuarbeiter respektive Zuarbeiterinnen allenfalls fleißige Bienen sind? (Wie komme ich jetzt auf das eigentliche Thema zu sprechen?) Vergeben Sie mir meine deutlichen Worte. Auch ich gehöre ja dieser wissenschaftlichen Gemeinschaft an. Auch ich beteilige mich an diesen Ritualen, profitiere davon. Aber die Beschäftigung mit unserem neuen Studienprojekt hat mich zu der Einsicht gebracht, dass hier mehr Engagement gefordert ist. Mehr Engagement wäre zweifelsohne schon immer förderlich gewesen.

Bereits 1870 sah Wilhelm Scherer die Geisteswissenschaften an den ,Siegeswagen gefesselt', auf dem die ,Naturwissenschaften als Triumphator einer ziehen.' Da hätte man mittlerweile längst was unternehmen müssen! Mehr Engagement? Ja! Denn das, was wir erforschen, geschieht auch mit uns. Mit Ihnen, mit mir. Und es hat schon angefangen.

Der Prozess des Alterns beginnt nämlich mit der Geburt und endet allein mit dem Tod. Allerdings schenken wir lange Zeit diesem Geschehen keine Beachtung. Wir sehnen uns geradezu danach, älter zu werden, solange wir Kinder sind. Und wenn wir dann einen Begriff davon haben, was es heißt, älter zu sein, setzen wir uns mit aller Kraft dafür ein, unser vermeintliches Jungsein zu kultivieren und glauben mehr oder weniger fest daran, dass das noch lange so weitergehen wird. Wir übersehen dabei gerne, dass sich mit jedem Jahr, das wir überleben, alles an uns und um uns herum ein bisschen verändert. Und schließlich kommt jener Tag, an dem wir, oft fassungslos, feststellen, was die Zeit aus uns hat werden lassen. Erst dann fangen wir langsam an zu begreifen, dass auch uns bevorsteht, was wir an anderen, aus der Distanz, schon längst und nicht selten teilnahmslos beobachtet haben:

‚Die Haare werden weiß und schütter, die Haut faltig, Zähne fallen aus (Früher! Heute gibt es zumindest für einige Implantate). Die Oberlippe wird schmaler, das Ohrläppchen wächst. Das Skelett verändert sich dergestalt, dass sich unser Oberkörper um 10-15 cm verkürzt. Die Schultern werden schmaler, das Becken verbreitert sich. Das Herz arbeitet schlechter. Man muss es schonen. Der Blutkreislauf wird in Mitleidenschaft gezogen und auf jeden Fall wird die Durchblutung des Gehirns schwächer. Die Adern verlieren ihre Elastizität, die Herzleistung nimmt ab, die Zirkulationsgeschwindigkeit verringert sich, der Blutdruck steigt.'

Und das ist nur eine Kurzfassung von dem, was uns bevorsteht. Einen ausführlichen Bericht können sie übrigens bei Simone de Beauvoir nachlesen, ganz vorne, in ihrer Einleitung.

Die Wahrscheinlichkeit, dass so auch unsere Zukunft aussehen wird, ist ziemlich groß, denn nur 9% der deutschen Bevölkerung stirbt vor ihrem 50. Geburtstag. Also hoffen Sie nicht allzu sehr auf einen frühen Tod. Zwei Drittel von uns werden erst jenseits ihres 70. Lebensjahres dahinscheiden. Und die Wahrscheinlichkeit 80, 90 Jahre alt zu werden, steigt weiter an. Allerdings verdoppelt sich *auch die Selbstmordrate im Alter von 65 bis 75 Jahren, jedoch nur von 0,2 auf 0,4 Prozent."*

Es hatte keinen Sinn. Ich wusste noch immer nicht, um was es mir eigentlich ging. Von welcher Seite aus wollte ich mein Publikum überhaupt einkreisen? Bis es wehrlos genug war, um dann überraschend: was zu tun? Loszuschlagen? Womit denn? Auch der nächste Entwurf würde meine Gedanken aufs Neue von hier nach da verlaufen lassen und schließlich in einem Nirgendwo versickern.

„Warum schreibst du keinen gewöhnlichen Eröffnungsvortrag? Ein Referat quasi zum Titel eures Tagungsthemas?"
Typisch Philine. Für sie bestand die Lösung eines Problems darin, dass man sich an die jeweiligen Spielregeln hielt. Sie war eine Meisterin im Beugen von Substantiven, Adjektiven, Pronomen, Numeralien und natürlich von Verben. Sie wusste immer von welcher Stelle aus das Spiel begann und in welche Richtungen man ausschwärmen durfte. Seltene Ausnahmen behandelte sie dabei wie geläufige Entwürfe. Entscheidend war allein, dass sich alles zu einem großen Ganzen fügte. Immerzu war Philine freundlich. Versuchte ihren schlechten Schülern gerecht zu werden (*dabei waren diese zumeist schlicht und ergreifend dumm*) und ihre wenig arbeitsamen Kollegen dennoch zu respektieren (*auch hier handelte es sich nicht selten um Dummheit, häufiger, das bleibt zu hoffen, wenn auch nicht zu heilen, bloß um Faulheit*). Gemeinen Anfeindungen ihrer Mitmenschen antwortete sie mit Gelassenheit. Sie

überhörte, ignorierte, belächelte Standpunkte, die sich gegen sie richteten. Akribisch hielt sie sich an Regeln, welche andere wieder und wieder brachen. Sie notierte Fehler, obwohl sie wusste, dass sie diese niemals korrigieren konnte. Nein, sie war keine Opportunistin. Nicht weil sie sich nicht traute aufzutrumpfen, fügte sie sich. Und Vorteile versprach sie sich von ihrer Zurückhaltung auch nicht. Philine passte sich an, weil sie alle im gleichen Spiel gefangen sah. Ein jeder mit einem andern Part betraut. Und aussteigen konnte man nur auf eine einzige Weise.

Ich sah Philine nach, wie sie das Zimmer verließ. 51 war sie geworden, vergangenen März. In den zehn Jahren, die wir uns kannten, hatte sie sich kaum verändert. Ihre roten Haare trug sie jetzt selten offen. Aber immer noch waren sie viel zu lang.

„Wenn Menschen niemals so unterschiedlich sind, körperlich betrachtet wie auch in psychischer und intellektueller Hinsicht, wie in den vorangeschrittenen Lebensjahren (ach was, schon mit Mitte dreißig sind die Unterschiede deutlich zu erkennen), dann können wir auch nicht von einer fest definierten Lebensphase ‚Alter' ab dem Jahre X sprechen. Dann müssen wir anfangen, flexibler zu denken und toleranter anderen und uns selbst gegenüber sein. Schließlich ist die Wahrscheinlichkeit, alt zu werden, für uns alle erschreckend hoch. Und wer will schon über die Hälfte seines ganzen Lebens als ‚alt' diskriminiert werden. Sie vielleicht?" (Jetzt nur nicht auf jemand Bestimmtes gucken).

Also ich jedenfalls nicht. Selbstverständlich versuchte ich mich so wenig wie möglich beeinflussen zu lassen, demonstrierte öffentlich Gelassenheit und ein wenig Demut vor dem Lauf der Zeit. Niemand sollte allerdings glauben, dass er auf diese Weise seinem eigenen Verfall entginge. In den letzten Monaten wich ich nicht selten vor meinem eigenen Spiegelbild zurück. Stellte fest, dass sich meine Trägheit sehr bald negativ auf Aussehen und körperliches Wohlbefinden auswirken würde. Es war zweifelsohne der Zeitpunkt gekommen, da der Faktor Abstinenz, dem ich bislang höchste Priorität einräumte, meine physische und psychische Balance nicht mehr gewährleisten konnte. In der Tat ein Horrorszenario für einen durchweg passiven Menschen. Es musste etwas getan werden. Aber was? Und welchen Sinn hatte das überhaupt, wenn man sowieso nichts, weder das Altern noch das Sterben und schon gar nicht den Tod, verhindern konnte? Mein Vater, beispielsweise, ist erst einmal sitzen geblieben. Jahrelang saß er einfach an seinem Schreibtisch - zuletzt nicht mehr in seinem Büro, sondern nur noch an seinem Schreibtisch zu Hause und las weiterhin Buch um Buch, bis er schließlich nicht mehr sitzen konnte. Jedenfalls nicht mehr so lange, um ein Buch dabei zu lesen. Das Liegen hat ihm indessen auch nicht viel gebracht. Denn das Wasser in seinem Körper schwappte hoch, hinderte ihn am Atmen. Und Atmen konnte er ohnehin kaum. Alles vollgequalmt in beinahe 80 Jahren. Wenn er allerdings stand oder vielmehr über seiner stabilen Gehhilfe hing, staute sich wiederum alles in Füßen und Beinen.

„Liebe Kolleginnen und Kollegen, monatelang habe ich recherchiert, habe darüber nachgedacht, was es heißen könnte: ‚Aufbruch in ein neues Altern?' Und darüber, wie neue Identitäten und Lebensstile in den alternden Generationen zu gestalten wären? Zunächst einmal (d.h. darüber war ich bis dato nicht hinausgekommen) galt es zu klären, von wo wir überhaupt aufbrechen? Und wo es von dort aus hingehen sollte? (Ich, beispielsweise, war gar nicht bereit für diese Expedition. Bis man die Stiche der Moskitos nicht mehr spürt, muss man schon ziemlich lange leiden. Noch dazu, wo wir nicht einmal auf dem Weg zum Orinoko waren.) Dabei drängte sich immer wieder dieselbe Frage dazwischen: Weshalb akzeptieren wir nicht, dass wir alt werden? Wo wir doch wissen, dass sich daran nichts ändern lässt. Sind die Gründe dafür nicht immer dieselben? Dass wir es einfach nicht ertragen wollen, alt zu sein, weil es uns zutiefst kränkt, wie anders wir dann aussehen? So, eben wie es Jean Améry in seinem Buch Über das Altern bereits 1968 beschrieb:

‚ ... diese Selbstentfremdung, diese Unstimmigkeit von dem durch die Jahre mitgebrachten jungen ICH und dem (alternden) ICH‘, dem wir im Spiegel nun mit Entsetzen entgegensehen? Weil es sich partout nicht mehr verbergen lässt, dass wir die vorletzte Station vor unserem ewigen Abgang in ein Jenseits bereits erreicht haben. Weil es beim besten Willen nicht mehr so schnell die Treppen rauf geht und in zwei, drei Schritten wieder runter. Und wir Fettpölsterchen ansetzen, ohne mehr zu essen (Sicherlich eine seltene Variante von Gewichtszunahme im Alter). Weil wir von Jüngeren ignoriert werden, obwohl wir doch gestern noch dazu gehört haben. Weil wir nicht zu jenen gerechnet werden wollen, die nichts anderes mehr im Sinn haben als ihr Geld auszugeben für Treppenlifte, Essen auf Rädern und möglicherweise Windeln. Weil wir einfach größte Angst davor haben, zu Amérys Geschöpf ohne Potentialität zu werden? Ich frage Sie also: Zu dieser elementaren Erfahrung, die sich einem jeden von uns offenbart, was soll man dazu Wichtiges sagen, was nicht schon längst ausgesprochen worden ist? Was ist hierzu noch vorzubringen, worüber Sie zwei Tage lang nachdenken und debattieren könnten? Ernsthaft natürlich und nicht so, als hätte all das nichts mit ihnen selbst zu tun, sondern lediglich mit 1000 Leuten, die auf einer kleinen Insel weit entfernt im Indischen Ozean leben."

Das Telefon klingelte.

„Hallo Kaspar? Ich bin's, Marietta!"

Von allen Menschen, die ich kannte, würde sie immer der letzte Mensch bleiben, mit dem ich reden wollte.

„Ich muss dich unbedingt noch einmal daran erinnern, dass du meine Gedanken in deiner Begrüßungsrede auf keinen Fall außer Acht lässt, ja? Kaspar? Bist du noch da? Hallo?"

Ich räusperte mich.

„Ich bin so unglaublich wütend!"

Einen klitzekleinen Moment verstummte sie.

„Vielleicht kannst du mir sagen, wie es möglich ist, dass man sich freiwillig in den Mittelpunkt täglichen Geschreis, Gezänke und ständiger Verantwortung für andere katapultiert? Wie man sich aus einem mit sich selbst zufriedenen Menschen zum Kontrolleur für unmündige Geister entwickelt, die Tag und Nacht über die Befindlichkeit aller mit ihnen Lebenden entscheiden? Fast alle Eltern, die ich kenne, mutieren nach und nach zu Monstern ...“

„Kaspar?“

„Ja?“

„Tut mir leid.“

Marietta Weiss verfügte über die ungeheure Gabe, ihre Mitmenschen in vielerlei Hinsicht in die Erledigung ihrer eigenen Aufgaben einzubinden. Sie hatte keine Probleme, sich an die erste Stelle für eine Tagungsreise oder eine neue Projektleitung zu katapultieren, indem sie mit Vehemenz darauf verwies, dass sie diesen Aufgaben besser gewachsen wäre als Kollege John oder Kollegin Merten. Ihre Qualifikation als Wissenschaftlerin, zementiert durch die Faktoren Geschlecht und Mutterschaft, war aus ihrer Sicht unanfechtbar. Und sie auch nur ein ganz kleines bisschen in Frage zu stellen, das schaffte auch keiner. Denn bevor man den Mund aufmachen konnte, hatte Marietta ihre weiblichen wie männlichen Widersacher bereits in Grund und Boden argumentiert. War man nicht durch ihr pausenloses Gerede paralysiert, stellten sich die eigenen Argumente, weil eben kinderlos und männlich, immerzu als nicht ausreichend heraus, so dass man bald freiwillig darauf verzichtete, sie vorzubringen, wie sehr Marietta einen am Ende ihres Wortgefechts auch um deren Offenbarung bitten mochte.

„Gibt's noch was? Wenn nicht..."

„Du hast keine Vorstellung, wie wütend ich bin... Ja, ich sollte mich nicht so aufregen. Bestimmt hast du Recht. Doch nur, weil du alles aus tausend Meter Entfernung betrachtest".

„Hm".

„Arthur hat Dienst. Wahrscheinlich trägt er sich freiwillig fürs Wochenende ein. Nicht, dass ich mich allein gelassen fühle. Es ist ja auch für alle, die sich nur um sich selbst kümmern müssen, wirklich schwer vorstellbar, auf welche Ideen diese Kids kommen können in den paar Minuten, die man braucht, um sich in Windeseile zu duschen. Aber vergessen wir's. Wir sehen uns morgen."

Noch bevor ich an irgendwelche Abschiedsworte auch nur denken konnte, war die Verbindung abgebrochen.

Den Vortrag konnte ich jetzt vergessen. Was auch immer ich in diesem Leben zu tun hatte, war in jenem Moment ohne Bedeutung. Gespräche dieser Art beeinflussten meine eingeübten Rituale für gewöhnlich nicht. Aber in diesem Augenblick verschärften sie mein tagtäglich zu erstickendes Unwohlsein aufs Äußerste. Wieder klingelte das Telefon.

Dieses Mal würde sie auf den Anrufbeantworter sprechen müssen, denn Philine war bereits unterwegs zu ihrem sonntäglichen Treffen mit einer Freundin. Frühstück mit Kulturprogramm. Sie konnte also nicht von einem der anderen Apparate das Gespräch entgegennehmen.

Glücklicherweise verschonte mich Philine mit ihren Wochenend-Ritualen. Sie tat zumeist so als mache es ihr wenig aus, dass unsere Beziehung auf unser Zusammenleben und höchstens zwei Ereignisse im Jahr reduziert war, bei denen wir uns als Paar präsentierten. In schlechten Zeiten interpretierte sie dies als Fortbestand ihres ganz persönlichen Schicksals. Uneheliches Kind, das von seinen Großeltern und der schleunigst verheirateten Mutter von einem schwäbischen Bauernhof weg in die Obhut eines katholischen Internates übergeben worden war. Dort, wie auch hier, beschränkten sich Beziehungen auf das Notwendigste. Geblieben war das Gefühl, nicht vorzeigbar zu sein. Was nicht stimmte, soweit es mich betraf. Allerdings hatte ich mich nie bemüht, sie über meine Motive aufzuklären. Darüber, warum ich Zeit meines Lebens alleine unterwegs sein wollte. Darüber also, dass man sich ausschließlich um mein körperliches und geistiges Wohlergehen gesorgt hatte. Dass gemeinsame Unternehmungen nie vorkamen. Niemandem, der meine Eltern und mich sah, war bekannt, dass wir zusammen gehörten. Ja selbst unsere Wohnung war weitläufig genug, dass man sich auf keinen Fall begegnen musste – auch dann nicht, wenn jemand zu Besuch gekommen wäre, was allerdings nie geschah.

Der Anrufbeantworter schaltete sich an. Philine hatte ihn besprochen.
„Guten Tag, Sie können für Kaspar Dorfmann oder für Philine Lauter eine Nachricht hinterlassen. Vielen Dank!"

Auf dem Aufnahmegerät klang ihre Stimme heller, beinahe kindlich. Menschen mit einer schmerzhaften Vergangenheit bewahrten ihre Kindheit auf eigenartige Weise. Wohl weil sie permanent von ihrer Geschichte aufgehalten werden.

„Schwester Ann-Katrin vom Pflegeheim Bennwitz. Eine Nachricht für Herrn Dr. Dorfmann. Bitte, rufen Sie uns umgehend zurück!"

Auch noch Schwierigkeiten mit dem alten Mann! Wahrscheinlich weigerte er sich wieder zu essen. Oder er war nicht behilflich, wenn ihm nicht der Pfleger, sondern eine Schwester den Hintern abwusch. Es war paradox: Dieser über die Maßen pflichtbewusste Mensch, der in unserer Wohnung lediglich ein kleines Zimmer bezogen hatte, aus dem er nur den Weg ins Badezimmer oder selten in die Küche fand, wurde jetzt im Alter von 80 Jahren delinquent. Obwohl, Widerstand war schon verständlich.

Als meine Mutter noch lebte, sorgte sie für eine gesunde Lebensweise. Nach ihrem Tod hielt sich mein Vater akribisch an ihren Vorgaben fest. In den letzten beiden Jahren, bevor er ins Pflegeheim kam und sein körperlicher Zustand zunehmend gebrechlicher wurde, übernahm eine Nachbarin diese Aufgabe. Aber jetzt, im Pflegeheim war alles anders. Nudeln, Reis, Kohl, Bohnen, Erbsen und selbstverständlich auch Fleisch und Wurst quasi breiig gekocht. Schluckbereit. Damit sparte man die Zeit des Kauens. Die anderen Pflegebedürftigen, falls sie gefüttert werden mussten, kamen schneller an die Reihe. Und alle weiteren Arbeiten, die in einer Pflegeschicht anfallen, konnten auf diese Weise im vorgegebenen Zeitlimit erfüllt werden.

Aber mein Vater, der seine Speisen noch mit seinen eigenen Zähnen zermalmen konnte, nur eben nicht so schnell wie es der Bennwitzer Zeitplan forderte, wollte sich einfach nicht an diese Abspeisung gewöhnen. Außerdem hatte er ein ausgesprochen sensibles Intimleben. Nie sah ich ihn unbekleidet. Höchstens im langärmeligen Schlafanzug, der bis zum Hals zugeknöpft war und äußerst lässig an seinem großen hageren Körper herabfiel. Selbst seine nackten Füße steckten immer in hochgeschlossenen Puschen. Wahrscheinlich hatte er sich im Spiegel erst angeschaut, wenn er sich die Krawatte umband. Undenkbar also, dass irgendein anderer Mensch und ganz und gar ausgeschlossen eine Frau, irgendeine Frau, mit Waschlappen und Handtuch an seinem Körper herumwischen sollte und ihm einmal am Tag die Scheiße aus der Po-Ritze entfernte.

Keine Stunde meines Lebens wollte ich in seiner Haut stecken. Obwohl ich Schuld daran war, dass es so kam. Aber ich hatte keine Wahl. Wenn er vielleicht Auto gefahren wäre? Ich fuhr häufig mit dem Auto. Überall hin. Nicht zuletzt in der Hoffnung, dass es einmal meine letzte Fahrt sein würde.

Mein Vater dagegen hatte sich auf meine Mutter verlassen. Schließlich war sie zehn Jahre jünger als er. Wer konnte auch ahnen, dass diese agile Frau zwanzig Jahre vor ihm sterben sollte? Ich war 25 und sie gerade 50. Es dauerte nur drei Monate. Danach zog ich von zu Hause aus und mein Vater lebte allein in der riesigen Wohnung. Ich besuchte ihn kaum. Wozu auch? Um mit ihm zu reden? Wir hatten so gut wie nie miteinander gesprochen. Nicht früher und noch weniger heute. Die meisten Worte zwischen uns fielen, als es um seinen Einzug ins Pflegeheim ging. Keine gute Gelegenheit.

Ich konnte auf keinen Fall zurückrufen. Sie würden mich bitten, möglichst bald nach Bennwitz zu kommen. Das wäre unerträglich. Dann müsste ich ihn angucken. Er sieht schon jetzt aus wie eine Leiche, eingefallen und wächsern. Wenn ich morgen früh zurückrief, konnte ich den Besuch auf kommenden Freitag verschieben. Das hieße nachmittags vom Institut aus losfahren und spätabends zurück nach Berlin. Bliebe das Wochenende zur Erholung. Dagegen sprach allerdings, dass ich mir so die kommende Woche und das Wochenende mit Bennwitz vergällen würde. Montag bis Freitagnachmittag immerzu daran denken, dass ich zu meinem Vater fahren musste. Stimmungsprognose: Zunehmend frustrierend bis hochgradig depressiv. Möglicherweise war es besser, einfach loszufahren und es hinter mich bringen.

Ich zog mich um. Ich nahm die Autoschlüssel von der Kommode, kritzelte noch einen kleinen Hinweis für Philine auf ihre Tafel im Flur, die sie gleich gegenüber der Eingangstür aufgehängt hatte, und verließ die Wohnung.

2
Der Vater

Nach Bennwitz zu fahren, war mit einem einzigen Vorteil verbunden: Außerhalb der Stadt konnte man ziemlich zügig dahinbrausen und sich an der wildwüchsigen brandenburgischen Landschaft erfreuen. Allerdings durfte man die Alleen nicht aus dem Visier verlieren. Eine solche Nachlässigkeit konnte einem schon mal das Leben kosten. (*Möglicher Tatort?*) Als ich zum ersten Mal einen Blick auf die hohe Unfallrate der brandenburgischen Verkehrsstatistik warf, dachte ich natürlich, das habe etwas mit der sozialisierten Unfähigkeit der Ossis zu tun, ein schnelles, komfortables Westauto zu fahren. Ich meine, was nützt einem ein Führerschein, wenn man damit 40 Jahre lang nur stabilisierte Pappe mit höchstens 90km/h antreiben darf? (*Oder waren es 100km/h?*) Als sich in den 90er Jahren viele Ostdeutsche endlich mit westeuropäischen Automarken versorgten, konnten sie ja noch nicht wissen, dass die ersten blühenden Landschaften, auf die viele von ihnen treffen sollten, austreibende Alleen waren. Nicht gerade wenige, die ihren Einzug in das vereinte Deutschland mit ihrem Leben bezahlen sollten. Sie waren auf dieses Land einfach nicht vorbereitet wie unsereins. Sahen nicht genau hin, was sie sich da angeschafft hatten. Zu lange blieb ihnen verborgen, dass man in der Bundesrepublik Deutschland aus einer anderen Kraftquelle schöpfte. Diese war nicht nur dynamischer, sie ging auch mit einem großen Verschleiß einher.

Fast alles, was ich über die DDR lernen musste, über deren Ent- und Bestehen, ihren Nieder- und schließlich Untergang und ihren andauernden Übergang (*Transformation!*) im Gewand neuer Bundesländer in die Bundesrepublik Deutschland, hatte ich (*obwohl ich es wirklich nicht wollte*) Marina Saarow zu verdanken. Als westdeutscher Bürger war ich damals davon überzeugt, dass es insbesondere an meiner Sichtweise auf die beiden deutschen Gesellschaftssysteme und generell auf die politischen Ereignisse, nichts zu verändern gäbe - was ja empirisch eindeutig bewiesen schien. Die tägliche Berichterstattung in den Medien unterstützte diese Art der Selbstgefälligkeit. Sie antizipierte auch äußerst selten ihre Auswirkung auf die neuen Mitbürger, die – ohne auszureisen, emigrieren mussten, und ohne ihr Land zu verlassen nie mehr in dieses zurückkehren konnten. Wer sich in dieser Zeit auf schnelle Verurteilungen und Vergleiche einließ, wurde nicht selten allein per Zuordnung zu einer Himmelsrichtung zum widerständigen Demokraten und Weltbürger stilisiert oder eben zu seinem Gegenteil. Um Tatsachen oder gar um die Wahrheit ging es selten. Und allzu häufig füllt ohnehin ein jeder selbst die vielen Leerstellen drum herum mit allerlei Fiktion. Solange uns dieserart Kunstwerke jedoch nicht persönlich betreffen, gelten sie allemal als äußerst interessante Lektüre.

Marina Saarow jedoch war unerbittlich. Sie erlaubte keine Fehlurteile. Mir nicht und schon gar nicht Thomas, dessen damalige Freundin sie war. Er achtete in besonderem Maße darauf, diplomatisch zu bleiben. Diesem Umstand hatte er gewiss auch zu verdanken, dass er so fix auf einem der seltenen Lehrstühle geruhsam Platz nehmen konnte. Alles musste man in Marina Saarows Beisein differenziert sehen. Denn die Gesellschaft in der Deutschen Demokratischen Republik war vornehmlich durch die politischen Machtstrukturen geprägt. Ökonomisches Kapital, wie zum Beispiel Einkommen, Erbe oder Eigentum, war für die soziale Disposition ihrer Bürger im Vergleich zur bundesrepublikanischen Gesellschaft tatsächlich gering. Stichwort: Wandlitz, Datschas. Sozialer Auf- und Abstieg korrelierte allein mit der mentalen Nähe - oder Ferne - zur politischen Klasse. Die auf diesem Weg einzuheimsenden Privilegien allerdings waren äußerst begrenzt. Die sozialistischen Zielvorstellungen und eine damit einhergehende Nivellierung der allgemeinen Lebensverhältnisse in der gesamten DDR, ließen kaum Unterschiede zu. An dieser Stelle müsste dem materialistisch geprägten und konsumverwöhnten Westbürger die DDR suspekt werden. Denn wenn sich der soziale Aufstieg materiell kaum lohnte, dann muss der Anreiz zum politischen, gesellschaftlichen, beruflichen Engagement vor allem in w a s gelegen haben?

A) In der Überzeugung einer sozialistischen Weltanschauung? B) In einem überdimensional ausgeprägten Bedürfnis der Teilhabe an der Gemeinschaft? Womöglich aufgrund der frühen Krippenerfahrung? C) In einer bereitwilligen Anpassung an das jeweils vorgegebene Lebenssystem, das Nachfragen nicht duldet oder auch gar nicht nötig macht? Im Vergleich zu anderen geht es ja allen gleich gut oder eben gleich schlecht.

Bleiben die Mauer-Toten und jene, die in Bautzen eingesessen haben. Es wurde verständnisvoll genickt. Schlimm war das! Indessen dauerte es nicht lange und die Diskussion verlagerte ihren Fokus. Die Gewöhnlichkeit des alltäglichen Lebens vieler DDR-Bürger stand hartnäckig im Mittelpunkt, welches nun mal keine dramatischen Restriktionen aufwies, wie es die Westdeutschen so gerne vermutet hätten. Es ging einfach um Menschen, welche der politischen und wirtschaftlichen Ausrichtung ihres Staates beipflichteten. Oder ohne diese ideologischen Verhaftungen versuchten, in den vorgegebenen Strukturen ihren Lebensalltag so angenehm wie möglich zu gestalten. Das alles müsste endlich parallel gedacht werden. Glücklicherweise hatte sich die Wissenschaft 15 Jahre nach der Vereinigung allmählich dieser elementaren Differenz angenommen. Ich musste tanken.

Als ich wieder in den Wagen stieg, saß mein Vater neben mir. Irgendwann war er auf jeder der drei Fahrten, die ich nach Bennwitz zu unternehmen gezwungen war, neben mir gesessen. Er schwieg. Wie immer. In den Autositz gesunken, die Beine zusammengepresst, die Hände auf dem Schoß abgelegt. Er schaute gerade aus, blickte selten zur Seite und nie zu mir. Wenn ich ihn ansprach, gab er mir keine Antwort. Zuerst dachte ich, er verhält sich wie ein bockiges Kind. Später glaubte ich, dass er mich gar nicht hörte. Dass er, versunken in eine eigene Gedankenwelt, vollkommen vergessen hatte, dass wir hier zusammen in meinem Auto diese letzte Fahrt für ihn angetreten hatten. Mein Vater kannte

Thomas Westkamp. Nicht als meinen Freund, sondern als früheren Kunden. Wenn man das so nennen kann. Er hatte ihm Bücher beschafft, und so sind sie ins Gespräch gekommen. Mit Thomas konnte mein Vater über die wohl übelste Zeit seines Lebens sprechen. Als der zurückhaltende, blitzgescheite junge Mann, gerade noch rechtzeitig der deutschen Wehrmacht dienen durfte. Wofür er auch umgehend bestraft worden ist. Nein, mein Vater war kein „Opfer" der Entnazifizierung geworden. Schlimmer, er war Kriegsversehrter und der Gefangenschaft in einem sowjetischen Straflager im allerletzten Moment von der Schippe gesprungen. Darüber sprach er selbstverständlich nicht. Er sprach über gar nichts, was mit Hitlerdeutschland zu tun hatte. Nicht mit mir, nicht mit meiner Mutter und auch nicht mit irgendjemand anderem. Dachte ich. Bis mir Thomas erzählte, dass mein Vater diesen Krieg noch immer mit sich herumschleppte, vor allem nachts, wenn er davon träumte.

Für sein Alter hatte der alte Mann ein ziemlich faltenloses Gesicht. Und er war weder dick noch aufgedunsen durch die vielen Medikamente, die er täglich zu sich nahm. Welche es waren und wofür er sie einnahm, wusste ich nicht. Auch nicht, seit wann er sie nahm und was dazu der Anlass gewesen war. Ich wusste gar nichts über ihn. Nur, dass er sehr viel las und alles Mögliche. Natur- und sozialwissenschaftliche Sachbücher, aktuelle Bestseller, alte und neue Literatur aus aller Welt, Historien- und Kriminalromane, sogar Groschenromane hatte er eine Zeit lang auf seinem Schreibtisch liegen und immer wieder Kinderbücher. Als hätte er Angst, ihm entginge etwas. Und zwischendrin fand er auch noch eine Stunde für seine Zeitung. Er war wohl der am besten informierte Mensch, den ich je kennengelernt hatte. Allerdings ließ er mich niemals an seinem Wissen teilhaben. Wie er die neu gekauften Bücher in der Bibliothek auf Mikrochip speicherte, genauso verschwand all sein Wissen irgendwo im Dunkeln seines riesigen, knochigen Leibes, den ich mich nie anzufassen traute und der auch zu meinem Körper wie selbstverständlich einen angemessenen Abstand einhielt. Ich weiß nicht, ob es beim ersten, zweiten oder dritten Mal war, als ich diesen Wunsch verspürte, er möge mich auch einmal mit jenem kindischen Gehabe empfangen, wie das früher bei Krawczyks nebenan üblich war. Küsse übers ganze Gesicht verteilt und Ellenbogen in die Seite. Glücklicherweise lernte ich sehr bald, dieses Bedürfnis auszuschalten und zwar so, dass es weder für ihn noch für mich von Nachteil war. Ich bildete mir einfach ein, dass mir besondere Prüfungen auferlegt waren und dass ich diese nur bestehen konnte, wenn ich über meine kindlichen Vorstellungen hinauszuwachsen bereit wäre. Auf diese Weise befand ich mich immerfort in einer Bewährungssituation mit ihm. Wohin das führen sollte, wusste ich nicht, aber ich glaubte, dass er eines Tages anfangen würde, darüber zu sprechen. Dass er mir sagen würde, warum alles so gewesen ist, wie es gewesen war. Irgendwie, fand ich, war er mir eine Erklärung schuldig.

Aber er sah das anders. Er redete so gut wie nie mit mir. Und seit dem Tag, als ich zu ihm gekommen war, um ihm mitzuteilen, dass er nicht länger in seiner Wohnung würde leben können, dass er in ein Pflegeheim umziehen müsste und dass ich ein solches schon ausgesucht hätte, sprach er gar nicht mehr mit mir. Über ein Jahr war das her. Am 20. April, also kein Tag wie jeder andere, historisch betrachtet. Und noch immer keine eindeutigen Beweise, wie mein Vater dazu steht.

Ein kalter Abend, es war schon dunkel, als ich an der Wohnungstür klingelte, um gleich danach aufzuschließen, mit dem Schlüssel, der früher mal meiner Mutter gehört hatte und den mein Vater in der Regel wie einen kleinen Schatz in einer specksteinernen Schatulle aufbewahrte. Meinen hatte ich wenige Monate nach ihrem Tod zurückgegeben und mein Vater händigte ihn bereits am nächsten Tag unserer neuen Nachbarin aus. Sie war es, die ihn eines Morgens hysterisch nach Luft schnappend in seinem Bett angetroffen hatte und den Notarzt verständigte. Im Krankenhaus sagte man mir, dass mein Vater eigentlich ein Pflegefall wäre. Sie konnten sich gar nicht vorstellen, dass er noch alleine in seiner Wohnung lebte. Es bestünde „dringend Handlungsbedarf". Dem musste ich nachkommen.

„ Hallo?", rief ich, als ich den Flur berat. „Ich bin's, Kaspar."

Keine Antwort.

„Vater? Wo bist du?"

Es dauerte eine Weile, bis er mir antwortete. Er wünschte sich wohl, ich würde ihn nicht finden in der großen Wohnung.

„Hier!", hörte ich endlich. Die Tür zu seinem Lesezimmer, das jetzt sein Schlafgemach war, stand weit offen, wie überhaupt alle Türen weit offen standen. Selbst die zum Badezimmer. Er lag im Bett, halb aufgerichtet. Neben ihm zwei große Sauerstoffflaschen und ein monströses Gerät auf Rädern, mit dem er durch zwei dünne, transparente Schläuche, deren Endungen in seiner Nase steckten, verbunden war.

„Hallo!", sagte ich ein zweites Mal und: „Wie geht's?"

Er begann langsam zu nicken und starrte dabei weiter gerade aus. Was sollte er auch antworten, auf diese Frage? Außerdem wusste er, warum ich gekommen war.

„Ich bleibe hier!", sagte er, jedes einzelne Wort betonend und ohne mich anzuschauen. Noch bevor ich meinen vorbereiteten Text aufsagen konnte, waren die Standpunkte geklärt. Also ging es jetzt nur noch darum, wer sich schließlich durchsetzen würde. Zweifelsohne, das würde ich sein.

„Das geht nicht und das weißt du auch. Du brauchst eine Pflegerin ..."

„Pfleger, einen Pfleger!"

„Gut, einen Pfleger, also einen Pfleger, der dich rund um die Uhr betreut. Dafür reicht das Geld nicht aus." Abgesehen davon, dass wir erst einmal einen oder besser mehrere männliche, ausgebildete Pfleger finden müssten, die eine private Betreuung übernehmen würden.

„Wenn ich schlafe, brauche ich niemanden, der mich betreut",
keuchte er „und zwischen durch kann er auch gehen. Niemand
muss permanent ..."

Die Luft ging ihm aus. Nicht weil er so viel geredet hatte, sondern
weil er sich so sehr erregte. Sein ganzer Körper hatte zu zittern begonnen. Gleich würde er zu heulen anfangen, dachte ich.

„Du kannst ganz beruhigt sein, ich habe ein sehr gutes Pflegeheim
gefunden. Dort wird auf Privatsphäre großen Wert gelegt und du
bist dennoch rund um die Uhr in sehr guten Händen. Sie werden
dort deine persönlichen Wünsche soweit es möglich ist, berück-
sichtigen, wirklich. Glaub' mir, das ist die beste Lösung."

Was sollte ich auch anderes sagen? Und was noch, was ihn halbwegs beruhigte oder zumindest ruhig stellte? Er zitterte immer
noch, aber sein Kopf wackelte jetzt nicht mehr vor und zurück, sondern von links nach rechts und das immer wieder. Seine Haltung
war nicht miss zu verstehen.

„Es gibt keine Alternative", sagte ich so eindringlich ich es vermochte. Das sollte ihn wohl trösten. Ich wollte weg. Dieser wa-
ckelnde und zitternde Körper war ein einziger Affront. Als ich zu
seiner Nachbarin hinüberlief und sie bat, bei ihm zu bleiben, bis er
sich wieder eingefunden hatte, wusste ich, dass es eine Lüge war.
Aber übermorgen würde ich ihn nach Bennwitz fahren. Mit seinem
kleineren, transportablen Sauerstoffgerät war die einstündige
Fahrt in meinem Auto für ihn gut zu überstehen.

Wie er nun so neben mir saß, den Kopf zum Fenster hin gedreht, als betrachte er die vorbeiziehenden brandenburgischen Felder und immer wieder diese Bäume rechts und links der Straße, tat er mir einen Moment lang leid. Nicht, weil er mein Vater oder weil er allein war. Nicht, weil er seine Wohnung verlassen musste. Er tat mir leid, weil er alt war und gebrechlich. Hilflos, lebensunfähig ohne Geräte und Medikamente. Weil er wusste, dass er bald sterben würde und sich sein Leben bis dahin nicht mehr verbessern, sondern mehr und noch mehr verschlechtern würde. Er tat mir leid, wie mir jeder Mensch in diesem Augenblick leidgetan hätte. Mich rührte dieser unaufhaltsame Abstieg des Körperlichen. Er war in sich zusammengefallen, wie ein Luftballon, dem langsam die Luft ausging. Ganz gleich, wie sehr er sich davor auch bemüht hatte, etwas zu werden und es möglichst lange zu bleiben. Bald schon würde alles vorbei sein. Und gleichgültig wie sehr wir ihn hassten, diesen Verfall, diesen Niedergang zur Unkultur, wenn nichts mehr aus der Außenwelt unser Interesse wecken konnte und dieser hinfällige, bereits faulende Leib zur undurchdringlichen Barriere wurde, irgendwann holte er uns alle ein.

„Ich finde es immer noch seltsam hier außerhalb Berlins einfach so dahinzufahren", hörte ich mich sagen.

„Seit `89 bin ich schon ziemlich oft in den neuen Bundesländern unterwegs gewesen. Dennoch überkommt mich immer wieder dieses Gefühl, dass das doch gar nicht erlaubt ist. Dass ich mich auf fremdem Terrain befinde und eigentlich nicht hier sein dürfte.

Es steckt tief in mir, dieses frühere Bewusstsein, das mir den Aufenthalt in diesem Teil Deutschlands anrüchig macht. Unglaublich, nicht wahr. Nach so vielen Jahren."

Jetzt sah ich zu ihm hinüber. Er würde mir nicht widersprechen, nicht beipflichten oder gar von seinem eigenen Empfinden reden. Noch nicht einmal seinen Kopf würde er auch nur einen Millimeter bewegen und damit signalisieren, dass er gehört hatte, dass ich gerade sprach. Er saß neben mir im Wagen, das war alles. Ob er verhindern konnte, wahrzunehmen, was ich sagte? Verfügte er über eine Strategie, die ihm erlaubte, meine Worte zu semantisch bedeutungslosen Lauten zu dekodieren? Und wenn schon. Ob er mich verstehen konnte oder wollte oder ob er es nicht wollte oder nicht konnte, war letztlich einerlei. Etwas drängte mich, zu sprechen. Also redete ich weiter.

„Ist wie verbotenes Land, das man betritt. Obwohl, wenn ich an Marina denke...", wieder schaute ich ihn kurz an, als ich weitersprach, „Sie war `ne Freundin von Thomas Westkamp, den kennst du doch, ein früherer Kollege von mir, hat immer Bücher bei dir ausgeliehen."

Tatsächlich, er drehte seinen Kopf ein bisschen nach links und ließ ihn etwas tiefer auf seine Brust sinken. Er mochte ihn. Vielleicht sollte Thomas das nächste Mal meinen Vater im Pflegeheim besuchen.

„Also diese Marina, sie kam aus dem Osten, woher genau weiß ich gar nicht mehr, aber als ich sie kennenlernte, lebte sie in Pankow, also ziemlich weit draußen - von meiner Westberliner Perspektive aus betrachtet. War ganz hübsch, aber ziemlich spröde. Nicht zu vergleichen mit Thomas jetziger Freundin, Hannah. Ein ganz anderer Typ, so dunkel. Na, ja, also diese Marina hatte anfangs regelrecht Angst vor dem westlichen Deutschland. Dachte, hier würde sie auf Horden von Kriminellen treffen, welche die Bevölkerung Tag und Nacht drangsalieren. Und auf Arbeitslose, die elendig leben und natürlich jede Menge rücksichtloser Kapitalisten, die mit ihren Ellbogen drängelten, um ja immer die Ersten zu sein."

Die Erinnerung an jenes Gespräch, als die ansonsten so ruppige und beredte Marina wie hypnotisiert in ihr Weinglas starrte, als betrachte sie eine wundersame Zauberkugel und dabei diese abstrusen Erwartungen vorsichtig von sich Preis gab, veranlasste mich zu einem schadenfrohen Grinsen. Schon damals konnte ich mir ein Lachen nicht verkneifen. Keine Frage, keine Äußerung eines Westdeutschen über die DDR ließ sie unkommentiert, keine Antwort war ohne einen klaren Verweis an uns bedacht, wie wir was zu beurteilen hätten. Sie beanspruchte die absolute Deutungshoheit über diesen Teil der deutschen Geschichte. Die Umgangsweise der westdeutschen Medien mit allem, was die DDR betraf, war ihrer Meinung nach zu 90% unerträglich einseitig. Und abgesehen davon im Wesentlichen unzutreffend. Sie musste also dagegen halten. Mindestens ihr eigenes Leben galt es zu bewahren. Ich wiederum sah nicht ein, dass Thomas und vor allem ich, ihren permanenten Anklagen ausgesetzt waren und gleichsam als Stellvertreter Westdeutschlands abgestraft wurden. Es kam wie es kommen

musste. Letztendlich hat sie uns beide am Straßenrand ihrer überaus individuellen Lebensreise zurückgelassen.

Es war nicht mehr weit bis nach Bennwitz und meine Gedanken
an diese Frau hatten mich bereits in eine gereizte Stimmung ver-
setzt. Vater war wieder weg. Schließlich musste er in Bennwitz sein,
wenn ich dort ankam. Es war das erste Mal, dass ich mich nicht
vorher angemeldet hatte. Das letzte Mal hatte ich ihn in Trainings-
anzug und Strickjacke angetroffen. Ich hatte ihn nie in legerer Kleidung gesehen und auch er schien verwundert über seine Aufma-
chung. Er zog den Reißverschluss hoch und wieder runter und wieder hoch und wieder runter. Das war das einzige, was er tat in den
zwei Stunden, die ich bei ihm im Aufenthaltsraum saß. Er weigerte
sich, mit mir zu sprechen und ich wusste nicht, womit ich ihn unterhalten sollte. Und da es auch niemand anderen in diesem Aufenthaltsraum gab, mit dem sich ein Gespräch zu lohnen schien, saßen
wir einfach nur nebeneinander.
Bennwitz war erst vor fünf Jahren gebaut worden. Kein großes und
auch kein exklusives Pflegeheim. Alles war darauf hin ausgerichtet
worden, möglichst ökonomisch den Alltag zu regeln. Die Kosten
sollten für Leute wie meinen Vater bezahlbar bleiben. Allerdings
hatte man die verschiedenen Aufenthaltsräume einigermaßen
bequem ausgestattet. Helle Farben und viele Grünpflanzen, kleinere und große Tische aus Buchenholz umstellt mit Stühlen und ein
paar Sesseln. Wir saßen immer an einem hohen Tisch in der Ecke,

an dem die Stühle Barhockern glichen. Stühle für Leute wie Herrn Dorfmann, denen das Wasser schon bis zum Halse stand.

Ich musste klingeln als ich ankam. Es dauerte ziemlich lange, bis mir geöffnet wurde.

„Ich bin Kaspar Dorfmann, Schwester Ann-Katrin hat mich benachrichtigt."

Sie hatte mich angerufen und um einen Rückruf gebeten. Wieso nur war ich gleich hierher gefahren, ohne mich zuvor zu erkundigen, was überhaupt los ist?

„Kommen Sie rein. Sie kennen den Weg?"

„Ja."

Die ältliche Dame, von der ich nicht hätte sagen können, ob sie zum Personal oder zu den Pflegeinsassen gehörte, ließ mich zurück und lief zu einem der Büroräume gleich gegenüber vom Eingang. Als sie die Tür hinter sich schloss, rannte ich fast die Treppen hoch. Ich zwang mich an nichts zu denken. Möglichst unbefangen dem Problem entgegentreten. Aber es war nicht leicht, jemandes Anwalt zu sein, der ohnehin keine Rechte in dem ihm zugeordneten System hatte. Die Aufdringlichkeiten des Äußeren galt es so darzustellen, dass sie im Inneren auf möglichst wenig Widerstand stießen. Ich lief auf seine Zimmertür zu und hörte noch, wie jemand meinen Namen rief.

„Dr. Dorfmann, Dr. Dorfmann."

Und wieder.

„Dr. Dorfmann, Dr. Dorfmann."

Es klang irgendwie besorgt, aber auch ungehalten und vergrö-
ßerte das Ausmaß meines bisher empfundenen Unmutes immens.
Anstatt auf die Rufe zu reagieren, öffnete ich einfach die Tür zu
seiner Wohneinheit. So nannte man die 20qm, die man ihm hier
zur Verfügung gestellt hatte. Ich trat ein, ohne anzuklopfen. Er
würde empört darüber sein. Seine gestutzten Augenbrauen würden sich zur Nasenwurzel hin zusammenziehen und ein paar dieser
Haare würden nach vorne ragen. Wieder keine Chance auf einen
angenehmen Wortwechsel. Es war ein Fehler, unangemeldet hierher zu fahren.

„Dr. Dorfmann!"

Beinahe flüsternd und etwas keuchend sprach sie meinen Namen.
Sie musste ziemlich groß sein, denn ich konnte ihren feuchten,
warmen Atem an meinem rechten Ohr spüren.

„Dr. Dorfmann, ich bin Schwester Ann-Katrin, wir haben uns schon
bei ihrem letzten Besuch kennengelernt. Sie hätten zuerst anrufen
oder zumindest sich im Schwesternzimmer melden sollen."

Sie flüsterte immer noch. Warum eigentlich? Dann legte sie ihre
Hand auf meinen Arm. Wusste sie nicht, dass ich es nicht ertragen
konnte, wenn mir Menschen auf irgendeine Art zu Leibe rückten.
Dass ich mich sofort verletzt fühlte und angegriffen. Jäh trat ich
noch einen Schritt weiter nach vorn und ihre Hand fiel von mir ab.

„Fassen Sie mich nicht an!", sagte ich dabei fast zu laut, aber mit
belegter Stimme, die mir beinahe im Halse stecken blieb. Ich hatte
keine Kraft mehr, mich zu räuspern, starrte bestürzt zu seinem Bett
hinüber und sah endlos lange zu, wie ein junger Mann, der gerade

seinen nackten Körper gewaschen hatte, jetzt das weiße Leinentuch nach oben schob, um ihn schließlich in jenen dunkelblauen Anzug zu zwängen, den er nur zu einem einzigen Zweck hierher mitgenommen hatte.

3
Der Freund

Er fiel mir gleich auf, denn er sah ausnehmend gut aus. Imponiert aber hat mir seine abgeklärte Art, mit der er sich präsentierte, gleich so, als würde er uns einen Gefallen damit tun, dass er überhaupt anwesend war. Niemals werde ich mich so unbeeindruckt von allem, was um mich herum geschieht, durch einen Raum bewegen. Niemals werde ich, wie er es konnte, dann irgendwo stehen bleiben und mich ganz selbstverständlich in ein Gespräch, wer auch immer es führen mag, einfach einmischen können. Schnell kamen wir uns näher, wurden sozusagen Freunde. Wir besuchten selten dieselben Seminare. Vielleicht wollten wir uns nicht gegenseitig ins Gehege kommen. Aber wir diskutierten regelmäßig unsere Semesterarbeiten. Beinahe beiläufig sprach er über Professionalisierungsprozesse akademischer Berufe nach Auflösung der Ständeordnung. Über den sozialen Status eines Menschen, der sich nicht mehr über traditionelle Bräuche behaupten ließ, sondern von nun an über andere, modernere, nicht selten weniger sichtbare Aspekte festgelegt wurde. Status wurde also nicht unbedeutend, aber die *Unterschiede verfeinerten* sich. Für Bourdieu hatte Kaspar viel übrig. Allerdings mehr noch für Norbert Elias. Dass Elias die auto-aggressive Komponente des Über-Ichs in seiner Zivilisationstheorie unbeachtet gelassen habe, stelle die Erklärungskraft seines Modells für das politische Verhalten der Deutschen vor und während der Naziherrschaft überhaupt nicht in Frage. In der

Hauptsache ginge es doch um die Verinnerlichung äußerer Regeln, die sich in der Aufrichtung einer besonderen Art von Selbstkontrolle niederschlagen. In der Folge ist das Individuum dann bereit, äußere Verhaltensrichtlinien ohne die Androhung von Strafe einzuhalten. Welche weiteren innerpsychischen Mechanismen dabei detaillierter zu beachten wären, bliebe Elias zufolge allein Sache des Subjekts und seiner individuellen Biographie, die hierfür nicht interessiere. Wichtig dagegen sei schon, dass die Deutschen nach dem Ersten Weltkrieg noch lange nicht auf der oberen Stufe seines Zivilisationsmodells angelangt waren. Einem hohen Maß an Fremdkontrolle verhaftet, wie sie bis zum Ende des Kaiserreiches üblich war, fehlte ihnen jenes entscheidende Quantum affektiver Selbstkontrolle, das er Individuen anderer Nationalstaaten, vornehmlich Frankreich und Großbritannien, zugeschrieben hatte. Kaspar Dorfmann war immer auf der Suche nach Erkenntnissen, die ihm die deutsche Vergangenheit erklärten. Und hier war er endlich fündig geworden.

Ging es andererseits um Dinge, die sich jenseits von Theorie und Diskurs ereigneten und die Kaspar zwar nicht als Banalitäten ansprach, sie aber zweifelsohne so behandelte, war er so gut wie verloren. Ausschließlich finnisches, britisches, zumeist schräges Kino interessierte ihn. Über Musik mit ihm zu reden, war ganz unmöglich. Er wusste weder, was ihm gefiel und das konnte alles sein, noch kannte er Namen von Bands geschweige denn Titel der Songs. An weitere Details war nicht zu denken.

Schau ich heute auf jene frühen Jahre unserer Bekanntschaft zurück, ahne ich zum ersten Mal den Abgrund, an dessen Rand er sich bereits festgeklammert hatte und in welchen er schließlich doch hineinfallen sollte. Mit seiner seltsamen Art hatte ich mich bald arrangiert und sie als Ausdruck eines Andersseins gedeutet und die Frage, „Wo er denn bloß gewesen sein könnte, als er jung war?", hatte ich ihm einfach nicht gestellt. Weder hatte ich jene durchaus deutlichen Anzeichen einer persönlichen Katastrophe als solche erkannt, noch war mir deren Bedeutung bewusst geworden. Aber ich bin fest davon überzeugt, dass es zu jedem Zeitpunkt unserer Freundschaft bereits zu spät für Hilfsmaßnahmen gewesen war.

Seine Mutter hieß Ines, war Journalistin und schrieb zuletzt ein Buch über die Hausbesetzerszene Anfang der 80er Jahre in Berlin. Genau zu der Zeit also, als ich mein Studium begann und in verschiedenen dieser Häuser wohnte, die größtenteils verkommen waren. Gerade deswegen gestaltete sich mein Alltag häufig schwieriger, als ich das akzeptieren wollte. Überhaupt wies mich diese marode Substanz immerzu auf das nicht enden wollende Herumwerkeln am eigenen Haus hin, an daheim. Dort erwies sich mein Vater als gänzlich inkompetent. Er hatte nur zwei linke Hände und notierte sich meistens alles verkehrt herum. Einmal wäre er beinahe verglüht, als er aufgrund vager Annahmen unsere alten elektrischen Leitungen im Wohnzimmer erneuern und noch dazu anders verlegen wollte. Meine Mutter ließ ihn mit dieser Arbeit gern allein. Überhaupt sah sie ihre Aufgabe nicht darin, Familie, Haus und Garten zu hegen. Sie pflegte vornehmlich ihre vielen Kontakte in unserer kleinen Stadt und erlag von Tag zu Tag aufs Neue der Versuchung, diese weiter zu vergrößern. Überhaupt hatte keiner von uns mit den anderen viel gemeinsam.

„Dich interessiert dieser Kampf nicht sonderlich?"
Das Brötchen, auf dem ich herumkaute, war schon Tage alt und schimmelte womöglich. Ich sollte diesen Brei doch wieder ausspucken. Ines stand vor der riesigen Mülltonne, die ich endlich neben der alten Spüle fand. Ich spuckte und sie fragte, woher ich käme? Warum ich hier wohne? Was ich von den anderen hielt und ihren politischen Ideen. Mein Blick war ihr schon Antwort genug, denn er schien ihr alles über mich zu verraten, vor allem, dass ich hier eigentlich ein Außenseiter war. Dass diese Frau Kaspars Mutter war, erzählte er mir einen Tag nach dem sie gestorben war.
Seinen Vater habe ich irgendwann in der Bibliothek getroffen. Ein Namensschild bestätigte mir meine Vermutung. Er war ein ruhiger Mann, mit dem ich dann und wann ins Gespräch kam. Beim ersten Mal mischte er sich in eine Auseinandersetzung ein, die ich mit einem Kommilitonen hatte, als wir unsere Bücher im Archiv ausfindig machten.
„Entschuldigen Sie bitte, aber glauben Sie nicht auch, dass es bei aller Kenntnis um die politischen Ideen Adolf Hitlers für einen damaligen Gegner schlichtweg unmöglich gewesen sein muss, sich Auschwitz vorzustellen?"

Er betrachtete uns, wie wir überrascht auf seine Ansprache reagierten.

„Es mag unhöflich sein, sich in ihr Gespräch einzumischen, aber ich kann nicht umhin, Sie dazu aufzufordern, sich in ihren wissenschaftlichen Arbeiten deutlicher von ihrer heutigen Perspektive zu lösen und mehr Kraft dafür aufzuwenden, das Zeitgeschehen umfassend zu rekapitulieren, bevor sie Aussagen dazu formulieren, wie vorhersehbar schon in den späten 20er Jahren das Ansinnen und letztendliche Handeln jenes, für unser Land so katastrophalen Politikers gewesen ist – wenn er denn wirklich einer war."

Während mein Freund nun begann, diesem fremden Mann auseinander zu setzen, wie klar und deutlich doch alles auf Gewalt, Herrschaft und Vernichtung hingewiesen hat, begriff ich zunächst einmal, dass hier Kaspars Vater vor mir stand. Ich war irgendwie beeindruckt und zugleich wie vor den Kopf gestoßen. Alles, was Kaspar über seinen Vater je Preis gegeben hatte, es passte nicht zu jenem Mann, der vor mir stand.

„Was meinen Sie damit ,Wenn er denn einer war'?", fragte ich ihn.

„Nun", antwortete er, „wenn sie die biographischen Daten Adolf Hitlers in Erwägung ziehen, dann kann man auch auf die Idee kommen, dass er weniger Politiker war als viel mehr Schauspieler."

„Aber natürlich ein Schauspieler und auf jeden Fall ein Künstler, ein verkannter selbstverständlich. Ja, hätte ihn die Münchner Kunstakademie doch angenommen, dann wären wir alle dieser Katastrophe wohl entkommen. Das meinen Sie doch, nicht wahr? Also wenn das Ihre Haltung ist, dann brauchen Sie uns aber nicht zu ermahnen, akribischer zu forschen."

Mein Kommilitone wischte jenen kurzen Anflug von Selbstkritik, den Karl Dorfmann bei ihm hervorgerufen hatte, mit einem Schlag weg. Ein weiteres Mal sah er sich in seiner Meinung bestätigt, wonach uns all diese älteren Herren und Damen in Deutschland auch fortan äußerst suspekt bleiben müssen. Hinter jeder ihrer milieuspezifischen Fassaden verbarg sich seiner Erfahrung nach immer noch eine Unmenge tiefbrauner Farbe. Man musste gar nicht lange kratzen. Er ließ ihn und mich stehen, lief zur Treppe rauf und spottete dabei weiter.

„Also wenn er doch mal ein Schauspieler gewesen wäre. Einen Ronald Reagan hätte dieses Land bestimmt besser verkraftet."

Kaspars Vater hatte den Kopf gesenkt. Zuerst dachte ich, ihm sei die Situation peinlich und er wüsste nicht, wie er sich, ohne weiteren Schaden zu nehmen, zurückziehen könnte. Aber dann sprach er weiter und sah mich dabei eindringlich an.

„Wissen Sie, ich will Sie ja gar nicht zu meiner Sichtweise auf diese Geschehnisse bekehren. Aber als ich Jahre nach dem Krieg und der Vernichtung so vieler Menschenleben endlich angefangen habe, mich mit all dem, was sich mit dem Begriff „Nationalsozialismus" verbindet, auseinanderzusetzen, da habe ich begriffen, nicht gleich, sondern nach und nach, dass vieles mit den einzelnen Menschen zu tun hatte, die daran beteiligt waren. Damit möchte ich all die Erkenntnisse nicht in Frage stellen, welche die

Forschung über das System der Nazis, die einzelnen Organisationen und natürlich über die Konzentrationslager zu Tage gefördert hat. Aber irgendwann bin ich zu dem Schluss gekommen, dass doch alles von Menschen vorangetrieben worden ist. Und ich wollte wissen, was diese einzelnen Menschen dazu bewegt hatte, sich in dieses mörderische System einzugliedern. Ich meine nicht jene, die aus Angst oder um zu überleben gehandelt haben. Ich meine solche, die aus Überzeugung oder zumindest willig zu Nazis geworden sind. Und da habe ich mich zuerst mit Adolf Hitlers Biographie beschäftigt. Und alles was ich gelesen habe, machte auf mich den Eindruck, als habe ich es mit einer Person zu tun, die sich um jeden Preis eine eigene Bühne schaffen wollte. Sein Entzücken für Kunst, Musik, die Oper, für Museen, all das beruhte vornehmlich auf einem unbändigen Bedürfnis, das primär auf die Wirkung des In-Szene-Setzens eines Objektes oder Subjektes - er selbst - auf die Betrachtenden, auf das Publikum also ausgerichtet war. Die politische Ausrichtung seines Denkens hat sich parallel dazu im Zuge seiner Erfahrungen vor allem im Ersten Weltkrieg und der anschließenden Nachkriegszeit entwickelt und wurde zu seinem Drehbuch für sein großes Stück aufgegriffen. Ein überwältigendes Stück, in dem er, auf Lebenszeit, die Hauptrolle spielen sollte. Was ich sagen will: Wären die historischen und politischen Bedingungen zur damaligen Zeit andere gewesen, hätte er ein anderes Drehbuch geschrieben. Sinn und Zweck für ihn war primär die Inszenierung seiner selbst. Selbstverständlich musste er sich dazu mit dem Inhalt seiner Reden identifizieren, so tun, als wären sie wichtiger als er selbst, was allerdings zu bezweifeln ist."

Er schwieg eine Weile und schaute mich dabei an, versuchte in meinem Gesicht zu abzulesen, wie das, was er gerade gesagt hatte, von mir angenommen wurde.

„Sie sind sich nicht sicher, wie Sie mich und meine Haltung zu dieser Katastrophe unserer Nation bewerten sollen. Begreifen Sie es nur als eine Lesart, die Sie im Zuge ihrer weiteren Lektüre als Heuristik verwenden können. Sie werden eine eigene Haltung zu allem ausbilden. Aber vergessen Sie nicht, dass Sie es bei allem, was geschieht und bereits geschehen ist, mit einzelnen Menschen zu tun haben. Sie erst haben dieses Unglück erschaffen."

Kaspar Dorfmann hat seinen Vater nur wenige Monate überlebt. Letzten Endes war ihm der Boden unter den Füßen weggerutscht. Wie es dazu gekommen war, weiß ich nicht. Nur zufällig habe ich dieses und jenes in Erfahrung gebracht. Trotzdem vermag ich die Puzzleteile nicht zusammenzulegen. Als man Kaspar den Nachlass seines Vaters überließ, habe ich dabei geholfen, die vier Kisten durchzusehen, in denen er Nachweise zu finden hoffte, die belegen, dass sein Vater an Verbrechen im „Dritten Reich" beteiligt war. Er war überzeugt davon, dass „dieser alte Mann", wie er ihn zumeist nannte, etwas in seinem Leben getan haben musste, das es um jeden Preis zu verbergen galt. Sein Schweigen, seine extreme Furcht mit ihm, seinem Sohn, in Kontakt zu treten, seine absolute Distinguiertheit anderen Menschen gegenüber, erklärte sich

Kaspar allein damit, dass „dieser alte Mann" etwas derart Unmenschliches getan haben musste, das ihn fortan auf diesen Platz weit außerhalb jedweden sozialen Miteinanders verbannt hatte.

Schließlich fanden wir mehrere Schriftstücke. Karl Dorfmann musste sein Hab und Gut schon lange vor seinem Umzug ins Pflegeheim in jenen vier Kisten untergebracht haben. Als er im April des vergangenen Jahres seine Wohnung verlassen musste, hatte er die meisten seiner Bücher einer kleinen Stadtbibliothek in der Eifel vermacht, die sich auch umgehend diesen kostbaren Schatz sicherte. Einen Großteil seiner Kleidung spendete er einer wohltätigen Vereinigung und seine Möbel holte ein angeblich mit ihm befreundeter Charlottenburger Antiquitätenhändler ab. Nach Bennwitz schickte er seine besten Hosen, Hemden und Jacketts und einen Anzug, einen dunkelblauen, den er bereits vor mehreren Jahren für seine „letzte Reise auserkoren" hatte. Und jene vier Kisten natürlich, die er, darauf bestand er vehement, in seinem Zimmer aufbahrte und unter einer großen, bunt bestickten Decke verbarg. Dies teilte er mir irgendwann in einem Brief mit, der damit begann, dass er beschlossen habe, in seinem Leben ein letztes Mal aufzuräumen.

Es gab kein Testament. Als ich an jenem milden Herbsttag Anfang Oktober 2005 ohne Vorankündigung an Kaspars Wohnungstür klingelte, war ich eigentlich auf einen Besuch bei ihm gar nicht vorbereitet. An diesen letzten Tagen vor Semesterbeginn kümmerte ich mich einfach nicht mehr um Seminare, Vorlesungen, Diplom- und Doktorarbeiten, Forschungskolloquien. All dieser Kram würde in wenigen Tagen wieder unentrinnbar über mich hereinbrechen. Vorarbeiten dazu hatte ich bereits erledigt. Also besuchte ich noch diesen und jenen alten Freund und zuletzt war ich nach Berlin gefahren, um eine Freundin aus Studientagen wiederzusehen, die mir unverhofft vor einigen Wochen auf meinem Anrufbeantworter mitteilte, dass sie geschieden von ihrem iranischen Maschinenbauer wieder in Deutschland weilte. Sie hielt jedoch nicht viel von Verabredungen. Als ich ihrem Wunsch zufolge unangemeldet bei ihr vorbeischaute, war sie mit ihrem Koffer gerade auf dem Weg zum Flughafen. Sie habe sich kurzfristig entschieden, die nächsten Wochen ihre Familie in Süddeutschland zu besuchen. Wie sehr ich ihre Spontanität auch immer bewundert hatte, so missfiel mir diese Unverbindlichkeit.

„Komm doch mit zum Flughafen, dann haben wir noch mindestens zwei Stunden Zeit uns zu unterhalten."

„Nein, danke, Eva. Wir sehen uns bestimmt ein anderes Mal."

Als Kaspar mir schließlich die Tür öffnete, war ich irgendwie erleichtert.

„Du, Thomas? Komm rein, komm rein. Du bist genau der Mann, dessen Hilfe ich jetzt brauche."

Er führte mich zuerst in die Küche. Holte zwei Tassen, goss Tee ein, ohne mich zu fragen, ob ich welchen wollte. Den Zucker schob er mir zu und den noch fehlenden Teelöffel warf er über den Tisch.

„Na, ein paar Leibesübungen täten dir gut. Sitzt wohl nur noch so rum?", sagte er und lachte dabei. Ich hatte den Löffel gerade

noch erwischt und ihn mit der flachen Hand an die Tischkante gedrückt. Als ich den Griff lockerte, fiel er zu Boden.

„Wie geht's dir?", fragte ich während ich mich bückte.

„Gut." Er nahm seine Tasse und ging in sein Arbeitszimmer. Es war
das größte und das schönste Zimmer in der Wohnung. Die hellen
Möbel reflektierten außerordentlich in dem sonnendurchfluteten
Raum, und Helligkeit und Wärme zogen uns in eine wohlige Umar-
mung.

Er deutete auf die vier Kisten, die er seit Monaten unberührt in seinem Zimmer aufbewahrte. Er wolle sie endlich öffnen, sei bereit für
ihre Geschichten, sagte er und dann fragte er mich, ob ich wüsste,
dass sein Vater darauf bestanden hatte, in seinem Geburtsort beerdigt zu werden. Das hätte ihm die Leiterin des Pflegeheimes
Bennwitz mitgeteilt und auch seine Verwandten in Loosen konnten
ihm diesen unerklärlichen Wunsch seines Vaters bestätigen. Karl
Dorfmann hatte dort bereits vor einigen Jahren eine Grabstelle für
sich gekauft.

„Stell dir das mal vor."

Es war ein Brief oder vielmehr der Durchschlag einer Mitteilung, die
uns zunächst auffiel und noch jüngeren Datums war. Karl Dorfmann hatte ein helles, grünes Band darum gebunden.

Berlin, Januar 1999

Meine liebe Katharina!

*Es ist mir schon längere Zeit ein Bedürfnis, Dir mitzuteilen, was Du
natürlich schon längst weißt. Ja, an jenem bitterkalten Frühlingstag*

vor so unzählig vielen Jahren bin ich mit IHR zusammen gestorben, abends in der Dämmerung. Dieser Tod kam unerwartet und plötzlich, ganz so, wie es in Todesanzeigen immer geschrieben steht. Für SIE bedeutete dieser Tod wahrscheinlich Befreiung, für mich dagegen lebenslange Gefangenschaft. Inhaftiert, eingesperrt in einem Körper, der alle lebensnotwendigen Funktionen aufrecht erhielt, verbrachte ich all die Jahre danach: schlafen, aufstehen, Notdurft verrichten, waschen, Zähne putzen, kauen, schlucken und rauchen, vor allem rauchen, inhalieren. Immer und immer wieder die Zigarette an den Mund führen und einatmen, einsaugen, voll saugen. Und natürlich sitzen und lesen, lesen, lesen. Von anderen Leben. Nicht reden, möglichst nicht reden und nichts fühlen. Gleichmütig sein, kleinen Turbulenzen sofort gegensteuern, nachgeben, übernehmen, sich loskoppeln, allein sein.

Hätte ich mich befreien können? Die Frage stellen, heißt, die Antwort zumindest zu ahnen. Unerträglich der Gedanke, dass ich mich hätte lossagen können. Heute noch weiß ich nicht, wie ich dies hätte bewerkstelligen können. Alles Lebendige in mir war an jenem Abend erloschen. Alles war von diesem Abend an absolut anders. Neue Erfahrungen konnte ich nie ohne das bereits Geschehene begreifen. Und meine Gefühle lehnten kategorisch ab, sich auf andere Perspektiven einzulassen. Man hatte mich betrogen. Und ER hat alles gewusst. Kannte ich SIE denn gar nicht? Wo ich SIE doch so geliebt habe.

Es gab immer eine grenzenlose Sehnsucht in mir, am Leben teilzunehmen.

Du sollst wissen, dass ich immer um Deinen Verzicht wusste.
Und dafür gibt es keine Vergebung.
In Verbundenheit,
Karl

„Vier Personen", sagte Kaspar nach einer Weile, in der wir schweigend auf den Boden schauten.

„Davon eine mein Vater und ein anderer Mann, über dessen Identität wir nichts erfahren und zwei Frauen, eine davon heißt Katharina und ist irgendwie involviert in das Geschehen. Die andere Frau, anscheinend schon lange tot, wurde von meinem Vater über die Maßen geliebt. Ich wusste gar nicht, dass er überhaupt registriert hatte, dass es in der realen Welt - grob gesehen - zweierlei Geschlecht gibt. Und hier schreibt er sogar von einer Liebe, die ihn mit in den Tod gerissen habe. Also ich muss sagen, ich bin irgendwie beeindruckt."

„Beeindruckt? Wovon? Dass dein Vater ein Leben hatte, dass du nicht kanntest oder davon, dass dir seine Hinterlassenschaft die ersehnte Möglichkeit gewähren könnte, ein Rätsel zu lösen, das ihn als einen anderen entlarvt?"

Er sah mich nur kurz an und nahm dann einen alten, länglichen Karton aus der Kiste, um welchen herum eine Kordel festgezurrt war. Er musste eine Schere vom Schreibtisch holen, um sie auseinanderzuschneiden. Danach schob er sorgfältig den groben, hellbraunen Stoff beiseite. Wir staunten ungemein als wir sahen, dass darin ein Jagdgewehr und ein Revolver eingewickelt waren.

„Schusswaffen? Wieso hat er sie nicht genutzt, als er merkte, dass es bergab mit ihm ging?"

Ich starrte ziemlich lange und nicht ohne Anspannung auf die beiden Waffen. Dass Karl Dorfmann mit ihnen umzugehen wusste, war mir bekannt. Dass er aber tatsächlich welche besaß, erregte meine Sinne mehr als ich mir damals erklären konnte. Kaspar betrachtete den Revolver ganz ungeniert und befand, dass er recht alt sein müsste, ebenso die Flinte. Meine Gedanken waren dagegen bereits auf der Suche nach der Rechtmäßigkeit dieses Besitzes. Ich war mir sicher, dass Karl Dorfmann keinen Waffenschein besessen hatte und als Kaspar demonstrativ noch Munition für beide Waffen auf den Boden kullern ließ, um sie ebenso wieder einzusammeln und wegzupacken, wusste ich, dass ihn dieser Fund keineswegs zu befremden schien.

Nachdem er alles wieder an seinen vorherigen Platz zurückgelegt hatte, zog er eine weitere Mappe aus der Kiste.

„Mein Gott, wie langweilig, sieh mal, „sehr gut", immer nur „sehr gut". Volksschule, Ausbildung, Abendgymnasium, Studium. Immer dasselbe Resultat."

Er reichte mir die schwarze Mappe mit den Zeugnissen als handelte es sich dabei um die amtliche Bestätigung einer vernichtenden Diagnose und nicht bloß um einen Hinweis, dass sein Vater ein intelligenter Mann gewesen war.

„Briefe, die meine Mutter an ihn geschrieben hat. Und zwei von ihm an sie."

Er hob sie hoch und winkte mir damit entgegen. Auch hier fehlten die Briefumschläge. Während Kaspar las, nahm ich einige Schallplatten raus, die in einer der anderen Kisten verstaut waren.

„Portrait in Musik", Joseph Schmidt singt „Dein ist mein ganzes Herz" und gleich danach „Ach wie so trügerisch..."; u.v.a. Telefunken (1973). „Espania ole", Orchester Miguel Ramirez. Eine Schallplatte war dem französischen Lied gewidmet: La melodie francais, French songs: Debussy, Ravel, Gounod, Poulenc, Satie. Karl Dorfmann liebte Sibelius, Synphonie Nr. 5, Finlandia. Valse triste, gespielt von den Berliner Philharmonikern unter der Leitung von Herbert von Karajan (1965/68) Polydor international GmbH. Dietrich Fischer Dieskau und Gerald Moore sangen Lieder von Richard Strauß. Erste Folge – Zuneigung. Ständchen. Die Nacht. Allerseelen. Heimkehr. Wilhelm Kempff spielte Beethoven: Klavierkonzert. Piano Concerto Nr. 4, Artur Rubinstein: Schumann: Kreisleriana, Vogel als Prophet, Arabeske und Brahms: Balladen, Rhapsodien, Intermezzi, Capriccio, H-Moll (1970).

Die letzte Schallplattenhülle, die ich aus der Kiste herauszog, bevor Kaspar jene Zeilen von Katharina fand, war „Das teuerste Konzert der Welt, Stimmen des Jahrhunderts". In ihr wurden drei Schallplatten aufbewahrt, davon trug die erste den Titel „20 Weltstars singen Mozart: „Constanze, dich wieder zu sehen", Arie des Belmonte aus „Die Entführung aus dem Serail", Richard Tauber, Tenor/Orchester, historische Aufnahme, Januar 1938; „Will der Herr Graf ein Tänzchen nun wagen", Cavatine des Figaro, aus „Die Hochzeit des Figaro" (italienisch gesungen) Willi Domgraf-Fassbaender, Bariton,

Orchester der Festspiele Glyndebourne/Fritz Busch, historische Aufnahme vom 06.06.1934. Das Datum war rot markiert.

„Hier, ein Brief von Katharina. Was sag' ich da, kein Brief, eine kleine Notiz höchstens und ohne Datum. Hör` zu!" Kaspar las vor.
„Lieber Karl, das einzige, das mich in den vielen Jahren nach unserer letzten Begegnung (auf dem Friedhof! 1946!) mit Dir verbunden hielt, waren die vier (!) kurzen Mitteilungen, die Du mir geschickt hast. Wahrlich ein karges Futter, an dem zu verhungern kein Kunststück ist. Alles andere ist Erinnerung. Und die nimmt mir jetzt die Krankheit. Und bald der Tod. Katharina.

Beinahe ohne Pause zu machen, las Kaspar den Brief noch einmal vor.
Lieber Karl, das Einzige, das mich in den vielen Jahren nach unserer letzten Begegnung (auf dem Friedhof! 1946!) mit Dir verbunden hielt, waren die vier (!) kurzen Mitteilungen, die Du mir geschickt hast. Wahrlich ein karges Futter, an dem zu verhungern kein Kunststück ist. Alles andere ist Erinnerung. Und die nimmt mir jetzt die Krankheit. Und bald der Tod. Katharina.

Und dann las er ihn noch ein drittes Mal vor und ein viertes Mal und, hätte ich nicht Einhalt geboten, hätte er den Brief wohl wieder und wieder vorgelesen. Er brauchte es nicht auszusprechen, ich wusste auch so, dass Kaspar sich in diesen Worten verlor. Es war ihm kaum möglich, zu begreifen, dass dies nicht seine 59 Worte waren, die er geschrieben, und seine drei Ausrufezeichen, die er gesetzt hatte, hinter ein Wort, das zufällig Friedhof hieß und zwei Zahlen, von denen die eine auf eine Zeit verwies, als es ihn noch gar nicht gab.

„Angetuckert ist eine Todesanzeige!
Wir trauern um einen, der sich wirklich um unsere Seelen sorgte
Ralph F a l l i n g e r
geboren 20.01.1900
gestorben 02.01.1992
Rothen-Oberlingen/Breisgau

Meine Füße fingen an zu kribbeln. Die ganze Zeit hatte ich wie ein kleiner Junge neben den Kartons gekniet. Ich musste mich aufrichten, lief im Zimmer umher und setzte mich dann in den Sessel, der direkt neben dem großen Fenster und am weitesten von den Kisten entfernt stand. Mit einem Mal empfand ich unsere Neugierde an Karl Dorfmanns Hinterlassenschaft abstoßend. Wir waren nicht befugt, sie durchzusehen. Weder Kaspar noch ich verfügten über jenen Respekt, der dazu nötig gewesen wäre. Was mich selbst betraf, wusste ich, dass Karl Dorfmann mich mochte und sehr gerne mit mir über die allerlei Themen diskutiert hatte. Zweimal hatte er mir geschrieben, nachdem ich nach Leipzig umgezogen war. Er hatte meinen letzten Aufsatz gelesen und wollte mir unbedingt gratulieren, aber auch seine Kritik dazu vortragen. Er hätte nicht gewollt, dass ich Einsicht in seine persönlichen Unterlagen habe.

Und Kaspar, dem der Inhalt dieser vier Kisten nun gehörte, war lediglich daran interessiert, ein mutmaßliches Verbrechen darin zu entdecken. Oder es wenigstens zu konstruieren.

„Diese Todesanzeige ist angetuckert. Er hat höchstens und sehr ungern Briefklammern benutzt. Was bedeutet, dass SIE das getan haben musste. Und das heißt wiederum, dass SIE verhindern wollte, es zumindest versuchte, dass er die Anzeige wegwirft. Diesem alten Mann war verunstaltetes Papier ein Gräuel. Alles musste korrekt aussehen, durfte keinen Knick, keinen Einriss haben. Und diese Katharina wusste davon. Sie muss meinen Vater gut gekannt haben. Sehr gut sogar."

Während Kaspar sprach, wühlte er in der Kiste, die vor ihm stand. Er sortierte aus. Legte manches hierhin, anderes da hin. Er suchte mit seinen Händen und zur gleichen Zeit genauso akribisch in seinem Kopf nach weiteren Anhaltspunkten. Woran erinnerte ihn dieser graue Seidenschal? Und jene goldgefassten Manschettenknöpfe? Sie mussten einer Frau gehört haben. Aber welcher? Nicht seiner Mutter. Möglicherweise Katharina? Ein Familienerbstück vielleicht? Er war entschlossen, sich nicht das geringste Anzeichen entgehen zu lassen. Kaspar betrachtete lange eine Fotographie, die einzige, die in den Kisten zu finden war, bevor er Auskunft dazu gab.

„Ein Bild von meinem Vater, als er noch ein Kind war. Habe ich schon einmal gesehen. Lag damals in seinem Schreibtisch. Als ich noch zur Schule ging und meine Neugier noch groß genug war, um wissen zu wollen, was es mit diesem alten Mann so auf sich hat.

Ich wusste nicht, dass er schon nach Hause gekommen war. Stand mit dem Bild am Fenster, um besser sehen zu können. Und plötzlich war er hinter mir. ‚Da war ich neun Jahre alt', sagte er, nahm mir das Bild aus der Hand und setzte sich an den Schreibtisch, öffnete die Schublade und legte das Bild wieder weg. Bevor ich die Tür hinter mir schloss, hörte ich noch wie er sagte: ‚Das ist allein mein Zimmer, Kaspar.'"

Er reichte mir das Foto herüber. Ich stand auf, um es entgegenzunehmen, blieb dann aber stehen und zögerte. Ich wollte nichts mehr ansehen, nichts mehr anhören. Kaspar sah mich fragend an. Langsam lief ich weiter auf ihn zu und nahm das Bild widerwillig mit zurück zum Fenster. Es war ziemlich klein und vergilbt an den Rändern. Vor einem einfachen, zweistöckigen Haus standen in einiger Entfernung fünf Personen. Ein Mann und eine Frau, die geradewegs und sehr ernst in die Kamera schauten. Neben der Frau stand ein kleines Mädchen, hellhaarig, mit Zöpfen und lächelte. Ihre Hände waren vor ihrer Schürze wie zu einem Gebet gefaltet. Abseits davon, so als würde sie nicht dazugehören, und den Kopf ganz nach links gedreht, stand ein weiteres Mädchen. Sie war fast so groß wie die Frau und ihr Haar war dunkel und zu einem Zopf gebunden. Neben dem Mann stand ein Junge. Sein Oberkörper war leicht vorgebeugt und sein Kopf ebenfalls etwas nach links gerichtet, gerade so, als würde er das große Mädchen nicht aus seinen Augen verlieren wollen. Die Stimmung auf dem Schwarzweiß-Foto wirkte düster, fast bedrohlich. Flucht schien ausgeschlossen. Der dichte Nadelwald, der hoch um das Haus herum wuchs, würde jedwedes Entkommen verhindern.

Fünfundfünfzig Jahreskalender lagen in der zweiten Kiste zwischen jenen Büchern, die Karl Dorfmann sich nicht entschließen konnte, wegzugeben. Camus und Shakespeare, Brecht und Böll lagen oben auf. Ein dritter Karton enthielt Aitmatows „Richtstadt", einige Bücher von Leo Tolstoi und vor allem Dostojewskij. Allein „Die Dämonen" hatte Kaspars Vater in fünffacher Ausgabe, eine davon war 1906 im Piper-Verlag erschienen und mit einer Widmung versehen: „20. Januar 1918. Für meinen lieben Sohn Ralph zum 18. Geburtstag." Ich nahm den Brief mit der Todesanzeige in die Hand und verglich die Geburtsdaten.

„Dieses Buch war ein Geschenk an jenen Fallinger, dessen Todesanzeige Katharina an deinen Vater geschickt hatte. Jemand muss ziemlich viel darin gelesen haben, überall sind Notizen an den Rändern, in altdeutscher Schrift, Fragen und Antworten zumeist."

Ich blätterte weiter im Buch, fing an, unterstrichene Passagen zu lesen.

„Das ist gemein und hierin steckt der ganze Betrug! (...) Das Leben ist Schmerz, das Leben ist Angst, und der Mensch ist unglücklich. Jetzt ist alles Schmerz und Angst. Jetzt liebt der Mensch das Leben, weil er Schmerz und Angst liebt. Und so hat man's gemacht. Das Leben wird einem jetzt für Angst und Schmerz gegeben, und hierin liegt der ganze Betrug. Jetzt ist der Mensch noch nicht jener

Mensch. *Aber es wird einen neuen Menschen geben, einen glücklichen und stolzen. Wem es ganz einerlei sein wird, zu leben oder nicht zu leben, der wird der neue Mensch sein. Wer Schmerz und Angst besiegen wird, der wird selbst Gott sein. Aber jenen Gott wird es dann nicht mehr geben."*

Rechts daneben stand die Frage: „Ist das so?" Und darunter war in kleinen sauberen Buchstaben geschrieben worden: „Aber ja doch! Es ist allein Angst, die uns in jenem winzigen Raum zurückhält, welcher uns damals zugewiesen wurde (von wem nur?), als wir dieses riesige Haus, Welt genannt, zum ersten Mal betraten. Nur: Wie lange noch?"

In der vierten Kiste waren anscheinend Geschenke aufbewahrt. Eine Messingvase war mit arabischen Buchstaben verziert. Woher er die wohl hatte?

„Also ich sage dir, anhand dieser Kalender könntest du das Leben meines Vaters relativ gut rekonstruieren. Er hat quasi seit 1949 Tagebuch geführt. Geburtstagstermine sind festgehalten, vor allem jene meiner Mutter und auch meine. Er hat alle Geschenke aufgeschrieben, die er jemals besorgt hat. Also zu meinem dritten Geburtstag, am 30.07.1963, hat er mir ein Schaukelpferd in der Schreinerei Liebfeld in Schöneberg anfertigen lassen. Und hier, vier Jahre später, gab es ein Buch ‚Wilhelm Busch: Max und Moritz. Große Buchstaben, gut geeignet für Leseanfänger', steht daneben geschrieben. Er hat alles festgehalten: Wann er früher von der Arbeit nach Hause ging, ob es Schwierigkeiten bei einer Buchbeschaffung gab, wann er sich frei genommen hat und warum. Er hat sogar aufgeschrieben, mit wem und zu welchen Themen er Gespräche geführt hat. Da müsstest auch du vorkommen, mein lieber Thomas. Mal sehen, was ich so finde."

Kaspar würde die Tagebücher einer gründlichen Auswertung unterziehen und danach würde er mich anrufen und mir mitteilen, was er zusammengetragen hatte. Noch immer hielt ich das Buch in der Hand und blätterte mal vor, mal wieder zurück. Ich kannte die Geschichte nicht, die Dostojewskijs „Dämonen" anrichteten. Literatur interessierte mich nicht sonderlich, und umso weniger, je älter sie wurde.

„Ich verstehe das natürlich ... sich zu erschießen (...). Ich habe mir das selbst zuweilen vorgestellt, und dann gesellt sich dazu immer ein gewisser neuer Gedanke: wie nun, wenn man ein Verbrechen beginge, oder etwas vor allem Schimpfliches, das heißt Schmachvolles, eine Schande, nur muss sie schrecklich gemein und ... lächerlich sein, so dass die Menschen sie tausend Jahre lang behalten und tausend Jahre lang ausspucken werden, und dann plötzlich der Gedanke: ‚Ein Schuss in die Schläfe und es ist nicht mehr da.' Was kümmern einen dann noch die Menschen, und dass sie tausend Jahre lang vor Abscheu ausspucken, ist es nicht so?"

Neben dieser Passage stellten die kleineren Buchstaben unverhohlen die Frage: „Was wäre Ihre Abscheulichkeit?" Und die großen antworteten: „Eigentlich eine Kostbarkeit! Sie der Öffentlichkeit preisgeben, hieße jedoch, sie der Niedertracht auszusetzen, denn sie würde des Frevels bezichtigt werden."

Drei grüne Mappen und ein dicker, dunkelgrauer Ordner waren an die Wände der vierten Kiste gelehnt. In letzterem war Karl Dorfmanns finanzielle Hinterlassenschaft abgeheftet. Als ich ihn Kaspar reichte, wehrte er ab. Ich solle ihn durchsehen, er vertraue mir. „Ganz und gar", sagte er und lachte mich an. Es dauerte fast eine Stunde bis ich alle Papiere, Versicherungspolicen und sonstige Geldanlagen durchgesehen und nach ihrem finanziellen Ertrag geordnet hatte. Ende der 50er Jahre hatte Karl Dorfmann zum ersten Mal Geld angelegt. 5.000 DM zahlte ihm seine Schwester Anna für seinen Teil des gemeinsamen Elternhauses samt Grundstück. Diesen Betrag hatte Karl Dorfmann zwanzig Jahre lang in einen konservativen Investmentfond eingezahlt, dann zehn Jahre lang in einen anderen und weitere zehn Jahre in einen ausgewogenen neuen Fond investiert. Ende 2002 gab ihm sein Vermögensberater, ein Herr Sperber, einen „sicheren" risikofreudigen Tipp, der dazu beitrug, dass aus den 1957 angelegten 5.000 DM im Jahr 2005 136.000 Euro geworden waren. Weitere 1.000 DM wurden 1959 angelegt und 1985, als seine Frau starb, investierte er nochmals 10.000 DM. 64.000 Euro betrug der aktuelle Ertrag. Dazu kamen noch ein Sparguthaben über mehrere Tausend Euro und die Todesfallsumme einer vor fünfundzwanzig Jahren abgeschlossenen Lebensversicherung, die im Dezember dieses Jahres zur Auszahlung gekommen wäre. Alles in allem hatte es Karl Dorfmann mit dem soliden Ratschlag eines Julian Sperber geschafft, mit wenig finanziellem Einsatz und viel Geduld ein Vermögen von ungefähr einer viertel Million Euro anzusparen. Als ich Kaspar die Summe

nannte, meinte er, dass er wusste, dass sich sein Vater für Kapital-
anlagen interessierte. Allerdings sei ihm nicht bekannt gewesen,
dass er sein Geld tatsächlich nicht nur auf einem Sparbuch hor-
tete.

Zuletzt nahm ich die grünen Mappen aus derselben Kiste. Es waren
vornehmlich verschiedene Zeitungsartikel darin abgelegt. John
Maynard Keynes, einflussreichster Ökonom des 20. Jahrhunderts.
Zum Tod des Systemtheoretikers Niklas Luhmann. Hier waren zwei
Zitate rot markiert. „*Nur die Kommunikation kommuniziert*" und
„*Jedes selbstreferentielle System hat nur den Umweltkontakt, den
es sich selbst ermöglicht.*" Eine weitere Abhandlung befasste sich
mit der Frage nach der Aktualität Carl Schmitts, eine andere, mit
einer Notiz am Rand versehen, war geschrieben worden „*Zum Tod
von Pierre Bourdieu: Der Kampf um soziale Anerkennung vollzieht
sich als Kampf um die Anhäufung von ‚symbolischem Kapital', d.h.
materieller Besitz, erworbene Kulturtechniken und dem Netzwerk
sozialer Beziehungen!*" Dazwischen lag „*Über die Rechte der
Tiere? Laborversuche, Legebatterien, Pelzfarmen*". Wie weit n o c
h reicht die menschliche Handlungsautonomie gegenüber der
Natur? *hatte* Karl Dorfmann darunter geschrieben.
In der zweiten Mappe, ganz hinten, fand ich dann einen Zeitungsartikel aus dem Jahr 1946, in dem von der Verlegung einer weiblichen Leiche mit dem Namen Margret D. von einem Privatgrund-

stück auf den Friedhof Loosen durch den Gemeindepfarrer Fallinger berichtet wurde. Der Artikel trug die Überschrift „Der Auferstehungsmann."

4

Verwandte

Sie saß bereits auf der verwitterten Holzbank unter der großen Eiche als er den steilen Hang zum eisernen Friedhofstor hinaufstolperte. Das Kopfsteinpflaster war nicht berechenbar genug für seine durch die ebene Großstadt verwöhnten Schritte. Er hatte sich entschlossen, vor der Abreise noch einmal das Grab aufzusuchen. Nach der Beerdigung war er nicht mehr hier gewesen. Es schien ihm angebracht, ein letztes Mal vorbei zu kommen.

Die Grabstelle war über und über mit Blumen bedeckt. Was um alles in der Welt hatte seinen Vater nur dazu bewegt, sich hier in diesem abgelegenen Kaff begraben zu lassen? Wo er doch so gut wie nie die Stadt verlassen hatte. Sich vom Leben auf dem Land und jeder Nähe zur Natur in geradezu panischer Weise fernhielt. Weil er hier geboren war? Karl Dorfmann hatte bereits lange vor seinem Tod arrangiert, neben seiner Schwester Anna beerdigt zu werden. Links daneben – und nicht an der Seite seiner Frau auf dem Luisen-Friedhof in Berlin. Karl Dorfmann hatte die Grabstelle M16 von der Gemeinde Loosen bereits vor fünf Jahren gekauft.

Als Kaspar das schwere Eisentor endlich wieder hinter sich zuzog, fühlte er sich um Jahre gealtert. Beschwert mit Gewichten, die ihn einmal vorantrieben, dann wieder nach hinten zurückzogen. Die ihn zur Seite drängten, ins Abseits, und welche sich schließlich tragen ließen als wären sie eine sperrige Holzkiste, die ihm überreicht worden war, ohne Schlüssel, ohne jegliche Hinweise, was sich darin befinden könnte. Eine massive Holzkiste, lediglich mit einem flüchtig eingravierten „M16" versehen. Irgendwann hatte ihm noch irgendwer unbemerkt ins Ohr geflüstert: „Hier, die gehört jetzt Ihnen, dafür sind Sie nun zuständig. Das ist Ihr Erbe. Ihres ganz allein. Es gibt doch niemanden mehr, mit dem Sie das teilen könnten, oder?"

„Wollen Sie mit mir reden?"
Kaspar musste sie die ganze Zeit über angeschaut haben als er den Abhang vom Friedhof wieder hinunterlief. Dieses Mal langsam und seine Schritte deutlich über das Kopfsteinpflaster hinweg platzierend. Was er auf dem Friedhof erlebt hatte, erschien ihm absurd. Ebenso absurd wie das, was diese Frau sagte. Wieso sollte er mit ihr reden wollen. Er wusste nicht einmal, wer sie war. Er schaute sie genauer an. Sie war nicht besonders groß und keineswegs zierlich. Kannten sie sich? Je länger er sie anstarrte, ohne zu antworten, desto eindeutiger erwiderte sie seinen Blick. Sie forderte ihn geradezu heraus. Er blieb stehen.
„Setzen Sie sich doch. Es ist wunderschön hier."
„Ja, ist es das?"
„Sehen Sie, da drüben, auf der anderen Seite des Tales, der kleine Bauernhof? Dort, wo die vielen Obstbäume stehen. Sehen Sie?"
Sie wartete auf seine Antwort, würde ansonsten nicht weiter reden. Endlich drehte er sich um.
„Ja, die Obstbäume, ja!"

„Dort wohnte meine Großmutter. Ich bin da aufgewachsen. Bei ihr. Von hier aus bin ich ins Tal hinuntergesaust als kleines Mädchen, auf dem Schlitten. Meine Güte ging das schnell, unglaublich schnell. Heute würde ich mich das nicht mehr trauen."

Es musste toll gewesen sein, mit dem Schlitten diese steilen Abhänge hinunterzurasen. Er bemerkte, dass sie noch ziemlich jung war. Anfang, Mitte zwanzig höchstens.

„Ich gehe gerne zum Friedhof, war schon immer so. Hier ist es nämlich auf die gleiche Art und Weise still wie in einer Kirche. Das finde ich ergreifend."

Sie lachte verlegen.

„Ja! Ergreifend, das ist das richtige Wort. Genauso verhält es sich mit dieser ganz besonderen Stille, finden Sie nicht? Man öffnet die schwere Tür, betritt den Raum und ist von einem Augenblick zum anderen ganz auf sich zurückgeworfen. Abgeschieden von jedweder Äußerlichkeit. Absolut alleine und dennoch, obwohl man sich seiner selbst in seiner Einzelheit so intensiv spürt, fühlt man sich gleichermaßen als wäre man im Zentrum all dessen angekommen, was wirklich lebendig ist. Auch die Toten sind an diesen Orten wieder lebendig. Empfinden Sie das nicht auch so?"

Sogar als er sich neben sie auf die Bank setzte, hatte er nicht aufgehört, sie anzusehen. Jetzt schaute auch sie ihn an, wartete auf eine Reaktion. Wer immer sie auch war, dachte Kaspar Dorfmann und war sich dabei zu hundert Prozent sicher, sie wollte ihm etwas mitteilen.

„Ich weiß nicht", antwortete er während sie mit ihrem Kopf bedächtig nickte.

„Das ist jetzt eine schwere Zeit für Sie. Sie haben erst vor einigen
Tagen ihren Vater beerdigt. Auch wenn man kaum Kontakt zu jemandem gehabt hatte, ist es doch schwierig, sich vorzustellen,
dass er oder sie von nun an in einem Sarg dort oben unter der Erde
liegt. Sie werden ihn nie wieder an seinem Schreibtisch auf dem
unbequemen Stuhl sitzen sehen. Dort, wo er früher immer saß und
seine unzähligen Bücher gelesen hat, wann auch immer man sein
kleines Zimmer in dieser viel zu großen Wohnung betrat."

Sie schwieg und Kaspar Dorfmann beugte sich noch näher zu ihr
hin. Etwas hatte ihn irritiert. Er wollte darüber nachdenken, was es
war, aber sie sprach bereits wieder und er musste ihr aufmerksam
zuhören, um auch kein einziges zu verpassen.

„Wissen Sie, schon als Kind bin ich gerne zum Friedhof gegangen,
mit meiner Großmutter. Sie war groß und stark und nicht klein und
nicht niedlich wie ich. Sie war imposant und richtig schön. Sie hat
mir erzählt, wer in diesen Gräbern liegt und was diese Menschen
einmal gewesen waren. Sie hat mir erzählt, wie sie zu Tode kamen
und wie es die Angehörigen schafften, ohne die Verstorbenen
weiterzuleben. Als Kind fand ich diese Geschichten unglaublich
spannend. Und ich habe dabei viel über die Leute und das Dorf
gelernt."

Dass er, Kaspar, kein enges Verhältnis zu seinem Vater hatte, das
konnte sie von seinen Verwandten erfahren haben. Aber woher

wusste sie, dass sein Vater im kleinsten Zimmer ihrer riesigen Wohnung auf einem alten, klapprigen Stuhl an seinem Schreibtisch gesessen und einem Kettenraucher gleich ein Buch nach dem anderen in sich hineingesogen hatte? Anstatt sich auf das bequeme Sofa gegenüber zu setzen.

„Früher gab es hier auch sehr schöne Gräber. Sie sahen aus wie Gitterbettchen aus grauem Stein. Das klingt vielleicht makaber, aber mir erschien das so. Und oben, am Kopfende, das wie ein kleiner Dachgiebel geformt und mit eingemeißelten Rosen verziert war, hatte man ein Bild, ein Portrait unter gewölbtem Glas angebracht. Zwei Gräber gab es, die so aussahen. Zwei Mädchen waren dort begraben. Eine davon hieß Elisabeth, daran erinnere ich mich noch. Den anderen Namen habe ich vergessen. Sie waren beide irgendwann während des Ersten Weltkrieges gestorben. 1916 oder 1917. Vielleicht war es auch früher, 1915. Ich weiß es nicht mehr."

Sie sah ihn wieder an. Ließ ihm Zeit, etwas zu sagen, aber Kaspar sagte nichts. Er erwiderte ihren Blick und wartete darauf, dass sie weiter sprach.

„Ich weiß nicht, warum mich diese beiden Gräber so fasziniert haben. Meine Großmutter konnte mir nichts über die beiden Mädchen sagen".

Sie dachte nach.

„Vielleicht weil ihre Fotos zwischen dem Anker und den sich darum schlingenden Rosen angebracht war. Beide waren sie sehr schön gekleidet. Trugen diese hochgeschlossenen weißen Rüschenblusen unter einem dunklen Kleid, das bestimmt bis zum Boden reichte. Und ihre schwarzbraunen Haare waren onduliert. Eine trug die gewellten Haare kurz. Elisabeth aber hatte ihr langes, gelocktes Haar hochgesteckt. Elisabeth war die jüngere von beiden. Sie waren ungefähr 15 oder 16 Jahre alt."

Kaspar saß neben dieser jungen Frau und starrte wie sie über das Tal und dort auf die Rückseite der Häuser, die oben am Hang standen. Die Sonne wärmte auch an diesem schattigen Platz. Sie hat wohl keine Kraft mehr, weiterzureden, dachte er und dass ihre Großmutter vielleicht erst kürzlich verstorben war.

„Wussten Sie", sagte sie leise, „dass manche Familien übereinander liegen, Generation über Generation, alle in demselben Grab?"

Sie sah kurz zu ihm auf.

„Manchmal reicht es aus, wenn man an derselben Stelle nur ein bisschen tiefer gräbt."

Die ganze Zeit über hatte Kaspar zugehört, hatte seine Verwunderung zurückgehalten, ihren Redefluss nicht unterbrochen, sie noch nicht einmal nach ihrem Namen gefragt, geschweige denn sich vorgestellt. Obwohl, sie kannte seinen Namen, davon war er überzeugt. Er hatte geglaubt, sie würde ihm letzten Endes etwas Besonderes erzählen. Etwas, das vor allem ihn anginge. Aber nun beendete sie ihre eigenartigen Reflexionen mit einem Allgemeinplatz.

„Sie haben ... Margret ... noch nicht kennengelernt?"

Eine seltsame Frau. Wahrscheinlich die Dorfnärrin.

Sie stand auf.

„Ich muss jetzt gehen."

„Ja und wozu das Ganze?"

Sie zuckte nur mit den Achseln, stieg die drei Treppenstufen hinunter.

„Wer ist das? Margret? Und wer sind Sie?", rief Kaspar ihr nach.

Er wollte nicht, dass sie ihn einfach so sitzen ließ. Aber sie lief weiter in Richtung Dorf, die Hände in die Hosentaschen gesteckt. Nur einmal drehte sie sich kurz um und lächelte ihm freundlich zu.

Er saß auf dieser Bank noch eine ganze Weile. Unbemerkt war sie in ihm hochgekrochen, hatte Besitz von ihm ergriffen. Lähmte Arme, Beine, Gesäß, Schwanz sowieso und drückte auf seine Brust. Sein Atem wurde flacher, seine Wirbelsäule krümmte sich und sein Kopf wurde schwindelerregend leer. Jene ungeheure Lethargie, die er seitdem er denken konnte, hartnäckig zu bekämpfen suchte, hatte ihn an diesem schutzlosen Ort in nur einem Augenblick besiegt. Er konnte sich nicht mehr bewegen. Er wusste, dass es ihn unendlich viel Kraft kosten würde, von dieser Bank jemals wieder aufzustehen.

In diesem Zustand absoluter Regungslosigkeit erinnerte er sich an seine letzte Fahrt nach Bennwitz. Die danach notwendigen Gespräche und Telefonate, welche alle damit begannen, dass man

ihm „aufrichtiges Beileid" bekundete und anschließend mit deutlich leiserer Stimme willfährig weitergeführt wurden, um letzte For-
malitäten zu klären.

„Aber natürlich werden wir den Leichnam Ihres Vaters abholen
und ihn an den gewünschten Ort überführen. Wir erledigen das für
Sie."

Er erinnerte sich an Philines Gleichmütigkeit als sie von Karls Tod
erfuhr, selbst in den Tagen danach. Als wäre nichts geschehen.
Und, eigentlich, war ja nichts geschehen in ihrem Leben. Und in
seinem doch irgendwie auch nichts. Er erinnerte sich, wie er Philine
sagte, dass er alleine nach Loosen fahren würde und wie er mit
seinem Cousin Robert telefonierte, der schon von der Heimleitung
in Bennwitz von der bevorstehenden Beisetzung erfahren hatte.

Versteinert sah sich Kaspar Dorfmann dabei zu, wie er danach
endlich ins Auto stieg, um seinem Vater an jenen Ort nachzufah-
ren, wo er nun immer bleiben wollte.

Es regnete in Strömen. Häuser und Straßen waren kaum noch zu
erkennen. Überall prasselten Wassermassen, flossen nach unten,
prallten irgendwo dagegen und spritzten ein allerletztes Mal nach
oben, um schließlich in den kleinen See einzutauchen, der sich
mittlerweile auf den Straßen gebildet hatte. Kaspar fuhr sehr langsam, den Oberkörper fast an das Steuerrad gedrückt. Vor seinen
Augen schwenkten die Scheibenwischer wild hin und her und allein die roten Rückleuchten des Wagens vor ihm verhalfen ihm

dazu, sich auf der rechten Seite zu halten. Dabei waren seine Gedanken längst in jenem sonnigen Dorf angekommen, das er vor mehr als 30 Jahren ein einziges Mal mit seinen Eltern besucht hatte. Mit außerordentlicher Erleichterung nahm Kaspar damals zur Kenntnis, dass seine Verwandten keine Bauern waren. Allein der Gedanke, man könnte ihn nötigen, mit in den Kuhstall zu gehen, um dort beim Ausmisten zu helfen oder beim Anlegen der Melkmaschinen zur Hand zu gehen und dann, beim Überqueren des Hofes zurück zum Haus, permanent in Hühnerkacke zu treten, die er mit einer für diese oder ähnliche Zwecke bereits verwendeten Bürste aus seinen Schuhsohlen kratzen müsste, bevor er sich anschließend beim gemeinsamen Frühstück in der großen Küche, die vielleicht nicht wirklich, aber doch in seiner Voreingenommenheit irgendwie nach Gülle roch, genötigt sah, aus Höflichkeit, kuhwarme Milch zu trinken und möglicherweise glibberige Rühreier zu essen, an deren Schalen Tante Anna die Reste der noch frischen Hühnerexkremente zuvor nicht wirklich vollständig entfernt hatte, weil sie dafür einfach keine Zeit aufwenden konnte, das alles hätte ihm arge Schwierigkeiten bereitet, sich die Sommerferien auch nur ein bisschen herbeizusehnen. Aber Tante Anna verdiente ihr Geld mit Näharbeiten und Onkel Ludger war Angestellter bei der Bauaufsichtsbehörde einer nahegelegenen Kreisstadt. Und mit Robert und Elisabeth, ihren beiden halbwüchsigen Kindern, war Kaspar ganz gut zurechtgekommen, auch wenn er ihre Perspektive auf die Welt insgeheim äußerst einfältig fand.

Anna Moor war Karl Dorfmanns einzige Schwester und wie Kaspar jetzt erfahren hatte, vor zwei Jahren verstorben. Eine zarte Frau, durchaus energisch. Aber wenn sie sich damals des Abends in die eine oder andere Ecke ihres lodengrünen Sofas drängte, schien es, als würde sie sich ängstigen. Und allein ihr Zurücklehnen in diese ungemütliche Steifheit des Chaiselongues bewahrte sie anscheinend vor ernsterem Schaden. Grob, nicht selten furchteinflößend dagegen, scheuchte ihr Ehemann Ludger die Loosener Verwandtschaft durch jedwede, ob nichtige, ob bedeutende Widrigkeit ihres ländlichen Lebens. Kaspar war von Ludger sofort fasziniert. Denn er war nicht bloß herrisch und ungehalten, was Kaspar außerordentlich gefiel, sondern seltsamerweise auch überaus empfindsam. Wäre Kaspar länger in Loosen geblieben, hätte Ludger Moor sein Leben verändert. Das wusste Kaspar und er staunte darüber, sooft er daran dachte. Auch später noch und jetzt wieder als er auf der Bank saß und an diesen fremden Mann dachte, der zwei Gräber rechts, neben seinem Vater lag - unter einer grauen Granitplatte auf der ein Blumentopf stand, aus dem orange- und lilafarbene Petunien rankten.

Als Kaspar Dorfmann endlich in Loosen eintraf, begrüßten ihn seine Verwandten als wäre er einer von ihnen. Einer, der lange weg, aber letztlich doch zurückgekehrt war. Kaspar war sprachlos über diese selbstverständliche Einbindung in eine Familie, deren Mitglieder er entweder gar nicht oder nur als Jugendliche flüchtig kennengelernt hatte. Noch mehr allerdings überraschte, ja verblüffte ihn geradezu, dass auch er sich augenblicklich heimisch fühlte. Eingewoben in ein unsichtbares Band, das allein genetisch gefertigt und welches jahrelang unter der Rubrik „bedeutungslos" in seinen entlegensten kortikalen Krümmungen abgelegt war. Und jetzt genügte ein Blick, ein Wort, und ihre Begrüßungsküsse, samt sanften Umarmungen von Cousine und Nichte, erschienen ihm geradezu normal. Kaspar glaubte sogar, dass er sie, wären sie nicht an ihn herangetragen worden, sehnsüchtig vermisst hätte.

Robert nahm gleich darauf Kaspars Gepäck und Elisabeth bugsierte ihn ins Haus, in dem sie zusammen mit Elisabeths Tochter lebten: Der bindungslose Bruder mit der geschiedenen Schwester und deren erwachsener Tochter. Alle drei hatten das alte Haus komplett saniert und nichts war mehr wiederzuerkennen. Wände waren eingerissen worden, Fenster vergrößert, Möbel weggeworfen. Die Kinder von Anna und Ludger Moor hatten mit ihrem Elternhaus gründlich abgerechnet, es jedoch nicht vollkommen vernichtet.

Sie berichteten ihm gefällig, dass sein Vater seit gestern in der Leichenhalle aufgebahrt sei und dass er noch immer so aussähe wie sie ihn in Erinnerung hatten. Welche Erinnerung, fragte sich Kaspar Dorfmann, die an vor dreißig Jahren? Er könne seinen Vater jederzeit sehen. Die Gemeinde habe ihnen einen Ersatzschlüssel für die Halle gegeben, so dass sie während der Schließungszeiten, ungestört von anderen Besuchern, Abschied nehmen könnten. Aber Kaspar wandte sich jäh ab und sagte, dass er nicht vorhabe, seinen Vater noch einmal zu sehen. Dann ging er die enge Treppe hoch in das Zimmer, das sie für ihn hergerichtet hatten.

Als er Stunden später durch Loosen spazierte, um Luft zu holen für die bevorstehenden Ereignisse, dämmerte es bereits. Ricarda begleitete ihn. Nach wenigen Worten des Beileids sprach sie von ihrer Arbeit in einem benachbarten Asylantenheim. Sie war 25 Jahre alt und hatte vor einem halben Jahr ihr Studium in Windeseile abgeschlossen, als sie herausfand, dass an ihrem Nachbarort eine weitere Pädagogin eingestellt werden würde. Den Job wollte sie unbedingt haben. Weil sie dann in Loosen bleiben konnte. Wegen der Familie, wegen ihrer Mutter vor allem. Kaspar nickte ein paar Mal, hörte allerdings nicht wirklich zu.

Der Tag vor der Beerdigung verlief wie der Tag nach der Beerdigung. Kaspar hielt sich vorwiegend im Haus auf und redete wenig. Er hörte zu, wenn Robert und Elisabeth mit den Besuchern sprachen, die gekommen waren, um zu kondolieren. Aber kaum einer von ihnen kannte Karl Dorfmann tatsächlich und wenn, erinnerten sie sich an ihn als Kind. Und was sie zu erzählen wussten, war ihm nicht wirklich unbekannt. Kaspar Dorfmann duldete die Loosener Einwohnerschaft und diese wiederum ertrug ihn. Man hatte sich nichts zu sagen, nur eine gemeinsame Aufgabe zu erledigen.
Die Beerdigung fand an einem trübseligen Junitag statt. Gerade mal 17 Grad war es warm und noch immer ziemlich feucht. Die Tage davor hatte es heftig geregnet und die Leute vom Beerdigungsinstitut fanden es gar nicht gut, dass sie in diesem Morast ein Grab ausheben mussten. Der Friedhof lag an einem Hang und in

der obersten Reihe, Wald und Himmel am nächsten, lag seine Begräbnisstätte. Der Boden um das Grab herum war glitschig, der umliegende Rasen von größeren und kleineren Erdklumpen verschmutzt. Und die Dielen, die um die Graböffnung auslagen, waren nicht weniger rutschig. Diese Beerdigungsfeier war ohne Zweifel eine missliche Angelegenheit. Aber viele waren gekommen. Drei frühere Kollegen sogar aus Berlin. Alle möglichen Verwandten und das ganze Dorf. So schien es jedenfalls.

„Ist immer das ganze Dorf auf den Beinen, wenn hier einer zu Grabe getragen wird? Oder ist die Beerdigung eines Auswärtigen besonders interessant?"

Elisabeth, die zwischen Kaspar und ihrem Bruder Robert stand, schaute Kaspar geringschätzig an. So, als hätte er überhaupt nichts kapiert. Er wiederum kannte diesen Blick, denn er traf ihn häufiger, zumeist wenn er mit Menschen zusammen war, die ihn als arroganten Klugscheißer in eine ihrer fünf Schubladen schoben, die sie im Umgang mit anderen Menschen gebrauchten. Es war Robert, der schließlich antwortete.

„Na, das ist schon ein bisschen ungewöhnlich. Normalerweise erscheinen nur jene Leute aus dem Dorf auf der Beerdigung, die mit dem Verstorbenen näher zu tun hatten. Und natürlich die Alten."

Robert sah gerade aus als würde er in der Trauergesellschaft nach jemand bestimmten suchen. Erst als er weitersprach, drehte er sich zu Kaspar um und sah ihn an.

„Aber dein Vater kam ja regelmäßig nach Loosen. Da wird er auch Bekannte oder Freunde hier gehabt haben."

Kaspar Dorfmann hatte mit dieser Totenfeier nichts am Hut. Weder die Predigt, noch die Gäste, die so zahlreich erschienen waren, schon gar nicht die Musik, die der Gemeindechor a Cappella darbot, konnten im Geringsten seine Anerkennung finden. Noch war kein einziges Wort gefallen, das ihn aus dieser missgelaunten Beobachterperspektive herausgerissen hätte. Bis zu diesem Augenblick.

„Der Mensch sieht, was vor Augen ist, aber Gott sieht das Herz an. 1. Samariter 16, Vers 7."

Der Pfarrer schloss seine Rede mit demselben Bibelspruch, mit dem er sie eröffnet hatte und welchen er immerfort auf Karl Dorfmanns Leben anzuwenden versuchte.

„Dass Karl Dorfmann, nach fast 70 Jahren seines Lebens außerhalb dieser Gemeinde, dennoch diesen Ort als seine letzte Ruhestätte für sich gewählt hat, weist auf eine ungewöhnliche Verbundenheit mit seiner früheren Heimat hin. Und bleiben die Beweggründe für diese Entscheidung letztlich auch im Verborgenen, Gott kennt sie, denn er sieht das Herz. Amen".

Jemand musste ihm geholfen haben, dachte Kaspar.

Die Gesellschaft setzte sich in Bewegung. Die ersten Erdbrocken wurden auf den Sarg geworfen und Elisabeth schubste Kaspar ihren Ellenbogen leicht in die Seite und forderte ihn auf, „was zu tun?" Als sie bemerkte, dass Kaspar reglos verharrte und dabei verständnislos auf sie hinunterblickte, hakte sie sich bei ihm ein und schob ihn vorsichtig vor sich her bis hin zum Grab, wo der Pfarrer noch einmal tröstend auf ihn einsprach und ihm dabei die Schaufel überreichte.

„Das Gras verdorrt, die Blume verwelkt, aber das Wort unseres Gottes bleibt ewiglich."

Er nickte freundlich während Kaspar die Schaufel beinahe entglitt. Kaspar starrte nur kurz auf den Sarg und dachte daran, dass das Blumenbouquet in wenigen Minuten von matschiger Erde zerdrückt werden würde. Gleich gab er Elisabeth die Schaufel in die Hand und verließ die Grabstelle. Als er einige Meter weiter stehen blieb, kamen die ersten Trauergäste auf ihn zu, streckten ihm die Hand entgegen und murmelten allerhand Beileidsbekundungen. Bald kamen drei Männer, frühere Arbeitskollegen seines Vaters. Sie sagten, dass sie seinen Verlust außerordentlich bedauerten. Kaspar sah sie überrascht an. Sie waren sehr alt und allesamt ziemlich hager. Der kleinste von ihnen starrte Kaspar unverwandt an und schüttelte dabei den Kopf. Als er sprach, sah er zu Boden, den Blick auf Kaspars Schuhe gerichtet.

„Als ich Ihren Vater zum ersten Mal sah, war er ungefähr so alt, wie sie jetzt sind. Und er sah genauso aus wie sie. Eine unglaubliche Ähnlichkeit."

Er hielt seinen Kopf weiterhin gesenkt und schwieg eine Weile. Kaspar wollte schon „Danke" sagen und seine Hand der Frau mit dem strohblonden Haar entgegenstrecken, als der Alte seinen Kopf etwas anhob und mit leiser Stimme langsam weitersprach.

„Ich weiß, dass sie sich nicht gut mit Ihrem Vater verstanden haben. Er hat das sehr bedauert, ganz bestimmt. Aber, er war nicht frei, darüber zu reden. Zu niemandem. Er war zu sehr gebunden und unablässig getrieben. Er war ein seltsamer Mensch, ihr Vater, ja das war er schon. Aber auch ein sehr interessierter und ein ungemein liebenswerter Mensch war ihr Vater. Das war er eben auch. Das war er auch."

Ohne Kasper noch einmal anzusehen wandte er sich ab und versuchte der regennassen Wiese mit zaghaften Schritten zu entkommen. Die anderen beiden standen noch still da und zögerten. Einer begann zu lächeln und entschuldigte sich, weil er just an diesem unpassenden Ort und zu diesem ebensolchen Zeitpunkt etwas fragen müsse, aber es gäbe nun Mal keine andere Gelegenheit.

„Wissen Sie, vielleicht können Sie uns helfen, etwas aufzuklären. Etwas, das bestimmt nicht wichtig ist, uns aber immer noch ein bisschen nervös macht, weil wir es doch allzu gerne wissen würden, uns aber nie getraut haben, Ihren Vater selbst zu fragen."

Der alte Mann stockte nur kurz bevor er weitersprach.

„Also, es ist so: Jedes Jahr, am 20. April, nahm sich Karl Urlaub und ist irgendwohin gefahren, hat vielleicht irgendjemanden besucht. Aber wohin er gefahren ist und wen er besucht hat, darüber hat er uns nie unterrichtet."

Kaspar wich dem fragenden Blick aus und sagte nur, dass er das leider auch nicht wisse. Er lächelte dem alten Mann flüchtig entgegen und streckte dann der blonden Frau seine Hand entgegen. Von nun an begrüßte er die anderen Kondolierenden, als vertrete er den Bundespräsidenten beim Neujahrsempfang.

Das anschließende Leichenmahl war auf Kaffee, Erfrischungsge-
tränke und Trockenkuchen beschränkt. Auch das hatte Elisabeth
geregelt. Als Kaspar die kleine Dorfgaststätte betrat, hatte er den
Eindruck, dass alle Trauergäste, die der Beerdigung beigewohnt
hatten, sich nun hier hineindrängten. Wären nicht diese Unmen-
gen Hefe- und Streuselkuchen auf den Tischen gestanden, hätte
er Elisabeth unterstellt, sie wolle diesen Teil des Abschiednehmens
möglichst schnell beendet wissen. Aber die Trauergäste schienen
sich gut aufgehoben zu fühlen, so gut, dass Kaspar in dem Ge-
dränge das kleine Stück Kuchen, das er sich gerade in den Mund
geschoben hatte, beinahe im Hals stecken blieb. Er verließ hus-
tend das Wirtshaus und ging nach Hause. Setzte sich auf die Bank
auf der Terrasse und starrte gedankenlos auf den dichten Wald,
der nur wenige Meter entfernt hinter dem Lamellenzaun hoch hinauf ragte.

Kaspar blieb noch wenige Tage und bot Elisabeth seine Hilfe an.
Sie jedoch lehnte jegliche Unterstützung ab. Als er beim Mittagessen Robert und seine Schwester beiläufig fragte, wie häufig sie sein
Vater in Loosen besucht hätte, sahen sich beide kurz an und antworteten dann einstimmig: „Nie." Wo er denn dann gewesen sei,
wenn er nach Loosen gekommen wäre, wollte Kaspar wissen.
Aber auch darauf wussten sie keine Antwort. Allerdings, meinte
Robert, sei er immer zum Friedhof gegangen. Dort haben ihn
manchmal Leute angetroffen. Was er aber sonst noch in Loosen
gemachte habe, wüssten sie nicht. Zu Ihnen sei er jedenfalls nicht

gekommen. Auch nicht als ihre Mutter noch lebte. Er habe ihr regelmäßig Briefe geschrieben, zu Feiertagen und Geburtstagen natürlich, und es sei auch nicht auszuschließen, dass sie sich auf dem Friedhof hin und wieder gesehen hätten. Aber auch das wüssten sie nicht wirklich, sie nähmen es an, weil es irgendwie naheläge. In diesem Moment knallte es so laut, dass Kaspar beinahe das Wasserglas mit seiner linken Hand umstieß. Während er danach griff, rannten Robert und Elisabeth schon zur Tür hinaus. Kaspar dagegen entschied sich sitzenzubleiben und weiter zu essen. Erst nach einer Weile, als weder Elisabeth noch Robert zurückkamen, erhob er sich und schaute aus dem Küchenfenster. Sie standen zu dritt im Hof und begutachteten die beiden Autos. Kaspar wollte sich gerade wieder zurück an den Tisch setzen, als ihm bewusst wurde, dass das Auto, das Ricarda mit ihrem Wagen gerammt hatte, sein eigenes war.

„Tut mir so leid, tut mir so schrecklich leid", rief sie ihm entgegen. „Ich hatte völlig vergessen, dass dein Auto in der Einfahrt steht." Wie gewöhnlich hatte sie den alten VW-Bus, vorbei an der hohen Hecke, in die Hofeinfahrt ungebremst ausrollen lassen. Überall lagen Glasscherben. Der Wagen musste in die Werkstatt und Kaspar mit dem Zug zurück nach Berlin fahren.

Ein Auto kam angefahren, wurde langsamer und hielt wenige Meter von der Holzbank entfernt an. Robert stieg aus. Er war gekommen, um Kaspar noch pünktlich zum Zug zu bringen. Er sei solange weggeblieben, meinte Robert, da habe er sich gedacht, er fahre ihm entgegen und bringe ihn gleich in die Stadt. Seine Reiseta-sche habe er bereits ins Auto gepackt und sollte er wirklich etwas vergessen haben, sei das ja kein Problem, denn er, Kaspar, müsse ja ohnehin wegen seines Autos noch einmal nach Loosen kom-men.

Kaspar Dorfmann saß noch immer regungslos auf der alten Ei-chenbank vor dem Friedhof. Weil er einfach nicht aufstand, griff ihm Robert schließlich unter die Arme. Er half seinem Cousin aufzu-stehen, genau so als wäre er ein alter Mann. Er führte Kaspar zum Auto und platzierte ihn auf den Beifahrersitz. Fehlt nur noch, dachte Kaspar, dass er mich anschnallt. Endlich fuhren sie schwei-gend zum Bahnhof. Während Kaspar die Zugtreppe hinaufstieg, sagte Robert noch.

„Du hast also jemanden getroffen, der deinen Vater besser kannte als wir."

5
Im Z u g

Das Abteil war leer. Bis Hannover. Dort setzte sich ein älterer Mann, Herr Baumgarten sein Name, mit zitronengelbem Hemd auf den Sitz direkt neben der Tür. Da er sich auf dieselbe Seite setzte, auf der ich mir den Fensterplatz ausgesucht hatte, störte er mich nur wenig. Außerdem nahm er damit der Frau, die wenig später das Abteil betrat, die Möglichkeit, sich irgendwo anders hinzusetzen als uns gegenüber. Sie war ziemlich groß und hatte beachtliche Brüste, die sich unter ihrer Bluse deutlich abzeichneten, ganz besonders als ich ihr half, das Gepäck auf die Ablage über meinem Sitzplatz zu hieven. Der ältere Mann und ich hatten unsere Koffer auf ihrer Fahrseite untergebracht, was unter den jetzigen Umständen gewissermaßen als feindliche Übernahme zu verstehen war. Besetztes Land und sie war gleich mit okkupiert worden, Beutegut sozusagen. Sie dankte und setzte sich uns gegenüber auf den Platz in der Mitte. Mit beiden Händen versuchte sie ihren knielangen Rock für die Weiterfahrt zu glätten. Ihre Hände waren kräftig, aber schlank und ihre Fingernägel in blassem grün lackiert. Jetzt strich sie sich damit von der Hüfte her über ihren Bauch, wo sie sie schließlich liegen ließ. Wenn sie tief einatmete, öffnete sich der Stoff ihrer Bluse zwischen den Knöpfen. Auf und zu, auf und zu. Sie atmete fast immer tief ein. Ich beobachtete ihr Gesicht. Sie hatte den Kopf zum Fenster hin gerichtet, blickte aber nicht hinaus. Ihr Mund war leicht geöffnet, so als wolle sie mit jedem Atemzug seufzen. Sie war nur wenig geschminkt und hatte ihr blondes Haar hochgesteckt. Eine Weile noch sah ich sie an, bevor ich mich langsam zu ihr rüber beugte. Sie schien auf mich zu warten. Der oberste Knopf ihrer Bluse sprang geradezu auf als ich ihn mit meinen Fingern zu fassen bekam. Und auch die nächsten waren schnell mit einer leichten Bewegung aus ihrer Schlinge gelöst. Als ich den letzten geöffnet hatte, schob sie ihren gewaltigen Busen direkt vor meinen Mund. Meine Lippen versuchten augenblicklich sich mal links mal rechts festzusaugen während meine Hände unter ihrem Rock ihr feuchtes Ziel soeben erreicht hatten. Sie rutschte mir entgegen. Wollte endlich angestoßen werden, und wieder und noch einmal und fester, fester.

„Oh, sie lesen Philip Roth. Der menschliche Makel," hauchte sie mit leicht gedämpfter Stimme. „Das ist ein ganz wunderbares Buch. Selten habe ich Gegenwartsliteratur so tiefgründig gefunden. Wie gefällt es Ihnen?"

Mein erster Blick fiel auf meinen Schoß. Dort lag ausgebreitet eine Regionalzeitung, die mir Robert in meine Reisetasche gesteckt hatte, zusammen mit einem kleinen Imbiss. Der wiederum bedeckte zur Hälfte das Buch, über das die blonde Frau mit mir gerade ein Gespräch zu beginnen vorhatte. Mein Gott, eigentlich komme ich direkt vom Friedhof, von einer Totenfeier. (*Bin also in einer gewissermaßen prädestinierten Lage dafür, dass meine sexuelle Energie begierig nach Möglichkeiten der Befriedigung sucht.*) Ich musste mich unbedingt vergewissern, dass Herr Gartenbaum auch in den vergangenen Minuten allein mit seinen Zahlenrätseln beschäftigt war. Er blickte lächelnd zu mir herüber. Was auch immer das bedeutete, ich nickte freundlich zurück und sagte.

„Ich habe es noch nicht gelesen."

Der Rückzug unter der Zeitung geschah nur widerwillig und ich bedauerte mit jedem Millimeter, dass es keine unkomplizierte Chance gab, meinem Wunsch, sie jetzt auf der Stelle zu ficken, nachzukommen.

„Das ist wirklich schade. Ich hätte mich sehr darüber gefreut, endlich mal mit jemandem außerhalb meines Kollegenkreises über dieses Buch zu diskutieren. Aber wenn ich jetzt darüber spräche, hätten Sie bestimmt keine Lust mehr, es noch zu lesen. Oder sind sie vielleicht eher veranlagt wie ich und der Appetit kommt Ihnen erst beim Essen?"

Sie neigte ihren Kopf zur Seite und sah mich an, als wüsste sie Bescheid. War das ihr Angebot? Ich lasse sie zuerst ihren Vortrag halten und sie geht anschließend für mich in Stellung? Es war Sonntag und das Institut ein geeigneter Ort, um ein paar Minuten ungestört zu sein. Aber es dauerte noch mindestens eine Stunde, bis wir in Berlin ankamen und weitere zwanzig Minuten bis zum Institut. Und momentan konnte ich nicht glauben, dass mein Verlangen mit einem Schuss befriedigt sein könnte.

Ich reagierte nicht rechtzeitig. Woraufhin sie ihre Handtasche nahm, höflich an Herrn Baumgärtner und mir vorbei lächelte und meinte, sie müsse sich nun unbedingt etwas zu essen besorgen. Und dass die Gerichte, die hier im Restaurant angeboten werden, mindestens so gut schmeckten wie in der Kantine des Verlagshauses, in dem sie arbeitete. Noch war ich nicht bereit aufzustehen. Als sie die Tür hinter sich zugezogen hatte, legte ich vorsichtig die Zeitung beiseite, stützte meine Ellenbogen auf meine Oberschenkel und wollte gerade mein Gesicht in den Händen vergraben, als ich ihn vor mir sah.

Er saß auf einer Bank und rauchte. Sein Oberkörper vornüber gebeugt und seine Ellenbogen auf seine Oberschenkel gestützt. Im Blick nur die brennende Zigarette, die er zwischen Daumen und Zeigefinger immer wieder bedächtig hin- und herdrehte. Danach saß er wieder neben ihrem Bett im Krankenhaus, jeden Tag, stundenlang. Und las. Manchmal leise und manchmal laut. Wenn ich kam, verließ er kurze Zeit später das Zimmer. Wenn ich ging, traf ich ihn jedes Mal vor dem Krankenhaus. Auf der Bank. Mit einer Zigarette. Die Ellenbogen auf den Oberschenkeln. Ich ging, ohne mich zu verabschieden. Und er schaute nie hinter mir her. Auch nicht an dem Morgen als sie starb. Er rief mich an.

„Beeil' dich, es dauert nicht mehr lange", waren seine einzigen Worte. Ich beeilte mich nicht. Als ich schließlich im Krankenhaus eintraf, war sie bereits gestorben. Sie hatte auch nicht gewartet. Er saß etwas abseits in ihrem Zimmer. Eine Krankenschwester hatte ihm gegenüber Platz genommen und erklärte uns das weitere Procedere. Dann ließ sie uns beide alleine. Kein einziges Mal sah ich zu ihr hinüber. Keiner sagte ein Wort. Erst als ich aufstand, um zu gehen, meinte er, er riefe an und würde mir Bescheid geben. Wegen der Beerdigung.

Ich wandte mich dem Fenster zu, starrte auf die vorbeiziehenden Felder. Wie jemand für diese Landschaften heimatliche Gefühle aufbringen konnte, würde mir immer ein Rätsel bleiben.
Frau Rotblond kam zurück. Gesättigt und scheinbar bereit zu jedem Gespräch. Denn sie bewunderte Herrn Gartenbaum für seine Begabung im Umgang mit Zahlen, für die sie so gar nichts übrig hatte. Er lächelte verständig, geradezu gönnerhaft. Ist er denn jemals auf eine attraktive, vollbusige Blondine getroffen, die mit seinen mathematischen Ambitionen mithalten konnte? Und welche dann noch über eine vernarbte und mittlerweile vergilbte Haut hinwegsah? Dann doch wenigstens die Gelegenheit der geheuchelten Anteilnahme für eine mittelmäßige Begabung aufgreifen, um ihr damit einen Gefallen zu tun und sich selbst die Illusion zu verschaffen, Chancen zu haben, die man großzügig verstreichen ließ.
Aber Miss Blonds Faible für Zahlen hielt nicht lange an. Schon fragte sie Herrn Baumgärtner ob er sich auch für Bücher interessiere und wenn ja, welche er denn ganz besonders gerne gelesen habe. Der arme Mister Lemontree war sichtlich in Bedrängnis geraten. Er müsse mal überlegen, antwortete er. Und das dauerte. Miss Blond hingegen wartete gnadenlos und betrachtete Herrn Baumgarten dabei eindringlich. Sie war auf dem Wege, ihm unmissverständlich klar zu machen, dass auch sie zu siegen verstehe.

„Sie haben meine Neugierde geweckt."

Es blieb mir nichts übrig. Wer, wenn nicht ich, konnte Herrn Gartenbaum aus dieser Situation jetzt noch retten?

„Was hat Sie an diesem Buch so fasziniert, dass sie unbedingt darüber reden wollen."

„Dass wir das, was uns am deutlichsten an der Vollendung unserer Vorstellung von Leben hindert, nie wirklich ablegen können."

„Sie mokieren sich doch nicht darüber, dass unser Leben in vielerlei Hinsicht determiniert ist? Gerade Sie, die von diesen Abhängigkeiten üppig profitiert."

„Wenn Sie damit meinen, dass wir in diesem Land und in dieser Zeit Geborene uns glücklich schätzen können, kann ich Ihnen nur zustimmen. Eine Tatsache, welche die meisten Menschen viel zu wenig zu achten wissen. Aber es gibt auch andere Länder und andere Zeiten. Und es gibt Menschen, die zwar gegenwärtig einen gemeinsamen Raum bewohnen, aber ihre zeitliche und kulturelle Schnittmenge ist trotzdem nicht allzu groß. Dementsprechend sind es ganz unterschiedliche historische und gesellschaftliche Erfahrungen, die ihren Biographien zugrunde liegen. Nehmen Sie uns drei beispielsweise. Allein die Zeit, die wir zusammen auf diesem Planeten verbringen ist von meinem Alter begrenzt, weil ich die jüngste von uns bin. Während Sie und dieser Herr..."

„Baumgarten, Alois Baumgarten mein Name."

Herr Baumgarten lüpfte seinen Po einige Zentimeter vom Sitz und streckte, vornüber gebeugt, Fräulein Blond seine linke Hand entgegen, während er mit der rechten Hand Kugelschreiber und Rätselheft gegen seine Beine drückte.

„Gritt Bauer" antwortete sie mit leichtem Kopfwippen, übersah allerdings die Hand.

„Also Sie und Herr Baumgarten teilen deutlich mehr historische Zeit miteinander. Viel mehr als ich und Herr Baumgarten."

Irgendwie kam sie mir bekannt vor. Mit dieser Art zu sprechen, mit welcher sie reihenweise Menschen um sich herum exkludierte, hatte ich bereits Bekanntschaft gemacht. Dieser Tonfall, äußerst höflich und doch in einer eindringlichen Weise überaus abfällig, war meinen Ohren nicht wirklich fremd.

„Und darum geht es in diesem Buch? Wer mit wem seine Lebenszeit teilt?"

„Ja, und darum, dass man, was diese Konstellation betrifft, keineswegs die Freiheit hat, wählen zu können, wie man sich allzu gerne zu glauben anschickt. Sie können nicht wählen als wer auch immer sie auf dieser Welt leben möchten. Oder mit wem und mit wem nicht. Und ganz besonders jene Menschen, die versuchen sich auf das Entschiedenste diesen Maßgaben zu widersetzen, machen die schmerzliche Erfahrung, dass diese Welt letztendlich doch stärker ist als sie selbst. Und dass sie es partout nicht erlaubt, auch nicht einem einzigen, und sei er auch noch so unwichtig, aus ihrem Gefüge auszubrechen."

„Ja, das ist das Schöne an der Literatur, dass jeder glaubt, er könne seine eigene Lesart generieren und jedwede Form von Objektivierbarkeit außer Acht lassen. Die Fülle subjektiver Illusionen, die das geschriebene Werk in seinen Lesern zu entfalten weiß, ist beinahe grenzenlos. Sich da einen methodischen Überblick zu verschaffen, ist ganz sicher nicht jedermanns Sache."

Was dann passierte, damit hatte ich nicht gerechnet. Zuerst war ihr Blick verständnislos. Gleich danach wurde sie wütend. Wäre Herr Gartenbaum nicht im Abteil gewesen, hätte sie mich gewiss körperlich attackiert. Mit ihren kräftigen Händen, zu Fäusten geballt, auf mich einzudreschen versucht. Aber noch bevor ich mir ihren hysterischen Anfall und meine besänftigenden Entgegnungen dazu vorstellen konnte, war ihre Wut schlagartig einer Geschäftigkeit gewichen, die mich überraschte. Eilig und ohne jedwede Hilfe hatte sie ihre schwere Reisetasche von der Ablage gezogen und vor die Tür geschoben, ihre Handtasche über die rechte Schulter gehängt, den hellgrünen Sommermantel in die linke Hand genommen. Und ohne ein weiteres Wort zu sagen, war sie gegangen. Alois Baumgarten sah ihr verwundert nach und fragte mich sogleich, ob wir denn schon in Berlin angekommen seien. Und ich antwortete ihm, „Noch etwa fünfzehn Minuten bis Spandau."

Gritt Bauer verschwand spurlos. Nicht, dass ich nach ihr suchte. Aber als wir in Berlin ausstiegen, ich zuerst und hinter mir Herr Baumgarten, dem ich mich mit seinen drei beschwerlichen Gepäckstücken noch bis zum Fahrstuhl behilflich zeigte, war nichts mehr von ihr zu sehen. Ich fuhr als letzter die Rolltreppen hinab und erwischte gerade noch die U-Bahn. Es dauerte zwei Stationen bis ich merkte, dass ich in die falsche Richtung fuhr. Als ich endlich die Wohnungstür geöffnet hatte, ließ ich Koffer und Jacke fallen, streifte die Schuhe ab und lief eilig auf Philine zu. Sie stand an die Tür ihres Arbeitszimmers gelehnt und wartete wohl auf eine Schilderung meiner jüngsten Erlebnisse. Wirklich überrascht war sie jedoch nicht, als ich ihr ohne Worte ihren Pullover auszog, den Büstenhalter öffnete und sie, während ich sie und mich weiter entkleidete, stetig nach hinten schob, auf ihren großen Schreibtisch zu. Alle Missverstände der letzten Tage wollte ich loswerden. Und Philine war dabei eine große Hilfe. Sie wusste genau wie kurz oder lange, wie aggressiv oder behutsam die verschiedenen Positionen mit mir auszuhalten waren. Und sie war von Mal zu Mal besser geworden. An diesem Tag dauerte es indessen eine ganze Weile bis ich jenseits einer fast unermesslichen Begierde wieder zu mir selbst gefunden hatte.

Als sie mich später fragte, wie es denn in Loosen gewesen sei, hatte ich keine Kraft mehr zu erzählen. Davon zum Beispiel, dass der alte Mann dem Friedhof, auf dem er jetzt endlich begraben lag, regelmäßige Besuche abstattete (*Über seine Motive für diese Ausflüge hatte ich noch keine Zeit gefunden, nachzudenken. Womöglich Kriegertreffen?*). Oder davon, dass es in diesem Dorf eine junge Frau gab, die mehr von Karl Dorfmann zu wissen schien, als ich oder andere. Eine junge Frau, welche sich außerdem mit Familiengräbern auskannte, in denen eine Leiche auf der anderen lag, und die mir letztlich noch die Bekanntschaft mit einer Fremden namens Margret ankündigte. (*Margret? Mein Gedächtnis signalisierte mir, dass ich diese Person bereits kannte und meine Gefühle dabei waren definitiv beklemmend.*) Und natürlich erzählte ich Philine auch nichts davon, dass mich eine vollbusige, blondierte Frau unbedingt auf die Unentrinnbarkeit vor dem eigenen Schicksal hinzuweisen versuchte.

Völlig unvorbereitet und vollkommen rücksichtslos konfrontierte mich am nächsten Morgen mein Blick auf die buntbestickte Decke über seinen Kisten mit einer Erinnerung an ihn, die ich hasste. Es war Fassungslosigkeit, die den alten Mann überfiel als gegen Ende der 60er Jahre öffentlicher Widerstand aufkam, der im darauffolgenden Jahrzehnt in brutale Gewalt umschlug. Diese terroristischen Zustände draußen im Lande waren mit jenem Aufruhr, der in meinem Inneren heranwuchs, quasi identisch. Es war eine Zeit, da ich eine Vorstellung von mir und von der Welt, in der ich lebte, formen musste. Jene „bleierne" Zeit, wo man Stellung bezog zu dem, was da draußen in der westdeutschen Republik erbarmungslos verfolgt und als Geißel oder in Haft genommen wurde. Und zu dem, was sich hinter den Mauern unserer kleinen Familienfassade abspielte. Die zweite große Niederlage im Leben meines Vaters bahnte sich damals erbarmungslos ihren Weg. Er war vollkommen ungeschützt, als es über ihn hereinbrach. Viel zu schnell entglitt ihm der wohl einzige Faden, der ihn mit mir verband. Ich würde nichts, überhaupt nichts verstehen, sagte er. Ja, da stimmte wohl, denn ich war wie meine Vorbilder gnadenlos. Wie sie hatte auch ich mein Feindbild eindeutig identifiziert. Ihre Methoden waren militant. Meine eher psychologisch. Auf diese Weise dauerte es zwar länger, bis das Ziel erreicht war. Das Resultat indessen war auf gleiche Art verheerend.

Die Bedingungen, unter welchen wir bislang gelitten hatten, waren ungeheuerlich. Vor den Mauern eines überdimensionalen Friedhofes, über dessen Existenz wir nur unzureichend informiert wurden, waren wir aufgewachsen. Wer noch alles bei uns mit am Tisch saß, wenn wir des Mittags oder des Abends ganz gewöhnlich unser Mahl zu uns nahmen, war nicht auszumachen, denn alle schwiegen. Selbst wir Jüngeren hielten uns unseren Mund genauso angestrengt zu, wie es jene unsichtbaren Gäste aus dieser grauenvollen Vergangenheit taten.

Dann war es so weit. Es kam die Zeit, diese Ruhe zu durchbrechen und auf den Tisch zu hauen. Alle sollten sich endlich zu erkennen geben. Auch er sollte seine Opfer beim Namen nennen. Ich würde ihn dazu zwingen. Wir würden sie dazu zwingen. Koste es uns, was es wolle. Ihre Taten wurden zu meinen Waffen, ihre Motive meine Rechtfertigung. Es war ein erbitterter Krieg, den wir führten, aber das Ziel, auf das er hinauslief, ließ sich von keinem von uns definieren. Und so endete alles genauso wie es angefangen hatte: in einem großen Schweigen. Keiner hatte diesen Kampf überlebt.

Nun lagen die Überreste seiner Vergangenheit, in Kisten gepackt, in meiner Zimmerecke. Und dasselbe bunte Tuch hing darüber, das auch er benutzt hatte, um eine farbige Kulisse zu schaffen, die einem wohlwollenden Betrachter suggerierte, es würde sich lediglich um einen Teil der Einrichtung handeln. Ich stand auf.

Erst gegen Ende des Jahres würde die Tagung stattfinden, aber ich sollte noch mehrere Aufsätze schreiben, Seminare zu diesem Thema vorbereiten und schließlich einen richtungsweisenden Eröffnungsvortrag halten. Unter den gegenwärtigen Umständen würde ich mich wahrscheinlich auf ein paar „Einleitende Worte" beschränken. Damit räumte ich Marietta Weiss die Möglichkeit ein, anschließend mit einem Co-Referat der Tagungsgesellschaft ihre Sicht auf unsere alternde Welt vorzustellen. Mit meiner Trauerfeier begann also endlich ihr lang ersehnter und von ihr unerschütterlich vorangetriebener Aufstieg in den universitären Olymp.

Meine verehrten Damen und Herren, ich freue mich, Sie bei uns begrüßen zu dürfen. Und hoffe, dass wir es schaffen werden, uns erneut in dieser interdisziplinären Zusammensetzung zu treffen. Wir alle wissen, dass schon seit Jahrzehnten über den „alternden Menschen" und unsere „alternde Gesellschaft" nachhaltig geforscht wird. Es steht damit ein reichhaltiges Reservoir an Wissen zur Verfügung, das wir als Grundlage unserer eigenen fächerübergreifenden Fragestellung ausschöpfen können. Bereits unser gemeinsames Motto „Aufbruch in ein neues Altern" weist darauf hin, dass wir nicht länger retrospektiv ausgerichtet forschen wollen, sondern an der Bereitstellung von Ideen zur Entwicklung neuer Identitäten und Lebensstile alternder Individuen und Systeme interessiert sind. Der sozialwissenschaftliche Diskurs ist damit eindeutig prospektiv, auf die Zukunft hin ausgerichtet. Ob Wissenschaft in diese Richtung effektiv wirken kann, wird bei allen unseren thematischen Schwerpunkten immer mitzudiskutieren sein. Wir, als Gastgeber, haben uns angestrengt, den unterschiedlichen Perspektiven gerecht zu werden. Aber auf keinen Fall wollen wir Sie und uns ohne Ergebnisse zurücklassen, wenn wir uns am Sonntagabend wieder voneinander verabschieden. Deswegen haben wir vor, aus den heutigen Diskussionen gemeinsam Schwerpunkte zu formulieren und unter diesen Überschriften, die Veranstaltungen am Sonntag fortzuführen.

Et respice finem – Und bedenke das Ende, denn das Leben auf dieser Erde hat für uns alle wahrhaftig ein Ende. Unser Aufbruch ist also ein ganz besonderer. Derweil Abenteurer zu Beginn ihrer Missionen immer noch im Glauben an eine Rückkehr ihre Anker lösen, endet diese intellektuelle Reise für unsere Bezugsgruppe ungeachtet jedweder wissenschaftlichen Erkenntnis mit dem Tod, definitiv. Während jedoch die einzelnen Mitglieder der ‚alternden Gesellschaft' sterben werden, ist dieselbe ganz und gar nicht vom Aussterben bedroht, sondern beginnt unsere Lebenswelt nachhaltig zu verändern. Demographen beharren darauf, dass es zu wenige Kinder in unserem Land gibt, und dass jene auf dem Land Lebende vermehrt in die Stadt ziehen werden. Damit einhergehende Veränderungen heißen unter anderem Renaturierung und wieder einmal Urbanisierung. Unsere Bevölkerung schrumpft und das im Osten deutlicher als im Westen und die Verbleibenden verdummen aufgrund fehlender Bildungsoffensiven. Wobei gerade sie für den reduzierten Nachwuchs verantwortlich sind.

Wie so häufig sind Frauen deutlicher betroffen als Männer. Überhaupt ist „Feminisierung" eines der Schlagwörter in diesem Themenkomplex. Denn Frauen leben länger als Männer, sind eher und länger chronisch krank und ihr sozialer Tod setzt bereits zwanzig Jahre vor ihrem tatsächlichen Tod ein. Denn alternde Männer finden gleichaltrige Frauen äußerst unattraktiv, lassen sich jedoch gerne von ihnen bis zum Tode zu Hause pflegen. Nur 9% der Frauen über 80 Jahre sind noch verheiratet. Über 80jährige Männer dagegen noch zu 55,2%. Die alternden Frauen hingegen werden entweder von jüngeren Frauen, ihren Töchtern oder Altenpflegerinnen, zu Hause versorgt oder im Pflegeheim besucht, wo sie, wie auch im Krankenhaus, in beinahe 70% der Fälle einen „modernen Tod" sterben: Die Sterbende wird dafür zumeist in ein Einzelzimmer geschoben, im Krankenhaus kann das auch das Badezimmer der Station sein. Dort wird dann ganz individuell gestorben und anschließend, wenn möglichst wenig Besucher zugegen sind, bewegt man das Rollbett praktisch wie unauffällig zum Kühlschrankfach.

Die Wahrscheinlichkeit an Demenz zu erkranken steigt mit dem Lebensalter. Während bei den 65-70-jährigen nur 2% betroffen sind, geht man bei über 85-jährigen von vermuteten 40% aus. Die häufigsten Todesursachen sind mit 75% jedoch Krebs und Herz-Kreis-lauferkrankungen. Was natürlich auch mit unserer ungesunden Ernährungsweise zusammenhängt und der Ermangelung eines aktiveren Lebensstils. Und wie so oft sind es psychologische Aspekte wie instabile Biografieverläufe, negativ erlebte Lebenssituationen, wenig ausgeprägte Zukunftsperspektiven und mangelhafte soziale Integration, die sowohl die Krankheitsverläufe an sich als auch generell die Schnelligkeit des körperlichen Abbaus und nicht zuletzt das Verhältnis jedes einzelnen zu Sterben und Tod entscheidend beeinflussen.

Liebe Kolleginnen und Kollegen, Ihre Mimik erstarrt zusehends. Und ich weiß natürlich auch warum: Meine 'einleitenden Worte' sind allein final ausgerichtet in einem Kontext, wo das Ende auch tatsächlich T o d bedeutet. Sie wollen lieber oder vornehmlich die verschiedenen Wege dorthin in ihren Potentialen erörtern. Oder Sie halten es mit Epikur, der meinte, dass „Der Tod uns nichts angehe, da doch, solange wir sind, er nicht ist, und sobald er eintritt, wir nicht mehr sein werden". Ich aber sehe mich dazu veranlasst, dafür zu sorgen, dass wir diesen wichtigen Aspekt nicht aus den Augen verlieren. Denn es gibt viele unterschiedliche gesellschaftliche und individuelle Formen des Todes: Senizid, Gerontozid, Tötung durch Vorenthaltung etc. Die Folgen der gesellschaftlichen Alterung sind heute noch nicht umfassend abzusehen. Verändert sich unsere Haltung zur Euthanasie? Wird die Suizidrate weiter ansteigen? Erinnern Sie sich an Soylent Green? „Wer immer der Idee

des Todes begegnet, wird sich, wie Max Frisch es bezeugt, zumin-
dest spielerisch einmal im Leben sagen: Da ich doch nur lebe, um
zu sterben, das Haus nur baue, auf dass es beim Richtfest zusam-
menstürze, ist es besser, ich fliehe vor dem Tod in den Tod oder –
wenn er weiter und genauer denkt: aus der Absurdität des Daseins
in die Absurdität des Nichts." (Améry, 1991[5], 55)
Die Auseinandersetzung mit dem eigenen Tod gilt als die letzte
„developmental task" eines jeden (alternden) Menschen. Auf
welch verschiedene Weisen er sie lösen kann, auch darüber soll-
ten wir uns an diesem Wochenende unterhalten. Ich danke für Ihre
Aufmerksamkeit."

Scheiß-Vortrag! Viel zu komplex, inhaltlich zumeist unzusammen-
hängend und überhaupt schlecht strukturiert. Aber genau so
werde ich ihn halten. Er ist viel zu kurz und viel zu unübersichtlich
als dass sie sofort Kritik üben könnten und überhaupt. *Noch bevor*
ihr höflicher Applaus abgeklungen ist, wird Marina Weiss in ihrem
lachsfarbenen Seidenkostüm, ihren Pumps, mit locker hochge-
stecktem Haar und leichtem Make-up, das vor allem ihre Augen
zu mandelförmigen Seen verwandelt, neben mir stehen und alle
Blicke auf uns ziehen. Sie wird mich anlächeln, dann das Publikum
und ein letztes Mal wieder mich. Sie wird geduldig darauf warten,
dass ich ihr meinen Platz überlasse. Ein schönes Paar, werden sie
denken. Und mit keinem ihrer Sinne auch nur im Entferntesten
wahrnehmen, wie äußerst unsympathisch und disparat wir uns
sind.

Als ich am späten Abend noch Robert Moor aus seinem sonntäglichen Fernsehsumpf emporzog, versicherte er mir, dass er meinem Vorschlag, er möge doch meinen Wagen nach Berlin überführen, wirklich gerne nachzukommen gedenke. „Eine gute Idee", nannte er das. Dass ich mich bei ihm für seine Gastfreundschaft in Loosen mit ein paar kulturellen und nächtlichen Streifzügen durch Berlin bedanken wollte, schien ihn allerdings wenig zu kümmern. Und genau so war es dann auch. Roberts Interesse galt vom ersten Augenblick an und ganz allein Philine.

6
Seine F r a u

Ich konnte es ihr einfach nicht erzählen. Obwohl sie eine Frau war und ich sie wirklich außergewöhnlich nett fand. Umgehend war sie von meiner Therapeutin zu einer Vertrauten geworden, einem Spiegel meiner Seele. Und meine Seele sah ich selten so klar vor meinen Augen schauspielern wie in jenen Stunden, die ich zurückgezogen in ihrem bequemen sattgrünen Sessel verbrachte. Meine bloßen Füße spürten den schweren, seidig goldenen Teppich unter sich und zwischen meinem betäubten Körper und ihren massiven Bücherregalen, die allerlei wundersame Döschen und schön geformte Vasen beherbergten, hatten zumeist auch Sonnenstrahlen auf dem Fußboden Platz genommen und warteten genauso aufmerksam wie sie auf eine weitere Erzählung aus einem unbedeutenden Leben.

Aber ich konnte nicht länger vor diesen Spiegel treten. Konnte nicht weiterhin mir selbst dabei zusehen, wie ich wieder und wieder diese ekelhafte, große, blutige und zerfetzte Wunde anstarrte. Ich konnte auf keinen Fall zum hundertsten Mal ertragen, wie dieses unbändige Bedürfnis von mir Besitz ergriff, gewaltig wie rücksichtslos, wie es erneut dazu Anlass gab, mich mit beiden Händen genau da hinein zu wühlen und alles mir Greifbare erbarmungslos herauszuzerren: Zähne, vor allem Zähne auszubrechen, das rote Fleisch noch weiter auseinander zu reißen, noch größere Blutströme zu verursachen. Denn erst dann, wenn alles, aber auch wirklich alles auseinandergerissen und mit Dreck besudelt war, konnte ich davon ablassen, konnte mich umdrehen und ihn allein auf den alten Holzdielen zurücklassen.

Dabei war mein erster Impuls, ihn wiederzubeleben. Meinen Mund auf seinen zu pressen, mit meiner Zunge seine zu heilen, mit meinem Atem seinen wieder anzufüllen, genau so lange bis er es selbst wieder konnte, atmen. Was scherte mich das viele Blut und diese qualligen Gehirnfetzen an seiner Seite?

„Philine, Sie haben die beiden letzten Stunden nur schweigend in diesem Sessel gesessen und immerzu den Eindruck vermittelt, als würden Sie gleich zu reden anfangen, als bräuchten Sie nur noch einige Momente, um sich zu sammeln, um einen Anfang zu finden. Und schließlich sind Sie aufgestanden, haben die Stunde abgebrochen und sagten, Sie kämen nächste Woche bestimmt wieder. Nun, Sie sind gekommen. Sitzen mir hier gegenüber. Aber Sie sprechen nicht mit mir. Sagen Sie mir, was Sie davon abhält, zu reden."

Worüber sollte ich aussagen? Ich war an jenem Tag an einem Punkt angekommen, von dem aus es einfach nicht mehr weiterging. Kein Weg führte in eine Richtung, aus der ich nicht schon einmal auf diese Lichtung hin zugelaufen wäre. Und nirgendwo lag ein Werkzeug, mit dem ich eine Schneise hätte schlagen können, durch das restliche Dickicht um mich herum. Ich hatte ihr bereits alles gesagt. Hatte von meinen Großeltern gesprochen, meiner Mutter, vom Internat, all den Männern, auch später noch als ich schon verheiratet war. Hatte ihr viele traurige, ein paar absonderliche, nicht wenig brutale und eine schöne Geschichte von mir erzählt. Eine schöne Geschichte, die zu Ende gegangen war, wobei ich für dieses Ende keine Verantwortung trug, wie er schrieb. Eine Geschichte, die anfing als ich bereits vierzig Jahre alt war und meine Hoffnung auf eine dauerhafte, aber auch leidenschaftliche Beziehung gerade erfolgreich ins Abseits katapultiert hatte, und welche zehn Jahre später in einem letzten Atemzug mit unzähligen Blutspritzern zerbarst.

Seit diesem Tag waren Jahre vergangen. Ich hatte ihr in einem Brief von allen wesentlichen Dingen aus meiner zehnjährigen Ehe mit Kaspar Dorfmann berichtet. Zu Beginn ihrer therapeutischen Sitzungen ließe sie sich gern die bedeutendsten Ereignisse im Leben ihrer Klienten schriftlich vorlegen, sagte Frau M. mit dem ihr eigenen Lächeln, das sie nie ganz aus ihrem Gesicht verbannen konnte. Kaspar hätte allein anhand der Analyse dieser Aufzeichnung die gesamte Therapie bestritten und mich mit seinen skurrilen Deutungen, die er sich dazu ausgedacht hätte, für den Rest meines Lebens begeistert.

April 1995 – Dezember 2005

Bevor ich Ende Mai 1995 mit meinen Schülern eine Studienreise nach Rom unternehmen würde, wollte ich mich, die ich noch niemals zuvor in Rom gewesen war, mit dieser Stadt zuerst etwas vertraut machen, ihre Schönheiten in Ruhe bewundern und ihrem Zauber ausgiebig verfallen können. Nirgendwo anders konnte ich mir die Gleichzeitigkeit des Ungleichzeitigen so grandios und gleichsam doch unaufdringlich miteinander in Szene gesetzt vorstellen, wie in dieser Stadt. Außerdem wollte ich mich von der ausschweifenden Orientierungslosigkeit meiner Kollegin Rosi Langer unabhängig machen und, was noch wichtiger war, dem Minimalismus eines Herrn Rudolph konsequent entgegentreten können. Der Gedanke daran, mit einer Horde pubertierender Jugendlicher und diesen beiden genügsamen Kollegen in einer mir fremden Stadt herumzuirren, wobei die eine der beiden nie wirklich wusste, wohin es ging oder woher sie eigentlich kam und der andere vornehmlich darauf bestand, dass in vorgegebener Zeit das jeweilige Besichtigungsobjekt betrachtet, besprochen und abgehakt war, steigerte mein Ungemach vor dieser Erkundungsreise ins Unermessliche. Ich musste vorpreschen und Rom zu meiner Stadt machen, obwohl ich etwas ängstlich war, was die Abende betraf. Für die Studienreise war ein Aufenthalt in einer Jugendherberge geplant und ganz in deren Nähe hatte ich eine kleine Pension ausfindig gemacht, in der ich zunächst wohnen wollte. Glücklicherweise hatte ich mich nur für zwei Nächte angemeldet.

Als ich endlich in Rom ankam, dämmerte es bereits, und ein leichter Wind wehte mild durch die belebten Straßen. Wenn ich in Berlin abends allein unterwegs war, zusammen mit anderen fremden Passanten, wusste ich immer, wo ich Unterschlupf finden, von wo aus ich dem Treiben weiter zuschauen konnte, ohne mit irgendjemandem in Kontakt treten zu müssen. In fast jedem Bezirk gab es Cafés, die mir vertraut genug waren, um mich dahin zurückzuziehen, weiter in einem Buch oder in einer Zeitung zu lesen, zu trinken, zu essen, oder auch einfach mit den Augen fragend die anderen Tische abzutasten nach anderen fragenden Augen und so in ein Gespräch zu verwickeln oder verwickelt zu werden, um sich selbst zu beweisen, dass man nicht wirklich allein war, wenn man es nicht unbedingt sein wollte. Aber hier schien es als wäre man allerhöchstens auf der Straße allein, wenn man gerade nach Hause lief oder ins nächste Restaurant, für das man sich schon früh im Leben mit den bereits dort Wartenden verabredet hatte.

Ich zog meinen Koffer hinter mir her, entschied mich gegen die U-Bahn und lief weiter, zur nächsten Station, in Richtung Piazza della Repubblica. Im Zug hatte ich ausreichend gegessen, so dass ich jenen Abend in meinem kleinen Zimmer zubrachte und mir eine Route für den nächsten Tag zurechtlegte. Den ersten Tag wollte ich nur umherlaufen, als ließe ich mich treiben, wollte ich mir alles von außen ansehen, einen Eindruck gewinnen von der Architektur, dem städtischen Treiben und den verschiedenen Orten mit ihren touristischen Attraktionen. Erst danach waren die einzelnen Sehenswürdigkeiten genauer zu betrachten und womöglich konnte ich noch eine andere Pension ausfindig machen. Nach einem kleinen Frühstück am frühen Morgen fuhr ich zurück zum Hauptbahnhof und lief von dort aus die Via Gioberti entlang zur größten Marienkirche Roms. Sie sollte der Ausgangspunkt meines Erkundungsgangs sein.

Kaum ein anderes Gebäude gehörte für mich so offensichtlich zu dieser Stadt wie gerade jene Kirche, von der Schwester Agnes im Internat, entgegen ihres ansonsten so unnahbaren Verhaltens, bei jeder Gelegenheit geradezu inbrünstig gesprochen hatte. Es kursierten die wildesten Gerüchte unter den Schülerinnen über Agnes mehrjährigen Aufenthalt in Rom, und auch ich konnte mich vor einer gewissen Neugierde nicht verschließen und so lief ich, noch immer von ihrer seltsamen Begeisterung für Maria Maggiore betört, zuerst auf den Esquilin. Natürlich hatte sie das „Schneewunder" erwähnt, jene Legende, die von den besonderen Umständen erzählt, die im 4. Jahrhundert zur Errichtung dieser Kirche geführt hatten, von jener Sommernacht, in der es noch einmal Winter wurde mitten in Rom, dem vereinbarten Zeichen für den Patrizier Giovanni Romano und den damaligen Papst Liberius. In dieser wundersamen Nacht nämlich erschien den beiden im Traum die Mutter Christi, und sie bestellte den Eheleuten Romano, dass sich ihr sehnlicher Kinderwunsch erfüllen sollte, falls sie ihr zu Ehren eine Kirche bauen würden gerade an dem Ort, der am nächsten Morgen mit Schnee bedeckt sei. Und Schnee fiel in jener Sommernacht zum 05. August tatsächlich auf dem Esquilin, eben dort wo seitdem diese wunderschöne Kirche steht. Heute noch erinnern jedes Jahr am 05. August Tausende von weißen Blütenblättern, die von der vergoldeten Kassettendecke herabfallen, an diese Ursprungsgeschichte der Santa Maria della Neve. Die weißen Blüten umhüllen die anwesenden Gläubigen und halten auf einzigartige Weise die spirituelle Verbindung zwischen Himmel und Erde lebendig.

Als ich an jenem Aprilmorgen endlich auf dem Vorplatz anlangte, und hinauf zur Marienstatue blickte, die auf einer hohen Säule befestigt ist, die Papst Paul V. im 17. Jahrhundert auf dem Vorplatz der Kirche hatte aufrichten lassen, der einzig erhalten gebliebenen Säule der Konstantinsbasilika, die ursprünglich auf dem Forum Romanum erbaut worden war – hörte ich zum ersten Mal seine Stimme.

„Maxentiusbasilika! Diese Säule gehörte zur Maxentiusbasilika, nicht zur Konstantinsbasilika, wie in Ihrem Reiseführer steht. Entscheidend sollte der Initiator des Baues sein, nicht jener, unter dessen Herrschaft sie vollendet wurde. Wenn auch Konstantin Veränderungen am ursprünglichen Bauplan des Maxentius vorgenommen hat…, aber die Pläne anderer Leute abändern, das kann doch jeder".

Er sprach während er an mir vorbeiging und drehte sich nur ganz kurz nach mir um. Sein Gesicht zeigte jenes besserwisserische Lächeln, als befänden wir uns in einer mündlichen Prüfung, in der er, nachdem ich als erste mein Wissen über diese Kirche offenbart hatte, nun damit glänzte, dass er wie beiläufig die zuvor genannten Punkte erneut aufgriff und entweder inhaltlich ergänzt oder mit einem neuem Ausblick versehen, präsentierte. Erst als er im Haupteingang der Maria Maggiore verschwand, bemerkte ich, dass ich hinter ihm her gelaufen war und blieb abrupt stehen. Alles an mir schien verrutscht, ich zog wiederholt an den Ärmeln meiner Jacke, dann am Ausschnitt meiner Bluse, lockerte den Schal, der mir plötzlich zu lang und unpassend vorkam. Ich schlang ihn einmal mehr um den Hals, um ihn anschließend ganz abzunehmen und mich irgendwie nackt zu fühlen. Also legte ich ihn wieder genauso um wie zuvor, schüttelte dann den Kopf über dieses alberne Verhalten meinerseits, mich durch einen solchen Übergriff so aus der Fassung bringen zu lassen. Etwas verärgert, nicht nur über mich, und innerlich angespannt, meine Hände waren kühl und bleich, betrat ich schließlich diese Papstbasilika, deren 86m langer Innenraum mit den riesigen Marmorsäulen und einer vergoldeten Kassettendecke, den „Cosmatischen" Fußböden und wunderschönen Mosaiken und Fresken, mich sogleich in seine zarte Dämmerung einsog. Während ich wie betäubt im Halbdunkel langsam umherlief und dabei alle Unterweisungen über diese Kirche, die uns Schwester Agnes wieder und wieder erteilt hatte, in meinem Schädel aus einem langen Schlaf erwachten, waren meine Augen, aller visuellen Pracht und rationalen Versuchen, dem Vorfall auf dem Vorplatz keine besondere Bedeutung beizumessen, zum Trotz auch auf der Suche nach jenem Mann, der wusste, was in meinem Reiseführer stand, den ich den ganzen Morgen nur ein einziges Mal aus meiner Tasche genommen hatte, nämlich in der U-Bahn, die zum Roma Termini fuhr.

„Unter den großen Basiliken Roms ist die Santa Maria Maggiore die einzige, die frühchristliche Strukturen bewahrt hat. Das bedeutet zum Beispiel, dass die Mosaikarbeiten im Mittelschiff und auf dem Triumphbogen noch dem 5. Jahrhundert entstammen. Und auch einige der Mosaikfußböden, die erhalten sind, datiert man bis ins

5. Jahrhundert zurück. Unglaublich, nicht wahr? Denken Sie mal daran, wer schon alles zuvor seine Füße auf diese Steine gesetzt haben muss, gerade an jener Stelle, wo Sie nun selbst stehen... Die Apis-Mosaiken wurden allerdings erst im 13. Jahrhundert angefertigt. Ebenso wie ein Großteil des Fußbodens, der seinen Namen dem Marmormeister Cosmas verdankt. Und die Kassettendecke, entworfen von Guiliano da San Gallo im Jahre 1450, ist angeblich mit jenem ersten Gold aus Amerika bedacht worden, das Isabella und Ferdinand von Spanien Papst Alexander VI. schenkten. Getragen wird sie von den gewaltigen Marmorsäulen. Und hier, sehen Sie, die Wände hier waren einst von Fenstern durchbrochen, die jetzt fast alle zugemauert sind und mit Fresken ausgeschmückt wurden, die, wie Sie sehen, Szenen aus dem Leben Marias darstellen."

Es waren fast die gleichen Worte, die Schwester Agnes immer gebraucht hatte, die mir jetzt im Ohr klangen. Seine Stimme war unverkennbar, klar, etwas rau, nicht zu tief. Er fasste mich an meinem rechten Oberarm und schob mich sanft weiter vor sich her zum Hauptaltar hin.

„Der Reliquienschrein vor dem Hauptaltar ist aus Kristall und man hat ihm die Form einer Krippe gegeben, einer heiligen Wiege, cunabulum ist das lateinische Wort dafür, weil er, Sie dürfen jetzt staunen, einige Holzstücke enthalten soll, die der Futterkrippe entstammen, in die das Jesuskind nach seiner Geburt gelegt worden war. Sie kommen demnach also aus Bethlehem. Genauso wie die hier in der Kirche beigesetzten Reliquien von Hieronymus. Sagt

Ihnen nichts? Nun, er war dennoch einer der bedeutendsten Persönlichkeiten der Kirchengeschichte. Er gilt als Patron der Theologen, der Gelehrten, Studenten, Schüler und Übersetzer sowie der Universitäten und wissenschaftlichen Vereinigungen. Ist quasi unser beider persönlicher Schutzengel. Sie sollten also unbedingt mehr von ihm erfahren."

Noch immer stand er hinter mir, aber ich traute mich nicht, mich umzudrehen, denn ich wollte diesem ironischen Tonfall nicht Einhalt gebieten und unserer Begegnung schon jetzt die Chance geben, sich durch genauere Betrachtungen und konkrete Aussprachen wieder zu verflüchtigen. Heute weiß ich, dass es zu diesen vermeintlich bedrohlichen Handlungen ohnehin nie gekommen ist. Vielmehr hatten wir es geschafft, all die Jahre in dieser ersten Position zueinander zu verharren und zu glauben, dass alles andere unser beider Ende bedeutet hätte, wo es vielleicht die einzige Chance gewesen wäre, gemeinsam zu überleben. Er veranlasste mich auf einer Sitzbank vor ihm Platz zu nehmen, bevor er weitersprach.

„Also wie schon gesagt: Auch Hieronymus Überreste kamen aus Bethlehem, wo er im Alter von 73 Jahren in seinem Kloster gestorben war. Über ihn wird eine mutige Geschichte erzählt, die allerdings zu einem schalen Ende gelangt. Bislang habe ich mir noch nicht die Mühe gemacht, diesen Fortgang der Geschichte zu deuten, aber vielleicht fällt Ihnen ja ein passender Gedanke dazu ein? Nun, es wurde eine Löwenlegende über ihn niedergeschrieben, 615 glaube ich war das. Zumindest der erste Teil der Erzählung passt bestimmt auch zu Ihnen. Es wird erzählt, dass ein Löwe mehrere Mönche in die Flucht schlägt. Hieronymus jedoch, dem aufgefallen war, dass der Löwe seine Beine nicht richtig gebrauchen konnte, geht furchtlos auf diesen zu und versichert, er könne ihn von seinem Gebrechen heilen. Und tatsächlich zieht er dem Löwen einen Dorn aus seiner gefährlichen Tatze und er pflegt die Wunde bis sie verheilt und der Löwe wieder vollkommen genesen ist. Der Löwe wiederum bedankt sich bei Hieronymus, indem er als Haustier bei ihm bleibt, um täglich den das Holz für die Mönche herbeitragenden Esel auf die Weide zu führen und für dessen Sicherheit zu sorgen. Aber, wie meistens in Geschichten, wenn es allzu schön wird, passiert just ein tragisches Unglück. Einmal schläft der Löwe während seiner Wache ein und eine vorüberziehende Karawane raubt den Esel. Beschuldigt, den Esel gefressen zu haben, muss der Löwe fortan selber Esel sein und das Holz herbeitragen. Erst viele Jahre später erblickt der Löwe die zurückkehrende Karawane mit dem ehemals gestohlenen Lasttier wieder. Mit donnerndem Brüllen und bedrohlichem Schweifschlagen holt er den Esel zu Hieronymus zurück und erwartet selbstverständlich Worte des Bedauerns von jenem, der ihn zuvor zu Unrecht beschuldigt hatte. Aber dieser schämt sich in Anbetracht seines früheren übereifrigen Handelns doch gar wenig, nimmt vielmehr die Karawanenleute freundlich bei sich auf und erhält schließlich auf diese Weise auch noch reichen Lohn für das Kloster."

Endlich wollte ich mich ihm zu wenden und etwas erwidern, zumindest dem Löwen Tribut zollen für sein außergewöhnliches Verhalten, aber er hielt mir seine Hand vor den Mund und veranlasste mich gleich darauf aufzustehen und ihm zu folgen. Nur flüchtig hatte ich sein Gesicht gesehen. Ich war erschrocken. Und als er dann vor mir herlief, fühlte ich mich die ganze Zeit über bestürzt und ermahnte mich immerzu zu größter Vorsicht. Nur eine Rolle kam mir in den Sinn, die mir bei dieser Begegnung zugedacht sein könnte.

„Haben Sie schon die Abendglocke läuten hören? Nein? Eine der fünf Glocken der Santa Maria Maggiore – übrigens, ihr Glockenturm ist mit 75m der höchste von Rom – also eine ihrer Glocken trägt den Namen „die Einsame" und erklingt jeden Abend um 21Uhr mit einem wundersamen Läuten. Wenn Sie wollen, können wir sie uns heute Abend anhören?"

Er drehte sich nicht um, während er sprach, und er wartete auch nicht auf eine Antwort von mir. Erst als wir wieder auf dem Vorplatz vor der Marienstatue standen, genau dort, wo er mich zuerst angesprochen hatte, wandte er sich zu mir um. Mir schien tatsächlich einen winzigen Moment lang, er sei verlegen, als er mich mit seinem zaghaften Lächeln ansah.

„Seien Sie nicht so misstrauisch. Ich kann Sie durch ganz Rom führen und Ihnen zu jedem Gebäude, jedem Platz und jedem Museum Wundersames erzählen. Ich kenne Cafés und Restaurants, wenn Sie Wert auf gutes Essen legen und das tun Sie. Sie essen gern, das sieht man."

Ich sah zu Boden und überlegte, ob ich seine direkte Anspielung auf mein Äußeres nun zum Anlass nehmen sollte, dieser kurzen Bekanntschaft schnellstens ein Ende zu setzen, wie es mir mein Verstand gebot oder ob ich mich weiter treiben lassen sollte, um meinen Gefühlen nachzugeben, die vom ersten Augenblick seiner Gegenwart an, meine gefestigt geglaubten Standpunkte auszuhebeln drohten. Mein ganzes Leben lang war ich unerbittlich mir selbst gegenüber gewesen. Ich hatte alles daran gesetzt, mich durch nichts von meinem Vorhaben abhalten zu lassen, aus mir etwas anderes zu machen, als ich es für jene Leute war, die mich geboren, aufgezogen und artgemäß untergebracht hatten. Ich hatte alles, was fest in mir drinnen nach ein bisschen mehr als Höflichkeit verlangte, entschieden zur Seite gedrängt und immer wieder aufs Neue versucht, so gewöhnlich wie möglich mein Leben zu führen. Und jetzt sollte ich all das aufs Spiel setzen?

„Sagen Sie doch bitte, wie Sie sich entschieden haben. Oder soll ich Ihnen noch eine Kostprobe meiner Kenntnisse gewähren?"

Er wartete auch dieses Mal nicht auf eine Antwort, sondern sprach in einem Atemzug weiter, denn er war sich bereits sicher, dass ich mich seiner Gegenwart nicht mehr entziehen sollte.

„Also in Ihrem veralteten Reiseführer, in dem Sie in der U-Bahn so hastig gelesen haben, wird diese Säule hier als die einzig erhaltene Säule der Konstantinsbasilika dargestellt, die ehemals am Rand des Forum Romanum gestanden hatte. Nun, die Basilika, die Anfang des 4. Jahrhunderts erbaut worden war, entstand zunächst einmal auf Anordnung des Kaisers Maxentius. Dieser war Kaiser innerhalb der römischen Tetrarchie, zusammen mit Maximinus Daia, Licinius und eben Konstantin. Die beiden Widersacher, um die es hier geht, waren Söhne von Kaisern und hatten daher über ihre tatsächliche Machtstellung hinaus bereits eine Anspruchshaltung an ihre politische Stellung ausgebildet, die eine Teilung von Herrschaft mit anderen ausschloss. Früher oder später sollte es also zu einem Machtkampf kommen und 312 n.Chr. war es soweit. Konstantin, der bis dahin Gallien und Britannien beherrschte, zog in den Krieg gegen Maxentius, der wiederum gerade mit dem Bau der Maxentiusbasilika beschäftigt war. Auf dem Weg nach Rom, so jedenfalls lautet der Text jener Legende, sahen Konstantin und sein Heer zur Mittagszeit ein Kreuz aus Licht über der Sonne, das die Inschrift trug: ‚in hoc signo vinces'. Sie verstehen Latein, nicht wahr? Aber Konstantin verstand es anscheinend nicht so gut oder er war einfach etwas zurückhaltend mit der Bedeutung, die er diesem Ereignis zugestand. Erst als ihm in der Nacht vor der entscheidenden Schlacht der Gottessohn persönlich mit eben diesem Zeichen erneut im Traum erscheint, interpretiert Konstantin dieses Vorkommnis als Schutz- und Siegeszeichen und wird tätig. Er lässt in Windeseile seine Soldaten jenes christliche Signum auf ihre Schilde malen und das Labarum, die Hauptheeresfahne, eine lange goldene Lanze mit einem Querbalken, von welchem ein purpurfarbener Schleier herniederhing, wird ebenfalls mit dieser Inschrift versehen.

Wahrscheinlicher ist natürlich wovon die Forschung heute aus-
geht, nämlich, dass dieses Signum erst Jahre später Schilde und
Labarum schmückte. Und auch über die entscheidende Schlacht
gegen Maxentius, die angeblich an der Milvischen Brücke statt-
fand, einer Tiberbrücke der Via Flaminia, direkt vor Rom gelegen,
der Ort, an dem Maxentius letztlich ertrunken sein soll und sich der
Machtkampf zugunsten Konstantins entschied, haben die Histori-
ker heute anderes zu berichten. Wie dem auch sei, nach seinem
Sieg baute Konstantin die Maxentiusbasilika zu Ende, nachdem er
ein paar Änderungen vorgenommen hatte. Und erst 1000 Jahre
später brachte ein Erdbeben das Gewölbe des Hauptschiffes der
Basilika zum Einbruch und – jetzt sind wir wieder an unserem Ausgangspunkt angelangt - die einzige der 20m hohen Säulen, die
diese Naturkatastrophe überstand, wurde 1614 von Papst Paul V.
hierher zur Piazza Santa Maria Maggiore gebracht und mit einer
Marienstatue obendrauf aufgetakelt."
Während er die letzten Worte sprach, fasste ich ihn am Oberarm
und zog ihn langsam neben mir her, was er überraschenderweise
zuließ. Er schien beinahe vergnügt. Über alles Mögliche hatte ich
bereits nachgedacht, es hin und her gewälzt in wilden und auch
wüsten Gedanken und es wäre naheliegend gewesen genau darüber mit ihm zu reden. Um Sicherheit zu gewinnen, zum Beispiel,
vor allem auch darüber, mit wem ich es zu tun hatte. Aber als ich
jetzt zu reden anfing, kam nichts dergleichen zur Sprache. Ich
sagte ihm nur, dass ich sein Angebot annähme und er mich doch

sogleich in ein Café führen solle, damit ich meinen Gelüsten endlich zügellos nachgeben könnte.

„Ich wusste, dass Sie meine Anspielung nicht als Kompliment auf-
fassen würden," antwortete er, ohne eindeutiger Gefallen zu signalisieren, so dass ich sofort wieder von seinem Arm abließ und wir
schweigend nebeneinander bis zu jenem Café liefen, in dem wir
ausschließlich darüber sprachen, an welchen Tagen wir welche
Sehenswürdigkeiten besuchen wollten.

Aber mit jedem noch so unpersönlichen Wort kamen wir uns näher
und schufen eine Vertraulichkeit zwischen uns beiden, die un-
gleich größer war als alles, was wir mit einem intimeren Gespräch
je herzustellen vermocht hätten. Ich verspürte keinen Appetit
mehr, obwohl ich wirklich hungrig war und es dauerte fast ein ganzes Jahr bis ich mich an seine Gegenwart bei der Verrichtung alltäglicher Dinge halbwegs gewöhnt hatte, und hie und da geschah es auch noch Jahre später, dass er diese Selbstverständlichkeiten allein durch seine Anwesenheit als unangebracht erscheinen ließ. Die Anziehungskraft, die er durch seine eigenartige Un-
nahbarkeit erschuf, war ihm vollkommen unbewusst. Geradezu
geschmeidig bewegte er sich mit ihr durch diese letzten Jahre wie
damals durch Rom: Alles war ihm geläufig und vertraut und jede
Gelegenheit, die ihm erlaubte, sein Wissen und seinen Verstand zu
nutzen, gebrauchte er rückhaltlos. Das raubte auch mir den Atem.
Und so lief ich innerlich nach Luft schnappend, und immer etwas
hungrig, selten neben, zumeist vor und ab und an hinter ihm her

und zwischen allerlei antiken Gebäuden hindurch über Schotter-steine, manchmal stolpernd und auf schiefen Treppen abkni-ckend mit meinen nicht allzu flachen Pumps, auf die ich in seiner und der Gegenwart Roms nicht verzichten wollte und ließ mich ganz nebenbei von ihm auffangen, mir über holprige Straßen oder Treppen helfen und ergänzte seine Ausführungen mit den weni-gen Kenntnissen, die er noch nicht dargelegt hatte oder unterbrei-tete ihm literarische oder anderweitige Gedanken zu diesem und jenem historischen, politischen oder gesellschaftlichen Ereignis, über das er gerade sprach und welches ich nicht selten initiiert hatte.

Diese Woche in Rom wurde zu einem einzigartigen Experiment, bei dem wir uns, ohne jedwede Absprache, stillschweigend, die ge-samte Zeit über allein darum bemühten, in gar keiner Weise einan-der zu verstehen zu geben, dass unsere einzigartige Existenz, sei sie mentaler, emotionaler oder physischer Natur, nicht nur in Rom, sondern auch in jeder anderen Stadt, ja selbst noch im entlegens-ten Dorf gleich wo auch immer auf dieser Welt, von einem Mo-ment zum anderen, vollkommen unautorisiert, aus heiterem Him-mel sozusagen, ausnahmslos auf den jeweils anderen von uns bei-den ausgerichtet war. Unsere außerordentlichen Bemühungen niemanden, und auf gar keinen Fall uns selbst, an unserer unerbitt-lich sich steigernden Begierde teilhaben zu lassen und ausschließ-lich unserem „Antico"-Plan zufolge, die gesamten vierundzwanzig Stunden des Tages miteinander zu verbringen, führten dazu, dass wir bis zum Ende der Woche von einem Rundgang zum anderen durch ganz Rom wanderten, unzählige Cafés, und Restaurants aufsuchten, davor oder danach Konzerten in der Engelsburg und der Magna Aula lauschten, einen Film in der Fiammetta verschliefen und uns danach über die wenigen Szenen, an die wir uns noch erinnern konnten, lustig machten und immer wieder lachten, weil wir eigentlich überhaupt nichts verstanden hatten, am nächsten Abend eine Theateraufführung im Theatro Argentino ansahen sowie einen Tag später eine Oper im Teatro dell'Opera und zuletzt mehrere Nachtlokale durchstreiften, wo ich mir allerlei Strategien ausdenken musste, um mich nicht ein weiteres Mal mit ihm auf der Tanzfläche wiederzufinden.

Bereits am zweiten Abend war ich zu ihm gezogen, in das Gästezimmer einer kargen Wohnung nicht weit vom Kolosseum entfernt, die einem Freund von ihm gehörte, der gerade für mehrere Wochen anderswo unterwegs war. Und so geschah es erst an meinem letzten Tag, den ich in Rom verbrachte, als wir die breite Freitreppe hinaufstiegen, an Kastor und Pollux vorbei und jenseits des Piazza del Campidoglio vor dem Palazzo Senatorio stehen blieben. Ich liebte diesen Ort vom ersten Augenblick an, diese mitten in Rom gelegene Enklave mit vogelfreiem Blick über die Piazza hinweg, alle Zeiten in greifbarer Nähe und links am Palast vorbei wartete bereits der Weg hinunter zum Forum Romanum, unserem letzten Besichtigungsziel in jener Woche.

In dem knappen Augenblick, der zwischen meiner Frage und seiner Antwort lag, war mir die aussichtslose Situation, in die ich mich hätte bringen können schlagartig und mit großem Erschrecken spürbar geworden. Mir war das Blut aus den Adern gewichen, Hände und Beine begannen zu zittern und mein Herz pochte plötzlich in einer solchen Geschwindigkeit, dass ich befürchtete in jedem Moment auseinander gerissen zu werden, und so schrie ich zum gleichen Zeitpunkt und völlig hysterisch auf ihn ein, als er mir seine Entscheidung darüber, ob wir uns denn wiedersehen werden, mitteilen wollte. Niemals mehr hätte ich mich in dieses Tal begeben können und wie überhaupt wäre ich jemals wieder nach Hause gekommen? Es waren nicht wenige Touristen, die erschrocken zu uns rüber schauten, als ich so entsetzt wie verängstigt „nein" auf die Piazza schrie und das auch noch mehrere Male hintereinander. Und hätte er mich nicht sogleich umarmt und mich flüsternd in Sicherheit gebracht und hätte ich nicht zur selben Zeit meines Ausbruches ein vollkommen gelassen ausgesprochenes „aber natürlich" auf seinen Lippen erkannt, wären einige dieser Umstehenden auf uns zugehastet und hätten versucht, mich unbedingt vor ihm zu retten. Den ganzen Tag über ließ ich seine Hand nicht los und mittlerweile ist es mir zu einer fixen Idee geworden, dass es diese beharrlichen Berührungen waren, die mir endlich jenes Maß an Nähe zu ihm erschlossen, die ihn noch am selben Tag dazu veranlassten, mich tatsächlich in sein Leben hineinzubitten.

Als die großen Ferien anfingen, hatten wir, ohne uns auch nur um die geringste Anteilnahme unserer Familien und Freunde zu kümmern, geheiratet, zogen unbeachtet in eine gemeinsame Woh-

nung und führten fortan ein, oberflächlich betrachtet, unkonven-
tionelles Leben. Außer dass wir Sex in Räumen trieben, die wir
beide angemietet hatten, gab es keine auch irgendwie aufeinan-
der abgestimmte Lebensführung. Er kam und ging, aß und schlief,
arbeitete und traf sich mit Freunden und Kollegen, wie er wollte
und mir gestand er zweifelsohne genau das gleiche Verhalten zu.
Ich hingegen fühlte mich damals nicht selten geradezu genötigt,
mich völlig frei von ihm zu bewegen. Nicht dass er darüber mit mir
sprach oder es einen Disput meinerseits deswegen gegeben
hätte; es schien das Selbstverständlichste auf der Welt zu sein, für
ihn, aber eben nicht für mich, dass wir uns auf diese Weise fortan
begegnen sollten. Noch heute bin ich davon überzeugt, dass er,
was mich betraf, fest daran glaubte, sich mit einer Lucy Snowe zu-
sammengetan zu haben. Und so geschah es dann und mit der Zeit
mit immer mehr Selbstverständlichkeit meinerseits, welche sicher-
lich nicht erwartet und bestimmt keinesfalls von ihm geduldet wor-
den wäre, hätte er auch nur die winzigste Ahnung davon gehabt,
dass ich mich mit weiteren Liebschaften ablenkte. Seine sicherlich
ungewollte, aber durch und durch haltlose Unabhängigkeit
drängte mich in den folgenden Jahren in eine vorher nie von mir
in Betracht gezogene Lebensweise, der ich zeitweilig gänzlich er-
lag und welcher ich erst in den letzten Jahren vor seinem Tod wie-
der Einhalt gebieten konnte. Allerdings als sein Cousin Robert uns
an einem sonnigen Septemberwochenende in Berlin besuchte,
war ich so gut wie nicht in der Lage gewesen, dessen unverhohle-

nen physischen Aufforderungen zu widerstehen, und das am wenigsten dann, wenn auch Kaspar zugegen war. Ich muss zugeben, dass mich diese Schwäche wohl deshalb so außergewöhnlich stark überrannte, weil ich zum ersten Mal, wenn auch nur flüchtig, den Eindruck hatte, dass an diesen zwei Tagen Kaspars ansonsten mit Undurchdringlichkeit und Selbstzentriertheit gestrichene Fassade durchaus ein paar Farbspritzer abbekommen hatte.

Kaspars Vater war im Juni 2005 verstorben. Dieser Tod veränderte sein Verhalten offenkundig, worüber ich überrascht war, denn ich hatte keineswegs damit gerechnet. Unmöglich schien mir bis dahin, dass er von Trauer gefangen sein könnte. Und noch unglaublicher mutete die Beobachtung an, dass er bald fröhlicher und fast ohne seine gewöhnliche, körperliche Scheu zu beachten, die Gesellschaft anderer geradezu suchte. Mit jedem Gast bei uns zu Hause sprach er nun über alle möglichen Themen. Mehr noch, er fragte sie geradezu aus. Woher sie eigentlich kämen und warum sie nach Berlin gekommen seien? Was sie an ihrem Leben schätzten und was sie vermissen würden? Wofür sie Toleranz aufbringen könnten und wofür nicht? Und schließlich stritt er sich dann mit einem meiner Kollegen, der gerade von einem Vortrag im Henry-Ford-Bau kam und mir davon berichtete. Wir saßen in der Küche und tranken Kaffee und Kaspar kam, um im Kühlschrank nach den Resten eines Essens zu suchen, welches wir am Tag zuvor gemeinsam und unter Aufbringung all unserer Kochkünste, von denen wir so gut wie keine besaßen, dennoch köstlich zubereitet hatte.

Weil der monotheistische Islam keine aufklärerische Phase überstehen musste, war das Fazit des Vortrages gewesen, beschwöre er eher als die anderen monotheistischen Glaubensrichtungen kriegerische Auseinandersetzungen herauf und gewährleiste in viel größerem Umfang, dass die Sozialisation in diesem Kulturkreis darauf hinauslaufe, dass fundamentalistische Verhaltensmuster generiert und über die verschiedenen psychosexuellen Entwicklungsphasen hinweg zunehmend stabilisiert werden. Denn wie in der islamischen Kultur so sei auch in der individuellen Erziehungsarbeit von keinerlei aufklärerischen Aspekten auch nur das Geringste in Sicht.

„Und dazu hat die interessierte Zuhörerschaft Beifall geklatscht?" erkundigte sich Kaspar in noch ruhigem Ton und schloss dabei die Kühlschranktür. Mein Kollege bestätigte, bereits leicht verwundert über Kaspars Einwand, dass das Publikum durchaus sehr viel mit diesen Ausführungen anfangen konnte und meinte des Weiteren, dass sich die gegenwärtigen Konflikte auch im Ansatz ausgesprochen gut mit dieser Perspektive erklären ließen, was nicht zuletzt auch ein tieferes Verständnis für diese Kultur bei dem einen oder anderen bewirken könnte. Bevor Kaspar die Küche verließ, noch immer hungrig und sichtlich entrüstet, nicht zuerst über die abwertende These, die dem Vorgetragenen anhaftete, sondern vornehmlich wegen der Einfältigkeit, die er seinem Gegenüber ungeniert unterstellte, meinte er, dass er wohl zu viele historische Ereignisse mit falschen Daten versehen hätte, wie beispielsweise den Algerienkrieg und den Falklandkrieg und Korea wie auch Vietnam.

Nicht zu vergessen natürlich der Erste Weltkrieg und ganz zu schweigen wäre in diesem Fall von jenem Krieg, der nicht nur lange nach der Aufklärung stattgefunden hätte und in welchem etliche aufgeklärte Individuen andere aufgeklärte Individuen in nicht unerheblichem Ausmaße und auf ausgesprochen grausame Weise um ihr Leben gebracht hätten. Ob das womöglich auch Fundamentalismus wäre? Latenter Fundamentalismus möglicherweise? Aber trotz Aufklärung? Eigentlich überhaupt nicht möglich, folge man strikt den Überlegungen dieses unwidersprochenen Vortrages. Kaspar stand uns jetzt am Tisch direkt gegenüber und blickte von oben auf uns herab. Na, vielleicht müsste man sich doch wirklich jenen anschließen, welche die Meinung vertreten, dass alles gar nicht stattgefunden hätte, sondern bloß eine Lüge sei. Alles nur eine Lüge! Die Tür knallte zu und von diesem Tag an, es war bereits Ende Oktober, konzentrierte er sich wieder ausschließlich auf seine Arbeit und schrieb erneut an einem Vortrag, den er Anfang Dezember in Halle an der Saale halten sollte.

Als ich viele Monate später, die Krokusse blühten bereits und vermutlich war es dieses Farbenspiel, das sich gegen das Wintergrau so deutlich absetzte, das auch den Morast in meinen Kopf einen Millimeter beiseite zu schieben vermochte, als ich damals anfing, darüber nachzudenken, weshalb ich an jenem sonnigen, äußerst milden Samstagmorgen im Dezember so früh aufwachte und ohne zu zögern ins Bad lief, duschte, mich anzog und auf dem Weg zum Auto mich mit einem Frühstück versorgte, das ich dann auf der Fahrt nachlässig in mich hineinschlang, nur um rechtzeitig nach Halle zu kommen und den Beginn einer Tagung nicht zu verpassen, zu der ich weder eingeladen noch inhaltlich irgendetwas beizutragen hatte, allein weil einer der Vortragenden zufällig Kaspar war, den ich noch nie zu einer solchen Veranstaltung begleitet hatte und von dem ich auch keineswegs annehmen durfte, dass er sich über meine Anwesenheit zufrieden zeigen könnte, als ich also anfing über die Motive dieses Aufbruchs nachzudenken und ich nicht weiterhin mit meinen Gedanken kurz vor Bitterfeld schlagartig verharrte, wie damals mein schwarzer Fiat Punto, denn ich hatte schlichtweg vergessen zu tanken - der Wagen war eben genauso wenig auf diese Fahrt vorbereitet gewesen wie ich – drängten sich jene wirren Ereignisse wieder in mein Bewusstsein, die ich im Herbst davor beobachtet hatte, und welche jetzt, gleichermaßen verspätet und unvorhergesehen wie ich und mein Erscheinen im Institut an jenem Vormittag Anfang Dezember, einen ihnen gebührenden Platz einnehmen wollten.

Zum einen erinnerte ich mich an jene Begebenheit mit Thomas Westkamp, einem Studienfreund Kaspars, der mir im Traum erschien, nur ein paar Tage nach dem ich ihn bei uns zu Hause unverhofft angetroffen hatte. Wir sprachen wenig und er lehnte eine Einladung zum Essen in das Restaurant um die Ecke ab. Die restliche Zeit, die er bei uns verbrachte, hielt er sich in Kaspars Zimmer auf, wo die beiden sich anscheinend Karls Nachlass gewidmet hatten, und sich abschließend darum bemühten, diesen Schatz zu bewerten. Ich hörte ab und zu Zahlen und an Thomas Stimme, die lauter durch die angelehnte Tür drang, weil sie um einiges tiefer war als die Stimme meines Mannes, haftete ein verhaltener Ton. Kurze Zeit nach diesem Besuch wachte ich mitten in der Nacht auf, es schien stockfinster und ich brauchte eine ganze Weile, bis ich durch diese Finsternis die Umrisse des Zimmers erkennen konnte. Tatsächlich hatte ich vor allem deswegen Schwierigkeiten, meine Umgebung wahrzunehmen, weil sich noch einen Augenblick zuvor, ganz unmittelbar vor meinem Gesicht ein anderes Gesicht befunden hatte, welches mich anstarrte, obwohl ohne Augen, und mit seinem breiten Mund, der auf und zu schnappte, in beklemmendem Tonfall wieder und wieder beteuerte.

„Er hat sie gefunden. Er hat sie gefunden. Er hat sie gefunden…"

Es dauerte eine ganze Woche, dann erst war ich davon überzeugt, dass mich dieses Gesicht an Thomas erinnerte. Von da an war ich auch davon überzeugt, dass ich diese Fratze nicht mehr wiedersehen würde und die düstere Stimmung, die sie in mir ausgelöst hatte, war verschwunden.

Bald darauf lernte ich eine junge Frau kennen, die aus Loosen anreiste, um mit Kaspar zu Mittag zu essen und deren Zug zurück zu ihrem zuhause bereits um Viertel nach vier Uhr vom Ostbahnhof abfuhr. Sie klingelte an einem Mittwochmorgen kurz vor neun Uhr an unserer Tür. Jule Frey, ihr Name, und sie sei deswegen früher gekommen, weil sie noch nie zuvor in Berlin gewesen war und es doch nicht sein könne, dass sie bloß eines Gespräches und Mitta-

gessens wegen anreise. Sie bemerkte, dass sie mir gänzlich unbe-

kannt war und ich auch über ihr Anliegen nichts wusste. Kaspar

lehrte bereits am Institut und mich hatte sie nur angetroffen, weil

ich an jenem Tag erst zur dritten Stunde in der Schule sein musste.

Meine Schüler besuchten eine Sonderausstellung im Naturkunde-

museum und dorthin schickte ich auch Jule Frey, nachdem sie mir

bei einer Tasse Kaffee und zwei Scheiben Brot, die ich ihr mit Käse

belegen und Marmelade bestreichen sollte, erzählt hatte, dass sie

sich für alles, was sehr alt ist oder sehr alt wird, besonders interes-

siert. Sie sprach auch über den Grund ihres Besuches, blieb aber

zurückhaltend mit ihren Erklärungen.

„Das ist wirklich sehr nett von Ihnen, dass Sie mich hereinbitten. Be-

stimmt bin ich auch etwas neugierig."

„Neugierig auf was?" fragte ich sie.

„Ach einfach nur so. Man wird ja nicht jeden Tag angerufen und

irgendwohin gebeten, weil man jemanden bei der Aufklärung ei-

ner Sache helfen soll."

Sie schaute sich ungeniert in der Wohnung um und äußerte sich

hin und wieder begeistert über dieses Möbelstück oder jene Scha-

tulle, die ihrem Geschmack entsprachen. Bevor ich sie fragen

konnte, worauf sich ihr Wissen bezog, fing sie bereits von selbst zu

sprechen an. Nur wenig später allerdings war sie gar nicht mehr

bereit, weitere Auskünfte zu geben.

„Herr Dorfmann und ich haben uns während seines Aufenthaltes

in Loosen getroffen und ich machte mir einen kleinen Spaß daraus,

ihn mit kryptischen Anmerkungen zu seiner Familie zu verwirren. Als er jetzt die Hinterlassenschaft seines Vaters durchgesehen hat, sind ihm anscheinend Fragen gekommen und er dachte sich, dass ich diese möglicherweise beantworten könnte. Deswegen bin ich hier und wirklich, ich weiß gar nicht, ob ich seine Erwartungen befriedigen kann."

Sie nahm das Brot in die Hand und fing zu essen an. Sie beschäftigte sich geraume Zeit ausschließlich mit ihrem Frühstück und der daneben liegenden Zeitung, währenddessen ich im Badezimmer verschwand, meine Unterlagen in meiner Tasche verstaute, um dann endlich, zusammen mit der jungen Frau, die Wohnung zu verlassen, wo mir zum ersten Mal der Gedanke kam, dass Kaspar sie womöglich anziehend finden könnte, wie sie mit den weiten Hosen und dem bunten Pullunder über der Bluse ihren kleinen, aber ganz liebreizend gerundeten Körper in einen warmen Poncho einhüllte, auf den einige Strähnen ihres blonden Haares fielen und welcher im gleichen Farbton gefertigt war wie ihre schönen Bernstein-Augen.

Bereits in der darauffolgenden Woche konnte ich mithören, wie Kaspar frühmorgens gegen acht Uhr telefonierte. Wie er zunächst die Meldeämter verschiedener süddeutscher Städte anrief und sich nach einer Person namens Fallinger erkundigte. Ob ein solcher in jener Stadt gelebt habe, er müsse dies wissen, denn es gäbe eine familiäre Angelegenheit, die er mit dessen nächsten Angehörigen dringlich zu regeln hätte. Seine Suche blieb ergebnislos. Am nächsten Morgen bemühte er sich um evangelische

Pfarrhäuser, erkundigte sich nach einem Zentralregister und notierte schließlich erleichtert eine Telefonnummer, die er aber von zu Hause aus nicht mehr anwählen konnte. Freitags morgens sah ich ihn seine Reisetasche packen und fragte ihn, ob er sich mit Jule Frey treffen wolle? Er war nicht verwundert über meine Frage, blieb weiterhin auf seine Wäsche konzentriert und antwortete kopfschüttelnd und lächelte nachsichtig mit mir.

„Jule Frey? Nein, ich besuche nicht Jule Frey. Sie hat mich lediglich auf eine Fährte gebracht, mir eine Geschichte erzählt, die ich nun klären muss. Etwas, was meinen Vater betrifft. Höchstwahrscheinlich nicht der Rede wert. Aber ich werde heute Nachmittag vom Institut aus losfahren und wahrscheinlich erst spät am Sonntag wiederkommen."

Bevor er ging, fassten seine Hände meine Schultern. Er küsste mich ganz leicht links neben meinen Mund, nahm dann seine Taschen und ging.

Von dieser Reise kam er nicht mehr zurück. Er schlief zwar noch die nächsten Wochen in unserer Wohnung, aber er verbrachte die meiste Zeit davon am Institut, arbeitete angeblich an seinem Vortrag. Selbst an den Wochenenden war er nicht zu Hause und im Institut meldete sich niemand auf meine Anrufe hin. Es schien auch keiner dort zu sein, zumindest öffnete mir niemand die Tür, wenn ich klingelte und laut, sehr laut, dagegen klopfte. Einmal, es war in der letzten Woche, da sprach ich ihn abends an, fragte, was denn los sei, wo er sich die letzte Zeit denn aufhielte? Er zog sich ohne

Hast den kalten Mantel aus, hängte ihn nachlässig über einen Haken, griff sogleich nach seiner Arbeitsmappe, lief damit auf sein Zimmer zu und ich verstand kaum was er währenddessen sprach, so leise war seine Stimme.

„Nach dem Vortrag, Philine, wird sich alles ändern.“

Freitags darauf fuhr er spät abends nach Halle. Er hatte sich ein Hotelzimmer gebucht. Für nur eine Nacht.

7

Die Enkelin

Jule Frey konfrontierte mich unablässig mit ihm. Besonders mit dieser Art, mit welcher sie auf den Tisch hämmerte. Das war bereits auf dem Friedhof so gewesen. Und jetzt, als sie mir gegenüber saß, in diesem kleinen Restaurant, äußerlich ruhig, fast gleichgültig, sog sie mich in einem fort mit ihren trommelnden Fingern in seine Vergangenheit hinein wie ein trockener Schwamm verschüttetes Wasser. Bereit, nachzugeben, hoffte ich auf Erlösung. Doch ich wusste längst, dass sie mir ausschließlich weitere Schmerzen bereiten würde und wenn sie könnte, quälte sie mich bis zu meinem Tode.

Als wäre es heute, sehe ich meinen Vater an jenem Pult stehen und sich mit einer Hand verkrampft an der abgerundeten Seite festhalten, während seine andere Hand ohne jedweden Rhythmus, aber in heftiger Regelmäßigkeit gegen seine Unterlagen klopfte. Thomas Westkamp hatte ihm ein weiteres Mal die Chance gegeben, quasi als Zeitzeuge, an einem seiner Seminare teilzunehmen und aus seinen privaten Aufzeichnungen mit Gleichgesinnten vorzutragen. Seine Art zu reden, dieses und jenes Wort besonders zu betonen und vor allem die Pausen, die er beim Sprechen geschickt setzte, um die Spannung für die Zuhörenden noch ein bisschen zu erhöhen, gaben Bescheid darüber, dass er seinen Auftritt gut vorbereitet haben musste.

Auch diesen Studenten berichtete er von Eduard Meyer

Einen Moment lächelte Herr Meyer verlegen und schaute auf den Tisch, der vor ihm stand. Er griff nach einem Bleistift, aber es gab keinerlei Papier, auf dem er hätte notieren können, was ihm gerade durch den Kopf ging. Und auch überhaupt, reden wie schreiben gehörten nicht zu den Dingen, die er für gewöhnlich brauchte, in seinem Leben als Arbeiter in einer Zigarettenfabrik. Als Eduard Meyer wieder mit mir zu sprechen begann, bestätigte er mit Vehemenz, dass er klügere Brüder hatte.

„Ich erinnere mich noch sehr gut, dass mein Lehrer, und das war kein Nazi gewesen, der war zwar in die Partei eingetreten und erledigte auch alles in der Schule klar nach deren Vorschrift, aber privat war der vollkommen uninteressiert an diesen Sachen. Der sagte mal zu mir: Eduard, du bist ein guter Kerl, aber bei euch zu Hause bist du einfach der Dümmste, also bleib' du nur auf dem Hof und überlass' deinen Brüdern die Politik. Das sagte er zu mir und ich war ihm nicht einmal böse deswegen, denn es stimmte ja. Und innerlich war ich auch froh. Froh darüber, dass ich der Jüngste und der ... Dümmste von ihnen war. Damals. Heute seh' ich das anders. Heute denk' ich, dass ich irgendwie doch schlauer gewesen sein muss als die beiden. Denn, ich hab' überlebt und die nicht. Und das, obwohl ich ebenfalls in dieser Hölle war. Mitten drin und fast völlig unversehrt auch wieder rausgekommen bin. Aber die anderen beiden sind dort zerrissen worden oder anderswie massakriert. In Cerkassy-Korsun. Im Frühjahr 1944. Und als ich nach Hause kam, als einziger, ein paar Jahre später, da war meine zukünftige Frau ja noch 'n Kind praktisch. Und für die hatte der Krieg schon lange aufgehört, wenn man da überhaupt von Krieg sprechen kann. Also ich meine, sicher, das Leben war hart gewesen für sie, aber aus meinem Blickwinkel betrachtet... Jedenfalls, gesprochen haben wir darüber nicht. Nie. Das heißt, so ganz am Anfang hab' ich schon so zwei-, dreimal damit angefangen, aber das wollte sie einfach nicht wissen. Hat dann immer von was anderem weitergeredet und irgendwann ganz klar zu mir gesagt, ich soll nicht böse sein mit ihr, aber sie will halt nichts davon hören, das könnte sie nicht verkraften, wo sie doch ohnehin so viel zu tun hat mit der Hauswirtschaft, dem Vieh und den zwei kleinen Kindern. Ich soll's halt vergessen und es mit mir ausmachen, so wie ihr Bruder eben. Der Held."

Eduard Meyer schwieg an dieser Stelle immer eine ganze Weile.

„Ein Held, weil er mit einem glatten Durchschuss im März `45 aus Italien heimkam, ein paar Monate nachdem sie ihn dorthin geschickt hatten. Und davor hat er auf seinem Vater sein Hof gesessen, der Anfang `43 in Jugoslawien von Partisanen umgebracht worden war. Und ich, ich war fast die ganzen Jahre mittendrin, mittendrin in diesem Hexenkessel. Mein Sohn hat mit 19 Abitur gemacht, sich dann wehruntauglich schreiben lassen, Soziologie studiert und nur mit größter Verachtung von ,den Nazis' gesprochen, die bei uns, im Westen, angeblich noch überall in Amt und Würden säßen und das öffentliche Leben weiterhin ungeniert dirigierten. Und ich, der ja auch damit gemeint war, habe mit 19 Jahren an der angeblich größten Panzerschlacht der Geschichte teilgenommen. Wie sollte ich mit dem reden? Über was? Selbst meine Enkeltochter hat mich mehr über den Krieg gefragt als mein eigener Sohn. Für den war ich von vornherein unglaubwürdig. Ich hätte mich weigern müssen. Sich weigern, das kam doch gar nicht in Frage. Schon ist man marschiert. Und gleich darauf steckte man fest und es war arschkalt da draußen. Also daran erinnere ich mich immer zuerst: An diese Scheißkälte und dann die Stimmen um mich herum, alles andere war Kulisse und wenn ich aufgeschaut hab', wenn alles zu zerbersten drohte, dann hab' ich diese Massen gesehen, so unglaublich viel von allem, was auf uns zurollte. Vor uns, hinter uns, egal. Dass die uns nicht schon im Sommer `43 plattgewalzt hatten, kann ich bis heute nicht verstehen. Ja, das wissen die wenigsten, ob alt oder jung. Wer nicht dabei war, weiß gar nichts. Und man will ja auch nichts wissen. Noch nicht einmal in den Geschichtsbüchern steht etwas davon, dass es eine Sommeroffensive zu vereiteln galt. Aber überall steht, dass wir angeblich verloren hätten. „Operation Zitadelle". Die war 'n uns eigentlich unterlegen, taktisch und technisch, aber die war ´n halt viel mehr und wir mussten abbrechen, war 'n Befehl. Na, ja, und danach, die Gefechte auf 'm Rückzug, die ja weitaus schlimmer waren als alles davor. Winter 43/44. Davon hat ebenfalls keiner was gehört. Auch da hatten wir uns gut geschlagen. Wenn man bedenkt in welcher Situation wir waren und in welchem Ausmaß unser Gegner uns überlegen war an Material und an Menschen. Überhaupt, wie die immer mehr und mehr Leute als Kanonenfutter vorschick-

ten. Kein einziges gutes Wort hat man zu uns gesagt als wir zurück-
kamen. Kein Lob für die Schinderei oder die Gefahr an Leib und
Leben, der man rund um die Uhr ausgesetzt war".

Karl Dorfmann hatte keine Mühe zu stehen. Er hatte auch keine
Mühe sich zu konzentrieren. Allein der Inhalt seiner Rede machte
ihm zu schaffen. Aber er trug Weiteres vor aus seinem Gespräch
mit dem Gefreiten Meyer.

„Eduard Meyer hatte ich im September 1979 auf einem Vortrag
getroffen, der anlässlich des 40. Jahrestages des Kriegsbeginns in
einer Bundeswehrkaserne von einem ehemaligen Militärhistoriker
gehalten wurde. Auch dort ereiferte sich Herr Meyer über das
mangelnde Interesse, das man hierzulande den Kriegserfahrun-
gen der Soldaten, und insbesondere jener, die an der Ostfront ge-
kämpft hatten, entgegenbrachte. Bereitwillig nahm er mein Ge-
sprächsangebot an und erzählte mir eine ganze Nacht lang von
seiner Kriegsgeschichte. Danach hatte ich noch viele Veteranen
in ähnliche Gespräche verwickelt, vornehmlich solche, die an der
Ostfront kämpften. Und ich stellte fest, dass zu dem Gros einer unin-
formierten Gesellschaft auch die Soldaten gehören, die in ihren
eigenen Erfahrungen stecken geblieben waren und dass auch
ihnen gleichermaßen ein Überblick fehlte, wie eben all den ande-
ren auch, die erst gar nicht wissen wollten, was dort geschehen
war. Ja, Eduard Meyer hatte Recht, wenn er sagte, dass den deut-
schen Truppen bei Kursk keine Niederlage von der Roten Armee

zugefügt worden war, anders als es in der Literatur bislang erzählt wurde. Aber so bemerkenswert die taktischen Einzelerfolge der Deutschen während der Schlacht am Kursker Bogen auch waren, sie konnten die „sowjetische Dampfwalze" auf Dauer nicht abbremsen und mussten Rückzugsbewegungen antreten – ganz unabhängig davon, dass die Landung der Alliierten auf Sizilien, am 10. Juli 1943, ohnehin den Abbruch für das fünf Tage zuvor begonnene Unternehmen „Zitadelle" bedeutete. Es ging ja in der Hauptsache darum, die von den Sowjets geplante Sommeroffensive abzuschwächen, was gelungen, aber langfristig eben unwesentlich war. Denn einer vollständigen Niederlage der deutschen Truppen stand schon lange nichts mehr im Wege und sie verzögerte sich lediglich eins ums andere Mal.

Die Forschung geht heute sogar davon aus, dass, wenn es überhaupt eine Entscheidungsschlacht an der Ostfront je gegeben habe, es die Winterschlacht vor Moskau Ende 1941 gewesen sein musste. Denn hier scheiterte das deutsche „Blitzkriegs-Konzept" und damit der Versuch „der Sowjetunion den Kopf abzuschlagen und sich ihres Körpers zu bemächtigen", so wie es die deutsche Wehrmacht und die hinter ihr eintreffenden „Sonderkommandos" bis dahin bereits getan hatten in Polen, Weißrussland, der Ukraine und überall sonst im Osten, wo auch immer sie vorbeigekommen waren. Beziehungsweise: Gerade weil sie es auf diese totale Art und Weise taten. Der enorme Widerstand der Roten Armee und der bald ebenso heftige Partisanenkampf waren nicht minder das

Resultat des von deutscher Seite begonnen Vernichtungsfeldzuges gegen große Teile der sowjetischen Zivilbevölkerung. Diese Ausrottungs-„Politik" sowie später, während des Rückzuges, der ja fast zwei Jahre andauerte, das Hinterlassen von „verbrannter Erde", setzte die elementaren Energien auf sowjetischer Seite erst frei und sorgte schließlich dafür, dass sich die deutschen Truppen nicht mehr nur gegen die Soldaten der Roten Armee, sondern auch gegen ein massives Aufgebot an Partisanen zu wehren hatten."

Endlich trommelten auch die Studenten mit ihren Fingerknöcheln auf die Tische. So wie Jule Frey jetzt. Lächelten dabei diesen alten Mann an, der sie gerade in einen bluttriefenden Zauberwald mit skurrilen Gestalten entführt hatte und sie dort allerlei „heldische" Taten vollbringen ließ, an welchen der noch unbedarfte Geist dieser jugendlichen Zuhörer, ihren Leib quasi hinter dicken Eichen versteckt, in sicherer Entfernung teilhaben konnte.

Ich stand ein paar Minuten in der Tür. Und als er sich langsam zurechtgerückt, seine Papiere sorgfältig in die Mappe gepackt hatte, schob er den Stuhl, den man ihm vorsorglich bereitgestellt hatte, beiseite und wandte sich zum Gehen. Jetzt erst sah er mich und verharrte einen kurzen Augenblick. Dann lief er weiter an mir vorbei.

„Du verstehst nicht."

Oder sagte er „nichts?" Ich überlegte, ob ich Eduard Meyer vielleicht kannte.

Das Quarktörtchen schmeckte Jule hervorragend. Wäre sie alleine zum Mittagessen hierhergekommen, hätte sie sich ein zweites bestellt. Immer wieder klopfte sie begeistert mit ihrer kleinen, runden Hand, zu Fäusten geformt, auf den schmalen Esstisch. Dorthin, wo zuvor die selbstgebackenen Brotkrusten standen, die sie allesamt zu einer Zucchinicreme verspeist hatte. Und dorthin, wohin sie später die gerösteten Kartoffelschnitten schob, die auf ihrem Teller mit den verschiedenen gegrillten Fleischstücken und dem bunten Gemüse drum herum keinen Platz mehr fanden. Sie aß alles auf. Betrachtete dabei gefällig die grob verputzen Wände, die aufwendig gepolsterten Stühle und zuletzt einige der grotesk zusammengefügten Pflanzendekorationen auf den länglichen Tischen. Mich ignorierte sie. Erst als das Geschirr wieder abgetragen war, sah sie mich unverhohlen an. Jule Frey war zurückgeschlüpft in die Rolle, in der sie mir begegnen wollte.

„*Landsleute*, ein seltsamer Name für ein Restaurant, finden sie nicht auch?"

Noch während ich Jule Frey zustimmend zunickte, schlug der alte Mann plötzlich mit der Hand auf den Tisch. Die Gläser wackelten ein bisschen. Sein Schlag war ziemlich laut gewesen. Wir warteten auf einen gewaltigen Ausbruch, den ich provoziert hatte. Aber noch schwieg er. Als er wenig später zu sprechen anfing, war seine Stimme vollkommen beherrscht. Sein Blick ging an uns vorbei. Er versuchte seine Mundwinkel nach oben zu bewegen, was ihm auch dieses Mal misslang.

„Er war nicht wahnsinnig. Begreifen Sie das denn nicht?"

Redete er uns mit „Sie" an? Realisierte er nicht, dass er sich bei uns zu Hause befand? In der Küche, beim Abendessen. Die Sonne schien, die Tage wurden bereits heller. Es war Ende Februar 1978.

„Sein ganzes Handeln lässt sich aus seinen Lebenserfahrungen erklären, genauso wie bei jedem von Ihnen auch. Da gab's nichts Psychotisches, auch wenn noch so viele angebliche Experten solche Schlussfolgerungen ziehen. Es liegt etwas Verführerisches in einer solchen Dämonisierung, die auch ein bisschen auf jene übergreift, die ihn auf diese Weise zu erklären suchen."

Er schnappte nach Luft.

„Er wollte im Osten einfach nicht weichen, weil er in seinem Leben ebenfalls nie zurückgewichen ist. Er wollte frontal angreifen, weil auch er ein direkter Widersacher war. Alles, was er erreicht hatte, hat er entgegen den gesellschaftlichen Normen, den sozialen Standesvorgaben und politischen Gepflogenheiten errungen. ‚Aufgeben' war als Verhaltensoption in seinem Gehirn nicht verankert, wie verheerend sich dies auch auf das Leben vieler Soldaten auswirkte. Und das Leben all der anderen Leidtragenden."

Mein Vater war aufgestanden, hatte sich mit beiden Händen auf den Tisch gestützt und gleich würde er eilig das Zimmer verlassen und dabei sagen.

„Dieses *Land* und seine *Leute* interessierten ihn nur als Kulisse, als Statisten in seinem ureigenen Kampf um die uneingeschränkte Macht über sich selbst. Und um das zu erreichen, musste er die anderen alle beherrschen."

Meine Mutter hatte ihr Gesicht hinter beiden Händen verborgen. Damals ahnte ich noch nicht, wie erschöpft sie bereits war.

„Einmal hat Ihr Vater einen Vortrag an unserer Schule gehalten". Erstaunt schaute ich Jule Frey an. Noch immer saß sie mir gegenüber in dem Restaurant um die Ecke.

„Zehn Jahre ist das jetzt her. Unser Geschichtslehrer hatte ihn engagiert. Ständig lud er irgendwelche Zeitzeugen ein, die mit ihren Erfahrungsberichten über das „Dritte Reich" unser Interesse wenigstens an diesem Teil der Historie wecken sollten. War schon beeindruckend, was die alle so zu erzählen hatten."

Ihr Blick fing den Kellner ein, der erneut Gäste bewirtete, die vor uns angekommen waren.

„Wollen Sie noch etwas bestellen?", fragte ich.

„Nein, widmen wir uns doch endlich dem Thema, für das ich eigens angereist bin."

Wieder warf sie einen Blick auf unsere Tischnachbarn. Der dicke Mann hatte ein weiteres Quarktörtchen geordert und dem hageren Jungen, der neben ihm saß, ein Eis bringen lassen. Paralysiert starrte das Kind auf die riesige Glasschale. Ganz offensichtlich sah er sich einer gewaltigen Bedrohung ausgesetzt.

„Es ging um die Devastationspraxis der deutschen Truppen an der Ostfront, also um Ausplünderung, Ausbeutung, Evakuierung und Verschleppung der sowjetischen Zivilbevölkerung. Wir waren geschockt, das weiß ich noch sehr genau. Aber dass der ältere Herr,

der diesen Vortrag hielt, ihr Vater war, das hat erst meine Großmutter herausgefunden als ich ihr davon erzählt habe."

Am Tisch neben uns fing der Junge an zu husten. Erst leise und mit
kurzen Unterbrechungen. Dann lauter. Jetzt röchelte er nach Luft.
Die Frau war aufgestanden und um den Tisch zu dem Kind gelaufen. Aus ihrer Tasche kramte sie ein Spray, das sie ihm jetzt verabreichte. Der dicke Mann hielt den Jungen dabei fest, sodass er sich
nicht mehr bewegen konnte. Sie flüsterte, während sie ihm mehrere Male in den Rachen sprühte und warf dann ihrem dicken
Mann einen erzürnten Blick zu. Der Junge beruhigte sich. Die Frau
lächelte uns entschuldigend an und setzte sich wieder auf ihren
Stuhl. In der gleichen Zeit verzehrte der ältere Bruder seinen Apfel-
strudel mit Vanilleeis.

„1943, hat er uns gesagt, sei der Krieg eigentlich für alle erkennbar
verloren gewesen. Auch die Alliierten dachten darüber nach, was
Deutschland in dieser aussichtslosen Situation wohl tun würde und
die Briten zogen durchaus in Erwägung, dass es zu Waffenstill-
standsverhandlungen kommen könnte, wie 1918. Die Amerikaner
dagegen schätzten die Lage besser ein, wie sich im Nachhinein
herausstellte."

Der kleine Junge blickte erschöpft auf den leeren Teller seines Bru-
ders. Nachdem ebenfalls der Früchtebecher, die Sahne und noch
mehr Schokosauce aufgegessen waren, zahlte der Vater die
Rechnung. Die Mutter tätschelte dem großen Jungen den Rücken
und verabschiedete sich von uns.

„Alles radikalisierte sich in den noch verbleibenden zwei Jahren: der Holocaust, die Kriegsführung, die deutsche Besatzungsherrschaft wurde noch gnadenloser umgesetzt, die Ausbeutung noch rigoroser betrieben. Von der deutschen Zivilbevölkerung verlangte man bedingungslose Fürsprache für einen totalen Krieg. Und die militärische Führung verkam zu einem Haufen bloßer Befehlsempfänger, die vor allem an der Ostfront, und da war ja das Gros der deutschen Truppen versammelt, in einem sinnlosen Stellungskrieg ihre Soldaten niederwalzen ließ."

Jule Frey verzog ihr Gesicht zu einem spöttischen Lächeln.

„Aber heute ist der Widerstand um den ‚20.Juli' besser im Gedächtnis der Öffentlichkeit verankert als alle anderen Oppositionellen. Im Westen erinnert man sich daran doch immer zuerst und vielleicht an die ‚Weiße Rose'. Aber fragen sie die Leute, ob sie schon mal was von Georg Elser gehört haben oder von den vielen Menschen im Ruhrgebiet, Arbeiter allerdings, die zu Zehntausenden zum Tode verurteilt wurden, und das nicht erst 1944."

Sie war aufgebracht. Ihre Wangen leicht gerötet.

„Wie gut kannte ihre Großmutter meinen Vater?", fragte ich sie.

Jule Frey besann sich. Krümel hingen an ihrem bunten Pullunder. Sie war sehr klein. Fast wie ein Kind. Ihr Gesicht war rund, aber deutlich konturiert. Sie war eigenartig. Der Anlass dafür interessierte mich indessen nicht.

„Es macht Ihnen doch nichts aus, wenn ich noch ein Törtchen bestelle, oder?"

Es machte mir etwas aus und sie wusste das. Wollte sie mich hinhalten? Hatte sie womöglich gar nichts zu erzählen. Ich stand auf und entschuldigte mich. Als ich zurückkam, bezahlte sie gerade das Essen, zu dem ich sie eingeladen hatte.

„Es gibt einen Park in der Nähe, hat mir der Kellner gesagt, ich dachte, wir sollten dort ein bisschen spazieren gehen."

Die Sonne schien noch, aber es war bereits ziemlich kalt geworden.

„Ich bin jetzt 25 Jahre alt, klein und mollig. In zehn Jahren bin ich 35, immer noch klein und wahrscheinlich dicker. Und mit 50 werde ich zu schrumpfen anfangen und noch dicker geworden sein. Ich nehme an, dass ich verheiratet sein werde mit einem Mann, der ähnlich aussieht wie ich. Er wird nett sein und interessiert und wir werden bestimmt gut miteinander auskommen. Aber er wird weder meine Gefühle noch meinen Geist wirklich berühren und umgekehrt wird es wohl nicht anders sein."

Sie blieb stehen, um mich anzusehen.

„Das alles habe ich begriffen, als ich Sie zum ersten Mal sah."

Sie ging weiter. Ihre Schritte waren klein und unstet, weswegen ich Schwierigkeiten hatte, einen Rhythmus zu finden, in dem ich ihr folgen konnte.

„Frau Frey", sagte ich endlich mit eindringlichem Ton, „ich habe Sie angerufen, weil ich nach unserer ersten Begegnung davon ausgegangen bin, dass sie etwas über das Leben meines Vaters wissen, von dem Sie glauben, dass ich es wissen sollte. Wenn dem so ist, dann sagen Sie mir bitte, worum es sich dabei handelt."

Jetzt war ich stehengeblieben. Jule Frey hingegen reagierte nicht darauf und lief weiter, hob ihre Hände beschwichtigend nach oben und sagte ziemlich laut:

„Ist schon gut, ich sage es Ihnen ja schon: Meine Großmutter, Katharina Frey, war Zeit ihres Lebens in ihren Vater verliebt. Das hat sie mir zwar nie gesagt, aber es war offensichtlich. Sie waren zusammen aufgewachsen und wären womöglich Eheleute geworden, wenn es nicht dieses Unglück gegeben hätte. Sie verzeihen, dass ich das so ausdrücke, aber ehrlich gesagt, weiß ich nicht genau, wie ich es sonst bezeichnen soll."

Sie schwieg und es war offensichtlich, dass sie nach den richtigen Worten suchte. Als sie schließlich stehenblieb, drehte sie ihren Kopf zur Seite, bevor sie mit ihrer Erzählung fortfuhr. Ich hatte ich große Mühe, sie zu verstehen. Jule Frey sagte, dass mein Vater, Karl Dorfmann, noch eine ältere Schwester gehabt habe, die sich 1935 das Leben genommen hatte. Einen Tag nach seinem 10. Geburtstag. Sie sagte, dass mein Großvater, Robert Dorfmann, anschließend mehrere Jahre im Gefängnis verbracht habe. Und dass die Grabstelle meines Vaters auch die Grabstelle genau dieser Schwester sei. Mehr wisse sie nicht und ihre Großmutter könne sie ja nicht mehr fragen, denn sie sei vor beinahe sechs Jahren verstorben. Sie flüsterte als sie sagte, dass sie ihren Tod bis heute nicht verwunden habe. Aber jetzt sei es spät und ich solle sie doch bitte gleich zum Bahnhof bringen. Wir winkten uns nicht als der Zug abfuhr.

Auch von Vaters jungem Freund hatte ich mich einige Wochen zuvor auf ähnliche Weise verabschiedet. Worte waren gefallen, zwischen welchen kein Raum verblieben war, in dem sich einer von uns noch länger aufzuhalten vermochte. Wir wussten beide um diese Fremdheit zwischen uns, aber wir hielten den Blick gesenkt. Wollten nicht voreinander eingestehen, dass wir unsere Kraft für jenen gewaltigen Marsch, der jetzt notwendig wäre, um auf den jeweils anderen zuzugehen, nicht zu verschwenden gedachten.

„Er war im Herbst `43 der Heeresgruppe Mitte zugewiesen worden und hatte an den sogenannten ,Rollbahnschlachten' bei Orsa teilgenommen. Und natürlich auch an all diesen anderen Dingen. Aber er hatte sich davon ferngehalten so gut es ging. Seine Haltung war wirklich kritisch. Er arbeitete alles auf, aber es war Teil seiner Lebensgeschichte und natürlich fragte er sich hin und wieder, wieso er sich dafür nun ewig schämen musste, schämen sollte. Selten, ganz selten, sah er sich als Opfer. Glücklicherweise muss man sagen, ist er bei einer Ausbruchschlacht im Frühjahr 1944, bei Kamenc, nein, Kamenec und noch so `n Ort, schwer verletzt worden und war erst wieder ab September, allerdings nur noch begrenzt, einsatzfähig. Anfangs sagte er immer: ,Wer Menschenblut vergießt, dessen Blut soll auch von Menschen vergossen werden; denn Gott hat den Menschen zu seinem Bilde gemacht'. Aber damit kam er bei den Studenten nicht an. Die wollten dann über Vergeltung und Wiedergutmachung diskutieren und er vor allem über den Krieg und erst dann über das, was daraus zu lernen war."

Ich war wütend geworden. Das Verständnis, mit welchem Thomas Westkamp jedes einzelne Wort über meinen Vater in Watte packte, entfachte ein ungeheuerliches Ausmaß an Wut in mir.

„Und mehr weißt du nicht. Nur diese fitzeligen Angaben, die sich ein jeder aus einem Geschichtsbuch klauben kann? Wo du ihm doch wer weiß wie oft die Plattform für seine ‚Erinnerungen' bereitet und ein unbedarftes Publikum für ihn zusammengerufen hast, das ihm zuhören musste? Warum erzählst du mir nichts davon, wie er wehrlose Leute aus ihren Häusern vertrieben hat? Gruben ausheben ließ? Zugesehen hat, wie seine Kameraden in den männerlosen Häusern verschwanden? Wie er Partisanen die Kehle durchschnitt, nachdem er sich des Nachts, hinterrücks und leise, sehr leise angeschlichen hatte? Wie er Häuser in Brand steckte? Bei minus 25° alte Leute mit zerlumpten Kleidern in den nächsten Wald jagte, deren letztes Brot er anschließend in sich hineinstopfte?"

Sein Freund schüttelte den Kopf. Hörte nicht auf den Kopf zu schütteln. Thomas Westkamp legte schließlich die Mappe neben die Kiste, sah auf seine Uhr und sagte, er müsse jetzt gehen. Gleich danach meinte er noch, dass ich ihn jederzeit anrufen könne, wenn ich reden wollte. Ich blieb einen Moment an der Tür stehen. Horchte seinem hastigen Schritt nach, mit dem er die Treppe hinunterlief. Als die Haustür endlich ins Schloss fiel, war es mucksmäuschenstill. Noch einen Moment stand ich in der geöffneten Wohnungstür und lauschte in diese sonderbare Ruhe hinein, die immer entsteht, wenn man allzu eilig verlassen wird. Dann ging ich zum

Telefon und wählte die Nummer, die mein Cousin Robert mir hinterlassen hatte.

Jule Frey! Hallo?", meldete sich sogleich eine fröhliche Stimme am anderen Ende der Leitung.

8
Auf dem Land, 1 9 3 5

Es war einer der wenigen Tage, an welchen sie aufwachte und nicht sofort hungrig war. Noch war es vollkommen dunkel. Ihr jüngerer Bruder hatte sich wie beinahe jede Nacht zu ihr gerollt und sie an den Rand des Bettes gedrängt. Niemals würde er zugeben, dass er sich in ihrer Nähe geborgen fühlte. Sie lächelte als sie seinen Kopf streichelte, der ihre linke Schulter berührte. Er bewegte sich nicht, schlief ganz tief. Er würde nicht bemerken, wie sie jetzt das Bett verließ, sich fast lautlos das Nachthemd auszog und in die Kleider schlüpfte, die sie am Abend zuvor über die untere Bettkante gehängt hatte. Auch das magere, kleine Mädchen, das die andere Seite des großen Bettes ganz für sich allein hatte, blieb reglos unter der schweren Wolldecke liegen. Im Zimmer war es kalt. Nur tagsüber, wenn in der Küche nebenan der Ofen brannte, wärmte er auch ihr Schlafzimmer. Aber jetzt, nach der kalten Nacht, war die Temperatur wieder deutlich gesunken. Als sie das Zimmer verließ, krächzte die Tür. Leise tastete sie sich durch die Küche und blieb im Flur stehen. Sie zog ihre Stiefel an, band den Schal eng um ihren dünnen Hals und schlüpfte dann in den schweren Mantel. Sie setzte ihre Mütze auf das ungekämmte Haar, nahm die kleine Tasche, die sie am gestrigen Abend vor dem Schlafengehen noch gepackt hatte, schloss die Eingangstür auf und verließ das Haus. Trotz der Kälte, die sofort unter ihrem Mantel an ihr empor kroch, als sie hinaus ins Freie trat, war sie in den letzten Wochen manchmal unten auf der Straße stehen geblieben. Hatte sich umgedreht und nach einer kurzen Weile gesehen, wie ein schwacher Lichtschein aus dem Schlafzimmer ihrer Eltern durch die Fensterläden drang. Jetzt erst würde ihre Mutter aufstehen, zuerst den Ofen in der Küche einheizen, dann den Vater aufwecken, zuletzt die beiden Kinder. Sie würde sich verspäten, wenn sie nicht bald weiterging.

Karl hatte ihre warme Hand auf seinem Kopf gespürt. Sie war jetzt wach, also durfte er sich nicht mehr bewegen. Sie sollte glauben, dass er noch schlief. Dass er unbeabsichtigt von der Mitte des Bettes auf ihre Seite gerollt sei. Dabei war es ein schlimmer Traum, der ihn aufwachen ließ und das Bedürfnis, Schutz in ihrer Wärme zu suchen, unwiderstehlich heraufbeschwor. Sie war die einzige, mit der er reden konnte. Als sie das Zimmer verließ, schob er sich ganz auf ihre Bettseite. Er versuchte ihren Schritten in der Küche und im Flur zu folgen. Aber er hörte sie schon bald nicht mehr. Jeden Morgen schlich sie sich wie eine Katze aus dem Haus. Fal liebte sie. Der Wolfshund gehorchte ihrem Vater, aber wenn sie in der Nähe war, galt seine Aufmerksamkeit nur ihr.

Es war wieder derselbe Traum. Hunde hetzen Karl durch den Wald. Er rennt so schnell er kann. Er kann schnell rennen. Will sich umsehen, will wissen wie groß sein Vorsprung noch ist, aber er darf sich nicht umsehen. Die Bäume stehen hier dicht beieinander. Drüben ist die Lichtung. Er spürt, einen Augenblick nur, wie gehörig er seine Beine antreibt, wie höllisch er seinen Körper quält, wie wenig Kraft ihm noch bleibt. Er darf daran nicht denken. Er muss noch schneller rennen. Eine Schneise durch diese vielen Nadelbäume schlagen. Auf keinen Fall darf er sich erwischen lassen. Er muss das Haus erreichen. Dort ist es, endlich. Aber die Tür, sie ist verriegelt. Er zögert, kurz nur, hört seine Verfolger kommen. Er muss weiterrennen. Zur Eiche am Brunnen. Er rennt nun die Straße entlang, stolpert, kann sich abermals retten, rennt weiter. Jetzt springt er auf die Mauer beim Brunnen. Hängt irgendwo fest. Es zerrt an seinem Hosenbein. Einer hat ihn also doch eingeholt. Nur einen winzigen Augenblick wartet Karl auf den stechenden Schmerz, der ihn endlich zum Aufgeben zwingen wird. Aber er bleibt aus und Karl schafft es endlich auf den Ast der großen Eiche zu gelangen und immer noch ein bisschen höher hinaufzuklettern. Unten kläffen mittlerweile eine Handvoll Hunde und blecken just dann ihre scharfen Zähne, wenn er einen Blick zu ihnen wirft. Karl ist verblüfft. Einer seiner Verfolger ist Fal.

Jemand öffnet die Tür, sagt: „Karl! Anna! Aufstehen!"
Die Stimme ihrer Mutter klang viel zu laut. Und schenkte man ihrem Nachhall noch ein kleines bisschen Aufmerksamkeit, wurde man einer Müdigkeit gewahr, welche nicht allein aus einer großen Anzahl schlafloser Nächte rühren konnte.
Anna saß sofort aufrecht im Bett. Sie schob die Decke weg, griff nach ihrer Wäsche und wechselte sie geschwind gegen ihr langes Schlafkleid. Dann zog sie die Strumpfhose hoch und schlüpfte in das dicke Wollkleid, welches sie die letzten Tage schon getragen hatte.

„Warte auf mich."

Karl bewegte sich missmutig im warmen Bett. Anna schüttelte den Kopf und verließ das Zimmer.

„Dumme Ziege" murmelte er und begann langsam, seine Schlafhose aufzuknöpfen. Im Schutze des warmen Bettes versuchte er ein Kleidungsstück gegen ein anderes auszutauschen, die Wärme seines Körpers so gut es ging gegen das eisige Gewebe zu behüten, in das er ihn nun hineinzwängen musste. Dann erst schlug er die Decke ganz zurück, öffnete das Fenster, entriegelte den Fensterladen und stieß ihn gegen die Hauswand, wo er ihn mit einem Eisenzapfen befestigte. Aufdringliche Kälte ließ sich sogleich plump ins Zimmer fallen, aus dem Karl jedoch bald verschwunden war.

In der Küche war es bereits warm. Auf dem Tisch standen zwei Tassen mit ungesüßtem Pfefferminztee neben zwei Holzbrettern, auf welchen zwei dünne Brotscheiben lagen. Eine davon war mit Gänseschmalz bestrichen, die andere mit etwas Pflaumenmus. Karl musste sich entscheiden, welches Brot er mit in die Schule nehmen wollte, in einer Blechschatulle, die auf dem Fensterbrett neben seinen und Annas Schulbüchern lag. Annas Entscheidung fiel immer auf das Schmalzbrot, denn sie tauschte es regelmäßig gegen Georgs Marmeladenstulle ein. Als Karl den letzten Bissen hinunterschluckte, kam seine Mutter in die Küche. Sie sah sofort, dass er sein Pausenbrot bereits aufgegessen hatte und warf ihm einen missbilligenden Blick zu. Sie wollte partout nicht, dass die Leute im

Dorf erfuhren, dass sie mit dem Essen sparen mussten. Seitdem Robert Dorfmann sich geweigert hatte, Parteimitglied zu werden, waren ihm die Leute im Dorf nicht mehr gesonnen. Als er überdies im vergangenen Herbst seine Wählerstimme sogar jenem verweigerte, der ihm einst geholfen hatte, an diesem Ort ein Haus zu bauen und eine Werkstatt einzurichten, waren immer weniger Aufträge eingegangen. Es gab Schreiner in der Umgebung, die endlich mehr zu tun hatten. Und bei einem von ihnen, hatte Robert Dorfmann vor drei Wochen zu arbeiten begonnen. Früh am Morgen machte er sich auf den fünf Kilometer weiten Weg und spät am Nachmittag kam er wieder nach Hause. Dann rief er nach dem Hund und streifte mit ihm eine Stunde lang durch den Wald, um zu vergessen, was er gehört hatte und um sich zu versöhnen mit dem, was ihm zum Leben noch blieb.

Mit dem kargen Frühstück hatte sich Karl auch gegen das eiskalte Wasser wappnen wollen, das ihm jetzt auf den Handflächen brannte und welches alsbald sein Gesicht erschaudern lassen würde. Seine Zähne versuchte er so wenig wie möglich in Kontakt damit zu bringen, aber der Schmerz in dem einen und dem anderen Mundwinkel ließ ihn dennoch heftig zusammenzucken. Anna hatte sich bereits in ihren Wintermantel geflüchtet, den Schal mehrmals umgewickelt und – alle Anzeichen des zaghaft beginnenden Frühlings missachtend - die Mütze tief in die Stirn gezogen. Noch immer versuchte sie ihre kalten Finger mit Handschuhen zu wärmen. Aber diese waren zu groß für ihre schmalen Kinderhände und nicht selten war das der Grund dafür, dass sie ihre Bücher, die sie zur Schule tragen musste, unterwegs zu Boden fallen ließ.

Schon beim ersten Mal hatte dieses grässliche Fräulein Sauder, das sie unterrichtete, Anna deswegen bestrafen wollen, aber Karl war vor sie getreten und hatte behauptet, er hätte seine Schwester auf dem Weg zur Schule geschubst und dabei seien ihr die Bücher auf die feuchte Wiese gefallen. Seitdem musste er hin und wieder Strafarbeiten anfertigen, weil Anna die Schulbücher beschmutzt oder feucht mit zum Unterricht brachte. Es fiel Karl hingegen nicht schwer, noch mehr Rechenaufgaben zu lösen oder eine Ballade zweimal abzuschreiben. Im Gegenteil. Diese zusätzlichen Aufgaben bargen für Karl die Möglichkeit, sich von den anderen Kindern zurückziehen, seinen eigenen Gedanken nachgehen zu können und sich deswegen nur äußerst selten rechtfertigen zu müssen.

Auch an diesem Tag musste Karl zur Strafe länger in der Schule bleiben und aus einem dicken Buch mehrere Seiten abschreiben. Fräulein Sauder saß vorne an ihrem Tisch und korrigierte derweil Klausuren. Das Büchlein über „Die Geschichte unserer niedersächsischen Heimatdörfer", welches Karl zur Strafarbeit vorgelegt werden sollte, benötigte Fräulein Sauder allerdings selbst. Also griff sie nach den beiden anderen Büchern, die auf dem kleinen Regal abgelegt waren, auf dem sie und der protestantische Pfarrer ihre Materialien für den Unterricht bereithielten. Fräulein Sauder wog ab. Bisher hatte sie Karl auch dann und wann aus der Bibel abschreiben lassen. Das war ein bisschen gemein gewesen, wie sie fand, denn die Schrift in dieser Ausgabe war wirklich sehr klein und er hatte immer ziemlich lange dagesessen bis er mit seiner Aufgabe fertig war. Was ihm jedoch nicht allzu viel auszumachen schien, wenn er endlich sein Hungergefühl überwunden hatte, das ihn bereits vor Schulschluss deutlich zu quälen begann.

Karl war zweifellos ein gefährlicher Junge, davon war Fräulein Sauder überzeugt. Er war klug, außergewöhnlich klug sogar. Sie wusste sehr wohl, dass er während der Stunde nicht nur die Mathematikaufgaben löste, die sie seinem Jahrgang zugewiesen hatte, sondern auch die der anderen Jahrgangsstufen. Und auch die Gedichte, die sie den Kindern vorlegte, konnte er sich immer sofort merken. Er schrieb fehlerlos und wusste überhaupt über sehr viele Themen bereits Bescheid. Karl war ein ruhiges Kind. Viel zu ruhig, wie sie fand. Fräulein Sauder witterte hinter seinem leisen Wesen ein geheimes Abkommen mit irgendeinem Scharlatan. Eines Tages, so dachte sie manches Mal bei sich, würde seine Bösartigkeit aus ihm herausplatzen wie der Eiter aus einem ihrer vielen Pusteln, die ihre Haut in eine Kraterlandschaft en miniature verwandelten, wann immer sie wollten. Und keiner würde es für möglich halten, dass dieser liebe Junge, der sich immer schützend vor seine kleine, unscheinbare Schwester stellte, so etwas ausgeheckt haben sollte. Nur sie, sie würde es wissen. Eben weil er so unheimlich ruhig war. So beängstigend klug. Und so außergewöhnlich hübsch. Alles hatte nun mal eine Kehrseite, beruhigte sie sich. Nichts war wirklich perfekt. Auch der hiesige Pfarrer nicht, der nur mit sichtbarer Mühe in ihr rotes Gesicht zu blicken vermochte, mit seiner eingebildeten Frau und dem geistig zurückgebliebenen kleinen Balg.

Sie sah sich das zweite Buch an, welches der Pfarrer in die Schule mitgebracht hatte und öffnete es dort, wo das Lesezeichen lag, geflochten aus feinen, braunen Lederriemen, sehr zierlich und äußerst sorgfältig gearbeitet. Sie legte das Buch samt Zeichen vor Karl auf den Tisch und sagte.

„Hier, das ist deine Strafe. Heute schreibst du allerdings so lange, bis ich mit den Korrekturen fertig bin."

Karl Dorfmann starrte auf das geöffnete Buch. Er griff nach dem schmalen Buchzeichen. Drehte es zwischen seinen Fingern hin und her. Führte seinen Daumen daran nach oben und wieder hinab, als prüfe er die Gleichmäßigkeit der Flechten, bis Fräulein Sauder ihn schubste und befahl.

„Lass das liegen. Und fang endlich an."

Karl Dorfmann tat, was sie verlangte, nahm seinen Schreibstift und begann zu schreiben: „Der Großinquisitor". Zuerst schrieb er sehr langsam und man sah, dass er mit seinen Gedanken nicht bei den Worten war, die er nun Buchstabe für Buchstabe in sein Schreibheft übertrug. Seine Augen glitten immer wieder zu dem Buchzeichen. Er verglich es mit den anderen Handarbeiten, die er von seiner Schwester kannte. Der Ledergürtel, den sie für ihren Vater kunstvoll gebunden hatte, das Halsband, an dem Fal ausgeführt wurde. Immer arbeitete sie mit äußerst dünnen Lederriemen oder hantierte mit sehr fein gesponnenem Garn.

„Wenn du denkst, Karl, dass du einer Strafe entgehen kannst, indem du nur zögerlich vorankommst, dann lass dir gesagt sein, dass ich dich auch morgen hier behalten kann. Also, was meinst du dazu?"

Fräulein Sauders Gesicht war bleicher als sonst. Und als Karl sie in jenem Moment ansah, ihr direkt in die Augen blickte, so wie er es immer tat, weil er ihr zeigen wollte, dass ihn ihre Hässlichkeit nicht berührte, erkannte er, dass Fräulein Sauder hinter ihrer roten Maske ein Geheimnis verbarg.

Karl Dorfmann erschrak. Er senkte sogleich die Lider, vertiefte sich in den Text und mit einem Mal schrieb er schneller und schneller, denn er wollte wissen, was passieren würde, wenn Christus noch einmal auf dieser Erde umher zu wandeln beschlösse.

Sie bemerkte nicht sofort, dass er begonnen hatte, wie im Rausch zu schreiben. Immer noch ärgerte sich Fräulein Sauder über die Nachlässigkeit, die sie ihren Gefühlen gegenüber hatte aufkommen lassen. Dieser schlaue Bub hatte es jedenfalls registriert. Allerdings war sie sich nicht sicher, was genau er erkannt hatte.

Sie fixierte ihn eine ganze Weile schon, aber es fiel ihm nicht auf. Sie sah, wie er, einem Hungrigen gleich, Seite um Seite verschlang und geradezu von Angst getrieben schien, es könne ihm jemand diese köstliche Mahlzeit wegnehmen, bevor er sie beendet hatte.

„Schluss jetzt!" sagte sie. „Für heute ist es genug, du kannst jetzt nach Hause gehen, Karl."

„Du bist uns stören gekommen", sagte der Großinquisitor zu Christus, *„aber morgen noch werde ich dich richten als den schlimmsten aller Ketzer. Und jene, die dir heute zugejubelt haben, werden dir morgen den Scheiterhaufen bereiten"*.

Karl Dorfmann lief nach Hause und konnte nicht glauben, dass die Geschichte dieses Ende finden sollte.

Es standen noch drei große ungeschälte Kartoffeln auf dem Ofen und auf der Fensterbank fand er ein Glas Milch, das er hastig dazu trank. Er war immer noch hungrig und öffnete den Brotschrank in der Hoffnung, dass darin etwas läge, was er noch essen könnte. Aber der kleine Rest Brot würde gerade für das Frühstück am nächsten Morgen reichen und die wenigen Äpfel im Keller waren längst verfault. Das wusste Karl genau, denn er war am Tag zuvor, an seinem Geburtstag, zwei Mal die schmale Treppe nach unten gelaufen. Spätnachmittags war es bereits dunkel. Er hatte die Öllampe in der rechten Hand gehalten und sich mit der linken hin und wieder an der kalten Mauer abgestützt. Aus den unverputzten Wänden bröckelten jedes Mal, wenn man sie berührte, winzige Steinchen. Und der Staub, der sogleich in kleineren oder größeren Mengen, umherschwebte, umhüllte ausnahmslos alles, was an diesem düsteren Ort abgestellt worden war. Die Holztüren zu den einzelnen Kammern ließen sich nur schwer öffnen. Karl schubste mit seiner rechten Schulter zwei, drei Mal dagegen bis sie sich beiseiteschieben ließen. Auch hier waren die Decken niedrig wie im Flur. Er bemühte sich sehr, sie nicht auszuleuchten. Denn dort hingen, aus zahlreichen Kuhlen, beinahe direkt über seinem Kopf, etliche Kadaver jener kleinen Monster, die nunmehr wie mit Mehl gepudert nicht viel weniger bedrohlich auf ihn wirkten als noch zu Lebzeiten. Die Vorstellung, sie könnten sich mit einem ihrer vielen dünnen Beinchen in seinen Haaren verfangen, ließ ihn noch ein paar Zentimeter kleiner werden.

Seit Oktober musste er jeden Abend in den Keller runter, Kohlen schaufeln und sie anschließend in einen größeren schwarzen Kohleeimer, der oben in der Küche stand, einfüllen. Danach schleppte er auch einige Briketts direkt daneben. Und anschließend ging er zu dem kleinen Schuppen, der neben der Werkstatt quer über dem Hof stand, um Holzscheite und Späne zum Anfeuern ins Haus zu tragen.

Gestern Nachmittag hatte seine Mutter keine Eier für ihn und Anna gebraten, sondern einen Kuchen damit gebacken. Einen Geburtstagskuchen. Er war feucht geblieben und schmeckte süß, so wie er es mochte. Aber Karl war lange vor dem Abendessen wieder hungrig gewesen und so rannte er, mit gekrümmtem Rücken und so schnell er konnte, die Stufen hinunter. Schmiss sich gegen die ersten Holzplanken gleich rechts neben der Treppe und suchte im fahlen Licht, das durch das kleine Kellerfenster schien, nach Obst- und Gemüseresten auf dem langen Regal an der Wand vor ihm. Eingeweckte Pflaumen, Mirabellen, geschnitzte Äpfel und Birnen standen da, Kartoffeln in einem großen Korb gleich links. Drei Äpfel waren hinter die Gläser gerollt und an der Kellerwand unbemerkt braun geworden. Enttäuscht wusch sich Karl in der Küche unter dem kalten Wasser den klebrigen Brei von der Hand.

Heute Nachmittag kümmerte sich seine Mutter um die getrocknete Wäsche und Anna lachte draußen vergnügt und warf ein Stöckchen, das Fal ihr wieder zurückbrachte. Karl drückte den

Milchrand, der seinen Mund umgab, in das dünne Handtuch, das auf dem Spülstein lag, nahm seine Schulbücher und legte sich im Zimmer nebenan aufs Bett. Er versuchte sich hundert Menschen vorzustellen, jeder angekettet an einen Pfahl. Reisig wurde unter ihnen angezündet, die Holzscheite fingen endlich Feuer, die wenigen Kohlen begannen langsam zu glühen und ebenso langsam all die Füße zu verbrennen.

Widerwillen und Abscheu empfand Karl dabei und beides wandelte sich zu unbeschreiblichem Zorn, der sich auf die Suche begab nach einer angemessenen Verfahrensweise mit den abscheulichsten Verbrechen eines neunzigjährigen Greises in grauer Kutte.

„Karl, komm, es gibt noch Kuchen".

Annas Stimme drang leise an sein Ohr, obwohl sie direkt neben ihm am Bett stand, wo sie ihn zudem noch rüttelte und ihm schließlich grinsend die Nase zusammenkniff.

Sie saßen zu dritt am Küchentisch. Karl hatte mit wenigen Bissen das erste Stück gegessen und wollte auch das zweite in sich hineinschlingen, hätte ihm Anna nicht eilig mitgeteilt, dass sie ihm heute ihr zweites Kuchenstück auf keinen Fall überlassen würde. Er aß deswegen langsamer und tröstete sich damit, dass er bis zum Abendessen nicht mehr allzu lange warten musste. Bald würde Margret nach Hause kommen. Er würde sich mit dem Kohlen- und Holzholen beeilen und dann zu ihr ins Zimmer gehen, sich neben sie aufs Bett setzen und ihr erzählen, was er nachmittags in der

Schule gelesen hatte. Vielleicht würde er auch von dem dunkelbraunen Band sprechen, das sie geflochten und, aus irgendeinem Grund, Ralph Fallinger geschenkt hatte.

Als Margret schließlich die Küche betrat, bemerkte Karl sofort, dass sie sich schneller als sonst in das gemeinsame Schlafzimmer zurückzog. Auch war ihr Blick zuvor länger als sonst auf Anna und ihn gerichtet und überhaupt erschien sie ihm außergewöhnlich empfindsam. Gleich hastete er zur Tür, zündete die Öllampe an und tastete sich die Stufen hinunter in den Keller. Als er endlich mit der Schulter die Tür zur Kohlenkammer aufstieß, ließ ihn ein lauter Knall heftig zusammenzucken und seinen Körper auf den Boden stürzen. Dabei entglitt ihm die Lampe und ihre Flamme erlosch.

9
Die Schwester

Eilig war sie am Morgen den dunklen Weg entlang gelaufen. Sie musste immerzu aufpassen, dass sie nicht stolperte oder ausrutschte auf der nassen, holprigen Straße. Dabei dachte sie an ihren kleinen Bruder. Wie er sich in der Dunkelheit und Kälte an sie schmiegte, um seinen Träumen zu entkommen. Sie bewunderte seine Klugheit und beneidete ihn um sein Geschlecht. Karl war über die Maßen scheu, worüber sie lächeln musste, und seinem Körper gegenüber bemerkenswert argwöhnisch. In seinen Gedanken jedoch hatte sich nicht eines schönen Tages und unter irgendeinem mitleiderheischenden Vorwand, Verzweiflung ausgebreitet und bereits kurze Zeit später sogar festen Wohnsitz beansprucht. Ihn packte nicht diese qualvolle Niedergeschlagenheit, welches sie, Margret, immer wieder und gar nicht mehr unverhofft überfiel, eisern ihre schmalen Schultern umschloss und sie eilends mit sich forttrug an die erschreckend nahen Grenzen ihres Daseins. Karls Gedanken, davon war Margret überzeugt, existierten losgelöst von Zeit und Raum. Sie brausten endlos wie stürmische Wellen auf geduldige Strände zu, genauso wie gegen steile Felswände. Sie auslauten zu lassen oder abprallen zu sehen, war für ihn lediglich faszinierend. Konsequenzen würde er nie erdulden müssen.

Es hatte lange geregnet in der vergangenen Nacht. Die Pfützen waren bis zum Rand gefüllt. In manchen Häusern brannte Licht in einem der unteren Zimmer. Die Bauern im Dorf mussten früh aufstehen und die Tiere in den Stallungen versorgen, vor allem die

Kühe. Sie erinnerte sich an die großen, warmen Körper, die sie schon einige Male gemolken hatte. Natürlich stolperte sie. Ein Holzsplitter schob sich unter ihre Haut, als sie den Gartenzaun zu fassen kriegte, der verhinderte, dass sie hinfiel und nicht nur ihre Schuhe mit Schlamm verdreckte, sondern auch ihren Mantel und die Strümpfe, vielleicht auch das alte Kleid, welches sie seit Tagen trug. Sie konnte den Splitter nicht sehen, aber spürte, wie er bei jeder weiteren Krümmung tiefer in ihren rechten Daumen einzudringen suchte. Sie hielt ihre Hand ausgestreckt, fühlte erneut, wie sich die feuchte Luft an ihrem Körper zu schaffen machte und lief noch etwas schneller die steile Straße hinauf. Sie begann zu keuchen, öffnete ihren Mund beim Atmen. Die Kälte hatte jetzt nicht mehr die Kraft wie noch wenige Wochen zuvor, als sie ihr noch jeden Tag auf 's Neue ihren Rachen betäubte und ihr Zug für Zug bewusst wurde, dass sie von nun an auch in ihrem Inneren dem Kampf gegen ihre übermächtigen Widersacher erliegen würde. Gleich war das Haus zu sehen, zu dem sie sich aufgemacht hatte. Es war das letzte im Dorf.

Sie lief an der Haustür vorbei und betrat den kleinen Schuppen, der links daneben stand. Nach zwei Schritten stieß sie mit ihrem Oberschenkel an den kleinen, runden Tisch. Sie betastete mit ihrer rechten Hand die Tischoberfläche und fand den klobigen Schlüssel sogleich. Fallinger wusste genau, wo er ihn hinlegen musste, damit sie ihn sofort greifen konnte. Sie verließ den Schuppen und ging vorsichtig zur Haustür zurück. Margret entriegelte das Schloss der Eingangstür und trat leise in den engen Flur. Es war vollkommen still, wie jeden Morgen, wenn sie kam. Seit zwei Jahren arbeitete sie in diesem Haus. Fallingers Ehefrau lag noch im Bett. Sie würde erst aufstehen, wenn Margret die Küche geheizt hatte und genügend heißes Wasser auf dem Ofen kochte, damit sie sich waschen konnte. Und Margret später das Kind.

Auf dem Küchentisch lag ein Buch. Er hatte gestern Nacht darin gelesen und ihr, wie jeden Morgen, eine Passage ausgesucht. Hatte etwas dazu geschrieben oder eine Frage an sie gerichtet, die sie im Laufe des Tages, am liebsten jedoch jetzt gleich, beantworten würde. Sie griff danach. Streichelte liebevoll über den Buchdeckel und schlug die Seite auf, wo das hellblaue Briefpapier herausragte. Das Briefpapier fiel dabei auf den Tisch und Margret sah, dass Ralph Fallinger eine Nachricht hinterlassen hatte.

„Liebe Margret, heute muss ich mich endlich um die Gelder für die Reparaturen unserer Kirche bemühen. Den ganzen Tag werde ich in der Stadt zubringen und erst spät abends wieder nach Hause kommen."

Er hatte seine Worte sorgsam abwägen müssen und in diesem Moment innegehalten. Tinte war dabei auf die Seite getropft. Fallinger hatte sie einfach antrocknen lassen und weiter unten aufs Neue zu schreiben begonnen.

„Liebe Margret, hast du Raskolnikows Geschichte schon zu Ende gelesen? Was hältst du von Sonja? Ich freue mich auf den morgigen Tag, R.F."

Als Margret das Papier ins Buch zurücklegte, war ihr das Blut bereits aus dem Gesicht gewichen. Geradewegs trug sie beides in den kleinen Raum, der neben der Küche lag. Ralph Fallinger hatte dort ein Arbeitszimmer eingerichtet. Sie schob das Buch in eine Lücke zwischen die anderen Bücher. Gleich wollte sie zur Küche zurückkehren und mit ihrer Arbeit beginnen, als sie auf halbem Wege stehenblieb.

Margret erinnerte sich mit Herzklopfen an jenen Wintermorgen, als sie es kaum erwarten konnte, ins Haus zu einzutreten, das Buch auf dem Küchentisch vorzufinden, um dieses eine Mal keine Frage, sondern seine Antwort zu lesen. Zum ersten Mal hatte sie die Rollen in diesem Spiel, das sie schon über ein Jahr miteinander wagten, umgekehrt, hatte ihm eine Passage gekennzeichnet und eine Frage dazu gestellt:

„Ich verstehe das natürlich ... sich zu erschießen (...). Ich habe mir das selbst zuweilen vorgestellt, und dann gesellt sich dazu immer ein gewisser neuer Gedanke: wie nun, wenn man ein Verbrechen beginge, oder etwas vor allem Schimpfliches, das heißt Schmachvolles, eine Schande, nur muss sie schrecklich gemein und ... lächerlich sein, so dass die Menschen sie tausend Jahre lang behalten und tausend Jahre lang ausspucken werden, und dann plötzlich der Gedanke: ‚Ein Schuss in die Schläfe und es ist nicht mehr da.' Was kümmern einen dann noch die Menschen, und dass sie tausend Jahre lang vor Abscheu ausspucken, ist es nicht so?"

„Was wäre Ihre Abscheulichkeit?" hatte Margret damals wissen wollen. Nun fürchtete sie sich ein bisschen davor, dass er sich nicht

darauf eingelassen haben könnte. Obwohl sie andererseits wiederum sicher war, dass er sich ihr ganz bestimmt erklären würde. Mit großen Buchstaben hatte Fallinger unter ihre Frage geschrieben: *„Eigentlich eine Kostbarkeit! Sie der Öffentlichkeit preisgeben, hieße jedoch, sie der Niedertracht auszusetzen, denn sie würde des Frevels bezichtigt werden."*

An diesem Tag war sie geradezu überschwänglich gewesen. Sie wusste genau, was er damit meinte, fühlte sich auf wunderbare Weise geborgen. Schon wenige Wochen später beschlich sie freilich das vage Empfinden, welches bald zur unumstößlichen Überzeugung wurde, dass aus jenem abgeschiedenen Raum, den sie sich beide außerordentlich behutsam eingerichtet hatten, niemals eine Tür nach draußen führen würde.

Entschlossen drehte sich Margret um und nahm das Buch wieder aus dem Regal. Sie setzte sich knapp auf den Stuhl vor Ralph Fallingers Schreibtisch und hatte ihre Antwort auf dem pastellfarbenen Bogen schnell formuliert. So schnell, dass man denken könnte, sie hätte diese Worte schon viele Male zuvor in ihrem Kopf komponiert und ein ums andere Mal einstudiert, um sie just in diesem Augenblick nur noch geschwind niederschreiben zu müssen.

Liebster Ralph!
In diesem schönen Buch muss Sonja mit Raskolnikow gehen, weil Herr D. das so beschlossen hat. Aber ich, Margret, bin keine Figur in einer Geschichte, die allein auf dem Papier existiert. Vielleicht

kann ich nicht selbst entscheiden, wohin ich gehen und wie ich leben will. Wahrscheinlich würde ich daran gehindert werden – durch die Zwänge, auf die Sie mich freundlicherweise hingewiesen haben. Aber etwas kann ich dennoch entscheiden: nämlich ob ich mich in dieses vorgegebene Leben einfügen oder nicht einfügen möchte. Ich weiß, dass es für Sie diese Option nicht gibt. Aber betrachtet man Regelwerke so wie ich, als eine Krücke und nicht als Skelett, bleibt immer diese letzte Tür, durch die man fliehen kann.

Mir geht es mit mir selbst wie mit jedem beliebigen Buch. Noch bevor ich das erste Kapitel zu Ende gelesen habe, weiß ich bereits, welche Geschichte auf mich wartet. Deswegen muss ich nicht länger den Gedanken anderer nachspüren und ihnen auf ihren Wegen folgen. Und was ich auch nicht möchte: Mich ein Leben lang in Träumen verlieren, in denen ich fortwährend dasselbe Buchzeichen verschenke, um einen Moment lang glücklich zu sein. Versprechen Sie mir, es nicht zu verlieren. M.D.

PS: Entschuldigen Sie mich unbedingt bei unseren gemeinsamen Bekannten mit all den wohlklingenden Namen. ‚Nikolai' finde ich nach wie vor am schönsten. Seine Geschichte hat mich zutiefst berührt. Aber auch alle anderen haben mich auf exzellente Weise unterhalten. Und bitte grüßen Sie ganz besonders Herrn Kiriloff von mir, wenn Sie ihm das nächste Mal begegnen. Die außerordentliche Zuneigung, die ich augenblicklich zu ihm gefasst habe, wird Ihnen wohl zeitlebens in Erinnerung bleiben".

Margret beeilte sich im Ofen Feuer zu machen. Fallinger hatte ihr schon alles bereitgelegt. Hatte zuerst die Asche entfernt, dann etwas Zeitungspapier, dürre Hölzer und darauf zwei größere Holzscheite geschoben. Erst wenn das Holz angebrannt war, würde sie Kohlen dazu geben und später die Briketts auflegen. Bis dahin füllte sie einen riesigen Topf mit Wasser und einen kleinen mit Milch. Sie deckte den Tisch mit zwei Tellern und stellte einen weiteren zusammen mit Brot, Butter und Marmelade auf ein Tablett. Fallingers Frau würde heiße Milch dazu trinken. Für die Kleine und sich selbst kochte Margret einen Haferbrei, den sie mit Honig süßen und, wenn Johanna Fallinger nicht hinschaute, mit einem Esslöffel Butter verfeinern würde.

Als das Wasser in dem großen Kessel warm war, schöpfte sie mit einer Kelle eine Schüssel voll ab. Dann öffnete sie die Tür zu dem kleinen Flur, von dem zwei Räume abgingen. Links lag das Schlafzimmer der Eltern und rechts ein kleineres, in dem Marie schlief. Margret hörte Marie brabbeln, aber bevor sie das Kind aus seinem Bett holen konnte, musste sie warten bis sich Johanna Fallinger in der Küche gewaschen und angezogen hatte. Margret klopfte an ihre Tür und gab in untadeligem Tonfall Fallingers Frau das gewünschte Zeichen. „Guten Morgen Frau Fallinger. Das Wasser steht bereit."

Johanna Fallinger würde nicht antworten und Margret nutzte die Zeit, die ihr blieb, bis diese in die Küche kam, um in der Wohnstube nach dem Rechten zu sehen. Dorthin trug sie auch das Tablett.

Dieses Zimmer, das auffallend stattlich möbliert neben der geradezu sparsam eingerichteten Küche den meisten Platz im Haus einnahm, war eigentlich Frau Fallingers Zimmer. Dort verbrachte sie den größten Teil des Tages auf einer weichen Chaiselongue. Sie stickte, strickte, fertigte Handarbeiten für andere Leute, las ein bisschen im Lokalteil der Zeitung, nie Bücher, und schrieb Aufgaben auf kleine blütenweiße Zettel, die Margret für sie zu erledigen hatte. Konnte Margret Marie dabei nicht beaufsichtigen, musste das Kind in sein Bettchen zurückgebracht werden, wo es so lange mit seiner zerschlissenen Holzpuppe warten musste, bis Margret wieder zurückkam. Dann allerdings waren Kind und Bett oft genug gründlich zu waschen. Decken mussten neu zu bezogen werden und Marie war wieder sauber einzukleiden.

Für Johanna Fallinger war dieses Kind, das sie zuerst nicht hatte gebären wollen, aus Angst vor all den Schmerzen, dem Blut und der Gefahr, sie könnte dabei zu Tode kommen, und das dann doch aus ihrem Leib heraus musste, weil es da drinnen mittlerweile viel zu eng geworden war, und in dem schmalen, langen Tunnel, der zu spät nach draußen führte, keine Luft mehr bekam und deshalb ewig ein Säugling bleiben sollte, zu einem lästigen Tierchen geworden, um das sich andere kümmern sollten. Jene, die es behalten wollten, wie ihr Mann Ralph, weil es auch ein Geschöpf Gottes war oder diese Margret, die sich damit ihr Geld verdiente und dazu noch von ihrem Mann umsonst in Literatur unterrichtet wurde.

Es hatte wieder zu regnen begonnen. Johanna Fallinger würde sie heute bestimmt in dieses unwirtliche Haus am Rande des Nachbardorfes schicken, dachte Margret. Schwer bepackt mit Stoffen würde sie noch dazu auf dem Rückweg die große Milchkanne, bis zum Rande gefüllt, den dünnen, kalten Metallhenkel tief in ihre Handfläche eingegraben, vorsichtig und abwechselnd linkerhand, dann wieder rechterhand, schleppen müssen. Der Holzsplitter würde sich noch einige Millimeter tiefer ins Fleisch bohren. Tausende Schritte lang. Und Margrets Mantel würde dabei beharrlich die allgegenwärtige Nässe aufsaugen und mit jedem weiteren Tropfen ihre Last unbarmherzig erschweren.

Um diese Aufgabe, die Johanna Fallinger Margret wie erwartet übertragen hatte, überhaupt meistern zu können, musste sie sich dazu zwingen, ihren Gedanken und Empfindungen, die sie gewöhnlich achtsam im Hinterland ihres Schädels versteckt hielt, eine lebendige Gestalt zu verleihen.

Zunächst dachte Margret während des langen Marsches an den äußerst milden Winter im Jahr 1539, als am Dreikönigstag die Mädchen in der Mark Brandenburg mit Kränzen aus frischen Veilchen und Kornblumen zur Kirche kamen. Margret hätte damals selbstverständlich keinen Kranz gebunden, allerhöchstens ihrer Schwester Anna geholfen, die kleinen Blüten in ihr Haar zu einzuflechten. Möglicherweise hätte sie sich auch dazu durchgerungen, einen leuchtend blauen Strauß zu pflücken, den sie unbemerkt neben dem Altar der Dorfkirche in die hohe, aber viel zu enge Vase gequetscht hätte. Der Duft und der Anblick des bevorstehenden Frühlings hätten den Pfarrer in seiner Erzählung über die Beschenkung des Christkindes mit Weihrauch, Myrrhe und Gold gewiss über die Maßen irritiert, dass nicht nur Margret sein leises Straucheln bemerkt hätte.

Gleich anschließend eilte Margret zusammen mit ihrer Erinnerung hin zu jener Geschichte zu Beginn des 14. Jahrhunderts, als ein heißer und überaus trockener Sommer das Wasser der Donau und des Rheins fast aufgebraucht hatte. Stellenweise war es möglich gewesen, durch das Flussbett zu waten. Margret stellte sich vor, wie es sich anfühlen würde, die bloßen Füße ihres aufgeheizten Körpers im Wasser der Donau im Jahre 1304 spazieren zu lassen. Das knöchellange Kleid, das sie damals getragen hätte, müssten ihre Hände rundherum gerade soweit hochziehen, dass es nicht nass werden würde. Es würde Ralph Fallinger sein, der dabei allzu häufig verhindern musste, dass Margret im nassen Schlamm ausrutschte. Dass es gerade die Anwesenheit des anderen war, die sie immerfort umzuwerfen drohte, darüber wollte keiner der beiden nachdenken.

Aber heute, am 20. April 1935, regnete es in Strömen und Margret gelang es nur wenige Minuten, Ralph Fallingers Gegenwart im ausgetrockneten Flussbett festzuhalten. Ihre Gedanken flüchteten mit ihr widerwillig in den Sommer 1543, wo es genauso schauerte wie heute und sich kaum ein Mensch gegen das viele Wasser retten konnte, das damals Rhein und Maas zu Rekordhöhen ansteigen ließ. In Köln konnte man mit den Kähnen sogar über Stadtmauern fahren. Wasser, überall war Wasser.

Neben der Nässe zerrte jedoch ebenso eine fast unerträgliche Kälte an jenem feinen Band, das Margret auf ihrem Weg zurück in das Pfarrhaus leitete. Bald stapfte sie apathisch über das dickgefrorene Eis, das sich im Winter 1010/11 nicht nur in ganz Europa über Seen und Flüssen legte, sondern auch Eisschichten auf den Bosporus und den Nil zauberte. Einmal zusammen mit ihm an diese zauberhaften Orte zu reisen, würde sich Margret nur heute noch insgeheim vorstellen müssen.

In solcherart Luftschlössern wandelnd, überstand Margret den letzten Kilometer bis zu Ralph Fallingers Haus. Immer wieder aufs Neue imaginierte sie am Schluss, wie er ihr im Sommer letzten Jahres, der Margret bis in ihr Innerstes erhitzte, staunend aus einer Wetterchronik vorlas, die er von einem seiner Besuche in der Stadt mitgebracht hatte. Diese Anomalien, die sich die Natur hin und wieder darzubieten traute, einfach um zu zeigen, dass sie von ihrer gewöhnlichen Gangart sehr wohl auch abzuweichen vermochte, waren ihnen beiden eine willkommene Ablenkung von den beängstigenden Nachrichten um sie herum, die nur Ungemach heraufbeschworen. Im gleichen Maße wie sich die politischen Umwälzungen zutrugen, wurde Fallingers Tonfall verhaltener und seine Beredsamkeit offenbarte sich nur noch gegenüber wenigen Menschen.

Diesem Sommer folgte ein kalter und nasser Winter. Von Januar bis März konnte sich Margret ausschließlich an frostige Tage entsinnen. Bis zum heutigen Datum waren die Temperaturen auch tagsüber vorwiegend einstellig geblieben.

Margret registrierte schnell, dass Fallinger die *politischen Veränderungen,* genau wie ihr Vater, mit leichtem Spott erwähnte und dass sie ihn, genau wie ihren Vater, von Tag zu Tag mehr und mehr belasteten. Noch zwei Jahre früher hatte sie ihren Vater zum ersten Mal laut von einer im Abseits schwelenden Glut sprechen hören, die sich bald wie ein Lauffeuer über das ganze Land ausbreiten würde. Und schneller als gedacht, hatte sich Robert Dorfmann tatsächlich die Finger an diesem Feuer verbrannt. Auch Ralph Fallinger, und Margret belohnte dies sogleich mit inniger Zuneigung, schien sich an diesem Feuer partout nicht wärmen zu wollen. Monat für Monat ereigneten sich befremdliche Dinge, über welche in ihrem Elternhaus wie auch im Pfarrhaus leise und zusehends unnachgiebiger gestritten wurde. Wo zuvor kaum erkennbare Risse verliefen, entstanden mit jeder neuen politischen Kontur tiefere Furchen und zunehmend unüberwindbare Gräben. Arg früh war zu ahnen, dass sich die Spanne dieser fadendünnen Risse bald schon zu einem unüberbrückbaren Abgrund ausweiten würde, wenn sie nicht ohnehin durch ein Erdbeben, das mehr als wahrscheinlich war, ganz abrupt aufzubrechen gedachte. Alles hing mit bestimmten Namen zusammen. Alles richtete sich gegen jene, die nicht mitmachen durften und jene, die nicht mitmachen wollten. Robert Dorfmann las kopfschüttelnd Zeitung und scherte sich von Anfang an nicht um die Stöße, die ihm seine Frau wie beiläufig mit dem Ellenbogen in die Seite verabreichte und dabei die Umherstehenden nachsichtig anlächelte. Als baldmöglichst die Aufträge ausblieben, verharrte Robert Dorfmann auf der Stelle reglos vor Verhaftungswellen, Boykottaufrufen und Berufsverboten, bis er sich entschloss, nichts mehr zur Kenntnis zu nehmen und sich allein auf seine langen Wege zu seinen neuen Brotgebern zu konzentrieren.

Von da an sah Margret nur noch Ralph Fallinger zu, wie er sich über Bücherverbrennung empörte, hörte bloß ihn noch, fast erstickt, von Tod und Vernichtung zu reden. Und seit wenigen Wochen auch etwas lauter von einem Krieg, der gewiss über sie hereinbrechen werde, nun, da trotz Verurteilung durch den Völkerbund, die allgemeine Wehrpflicht wieder eingeführt worden war.

Endlich zurückgekehrt nahm Johanna Fallinger Margret die Milchkanne aus der tauben, blaugefärbten Hand.

„Nun aber schnell an den Ofen, sonst erkältest du dich noch."

Sie holte Margret ein altes Kleid aus ihrem Kleiderschrank. Das solle sie überziehen, bis ihr eigenes wieder getrocknet sei, sagte Johanna, während Marie in regelmäßigem Abstand ihre Holzpuppe ziemlich laut an die Wand der Kinderstube schlug. Bald darauf wusch Margret die Kleine, kleidete sie neu ein und brachte sie mit in die Küche. Sofort krabbelte Marie zwischen die Stuhlbeine des alten Küchenstuhls, der vor dem Ofen stand, um Margrets Mantel das Trocknen zu erleichtern. Im selben Moment zog Johanna Fallinger erlöst die Tür zur Wohnstube zu.

Später holte Margret Marie auf ihren Schoß. Manchmal zog sie Marie ganz nah zu sich heran und streichelte ihr den Rücken. Anfangs wehrte sich Marie dagegen, wurde laut und schlug wild mit den Armen um sich herum. Irgendwann jedoch ließ sie davon ab und lauschte bewegungslos den Berührungen. Niemand sonst liebkoste Marie. Margret wusste, dass es schön war, gehalten zu werden. Dass es beruhigte, zu hören, dass sich jemand Sorgen machte. Sie wusste, wie es sich anfühlte, wenn sich jemand um jeden Preis mühte, zu verhindern, dass jene furchtbare Grippewelle, die kurz vor Margrets Geburt Tante Marta und den kleinen Albert von nebenan sowie weitere 2,3 Millionen Menschen allein in Europa und ca. 35 Millionen Menschen weltweit ums Leben gebrachte hatte, auch sie, Margret, wieder mitfortnehmen könnte.

„Wir hatten solche Angst um dich. Niemand durfte sich dir nähern, niemand durfte dich anfassen. Erst als alles wieder vorüber war. Und bevor deine Mutter und ich dich anfassten, haben wir uns immer frische Kleidung angezogen und uns gründlich gewaschen. Und wir haben dich nie ins Gesicht geküsst, so wie ich das jetzt tun werde."

Der Vater lachte und zog die kleine Margret, die er Rosa hatte nennen wollen, ganz nah zu sich heran, rieb zuerst seine Bartstoppeln vorsichtig an ihre zarte Wange, dass es sie kitzelte, spitzte dann seinen Lippen soweit er konnte und küsste sie laut auf ihren kleinen Mund, der halb offen war, weil sie über seine Grimassen und seine vorhersehbare Umklammerung, aus der sie sich vergeblich zu befreien bemühte, indem sie in ihn an Bauch und Brust durch seinen dicken Wollpullover zu kneifen versuchte, lachen musste. Und dieses arglose Gefühl gedieh allezeit üppig, weil Robert Dorfmann stark war, und jemand, der sich nicht einfach fügte. Lange war Margret sein einziges Kind. Erst wenige Monate bevor sie zur Schule kam, wurde ein Bruder geboren, weswegen die Familie die kleine Stadtwohnung zurücklassen musste und infolgedessen viel zu weit wegzog, irgendwohin aufs Land. Bis dahin war Robert Dorfmanns Fürsorge um Margret mit jedem totgeborenen Kind ebenso gewachsen, wie auf mütterlicher Seite sowohl Zuneigung als auch Zärtlichkeit versiegten. Als schließlich die beiden jüngsten Kinder, erst Karl und bald danach die empfindsame Anna, ihren Kampf ums Dasein gewonnen hatten, war Therese Dorfmanns Sinnlichkeit bereits bis aufs Äußerste erschöpft.

Dabei hatte Therese sich außerordentlich, mit geradezu leidenschaftlichem Einsatz um den aufsässigen Matrosen Dorfmann, einen Sympathisanten der Unabhängigen Sozialdemokratischen Partei, bemüht, der sich seit der Schlacht am Skagerrak, 1916, an zwei Sabotageakten beteiligt hatte, und welcher am 03. August 1917, um die Regierung in Berlin zu Friedensverhandlungen zu zwingen, zusammen mit weiteren 400 Mann des Linienschiffs „Prinzregent Luitpold" unerlaubt von Bord gegangen war. Man versammelte sich anschließend in einem Gasthof bei Rüstersiel zu einer Protestversammlung und kehrte alsbald wieder an Bord zurück.

Zwei Wochen Arrest waren als Strafe auszuhalten, aber sie beeinflussten seine Haltung allzu wenig. Die Erschießung des Heizers Köbis und jene des Obermatrosen Reichpietsch jedoch, ließen ihn vorsichtiger werden. Und Therese. Vor allem sie sorgte dafür, dass Robert Dorfmann seiner politischen Haltung in den darauffolgenden Jahren keine allzu große Bedeutung mehr beimessen konnte und seine ganze Kraft zunächst an ihre elterliche Schreinerei verschwendete.

Marie sah sich nach Margret um. Unbeirrt führte sie ihre rechte Hand zum Mund, brabbelte dabei von Mal zu Mal lauter und begann alsbald zu sabbern. Es dauerte nicht lange, dann wurde die Tür zum Wohnzimmer aufgerissen und Johannas Stimme forderte mit Ungeduld dazu auf, Marie endlich etwas zu essen zu geben.

„Es ist bereits nach elf Uhr, soll ich mit dem Kochen beginnen?" fragte Margret.

„Nein, gib ihr einen trockenen Brotkanten. Daran kann sie rumbeißen bis es Zeit ist, Mittag zu essen."

Margret reichte Marie einen Brotkanten, den sie sich in einem Stück in den Mund zu stopfen versuchte.

„Nein, Marie, so geht das nicht."

Marie wehrte sich, als Margret ihr das Brot wieder wegzunehmen versuchte.

„So musst du das machen, sieh her."

Margret hielt sich das Brot an den Mund und biss ein winziges Stück davon ab.

„Nur kleine Stücke essen, Marie. Kleine Stücke."

Marie grabschte nach der Kruste, hielt sie mit beiden Händen direkt an ihren Mund und kaute jetzt schmatzend daran herum. Ohne Ralph Fallinger waren die Tage in seinem Haus geradezu unerträglich.

„Was bist du für ein gescheites Mädchen", hatte Ralph Fallinger zu ihr gesagt, nachdem Margrets Vater und Johanna Falllinger beschlossen hatten, sie als Kindermädchen und Haushaltsgehilfin im Pfarrhaus zu beschäftigen und er nur noch die Bedingungen aushandeln durfte, unter denen das geschah. Er hatte ihr infolge ein paar Rechenaufgaben vorgelegt und sie dann einen kleinen Text schreiben lassen. Zuletzt erzählte er von zwei Frauen, die vor einem Richter um ein Kind stritten. Davon, dass die Reaktion der beiden angeblichen Mütter auf den Urteilsspruch, reißt das Kind in zwei Hälften und nehme eine jede ihren Teil, ermöglichte, die wahre Mutter des Kindes benennen. Ralph Fallinger fragte Margret, ob sie diese Schlussfolgerung verstehen könne woraufhin Margret antwortete: „Ich werde mich um Marie kümmern, so gut ich kann." Sie war störrisch, fand er. Aber sie ließ sich überall hinlocken. Sie konterte der kleinsten Unstimmigkeit, versuchte allerdings alle Probleme umgehend zu lösen, die er alsbald für sie zu konstruieren begann. Als sie ihn darauf ansprach, drückte er ihr das erste Buch in die Hand.

„Ließ es, dann werden wir erfahren, ob du tatsächlich so viel Verstand hast, wie du denkst."

Und Margret las dieses Buch und dann das nächste und so fort. Bereits wenige Wochen später begann sie zu verstehen, dass sie eines Tages zur Wahl gehen dürfte, aber nicht wirklich wählen könnte. Vielleicht schon, ob sie ihre Röcke kürzer oder die Haare länger tragen wollte. Aber ganz bestimmt nicht, ob sie auf dem Dorf arbeiten müsse oder in der Stadt studieren könne. Irgendwann würde sie irgendjemanden heiraten. Aber sie würde nie jemanden treffen, der ihr die harte Arbeit, die sie verrichten müsste, wenigstens mit Freundlichkeit vergelte. Und immerzu müsste sie äußerst sorgfältig ihre geheime Leidenschaft an eiserne Ketten legen. Denn niemals würde er mit ihr über jene Schwelle treten, die sie beide von dem Leben trennte, das sie in ihrer sorgsam gehüteten Einbildung unablässig herbeisehnte. Niemals würde sie jemanden kennenlernen, der sie werden ließe, wer sie sein könnte.

Margret wusste, dass zu wenig von dem, was sie zu leisten vermochte, jemals von ihr hervorgebracht werden würde. Sie ahnte bereits, was geschehen würde. Ahnte, dass all das, was zunächst nur in ihr brachläge, alsbald oder schlimmer noch in gemächlichem Tempo, auf jeden Fall jedoch unwiderruflich, zu verkümmern begänne. Etwas in ihr würde nach und nach kaputtgehen. Sie, Margret, sie würde allmählich krepieren. Nie würde sie Examen bestehen, nie Auszeichnungen einheimsen, nie Nobelpreise erhalten und niemand würde je von ihr Kenntnis nehmen, auch nicht, wenn sie, wie vorigen Sommer am 04. Juli geschehen, nicht hier in Loosen, sondern im Sanatorium Sancellemoz, im Tal der l'Arve, in der Gemeinde Passy mit Blick auf den Mont Blanc, wie Marie Curie verstürbe.

10

Auf dem Land, 2 0 0 5

Durch die westliche Republik zu fahren, empfand ich immer wie eine Reise durch ein vertrautes und zugleich fremdes, abstoßendes Land. Das lag bestimmt daran, dass ich diese Wälder und Felder, Dörfer und Städte allezeit nur aus meiner angegrauten Berliner Inselperspektive wahrzunehmen gezwungen war. Andererseits lag hier im Freien nicht immer alles nur darnieder? War hier nicht dieses wie jenes leicht durchschaubar, weil übersichtlich und demzufolge mit einem Guss Langeweile überzogen? Wozu also irgendwo von der Autobahn abfahren?

Es war viel zu früh Herbst geworden. Wie jedes Jahr. Die Farben der Blätter waren schön verfärbt. Aber die meisten lagen bereits am Boden und überhaupt entschädigte dieser Rest von Vielfalt keinesfalls für die endlose Leere, die sie nun monatelang hinterließ. Überall wohin man bald schaute, nur noch notwendige Kargheit. Augenblicklich immerhin schien die Sonne. Die Straßen waren mäßig befahren und ich kam gut voran. Es sollte mein letzter Versuch sein, mehr Licht in das Leben meines Vaters zu bringen.

Im Nachhinein ist es leicht zu sagen, dass ich bereits eine Ahnung davon hatte, dass mich diese Spur in eine ganz andere Richtung führen könnte, als ich es mir ursprünglich erhofft hatte. Zweifelsohne, ich war meinem Vater gewiss nicht wohlgesonnen. Und ich wollte ihn in jedem Falle verurteilt sehen. Nicht zum Tode, aber ja, er sollte ein Weilchen in der Hölle schmoren. Natürlich hätte ich ihm seine Qualen erlassen, bald sogar, oder sie zumindest gelindert. Hätte ihn fürwahr freigesprochen. Seine Taten folglich ungesühnt gelassen. *Familienbande, ungeheuerlich!* Selbstverständlich nur im Bewusstsein, dass er bereits von allen in der Welt schuldig gesprochen war. Nicht einmal er hätte sich gegen diese Mehrheit zur Wehr setzen können.

In den vergangenen Wochen indes hatte ich in Erfahrung gebracht, dass ich nicht viel wusste über Schuld. Fing dagegen mehr und mehr an über eine mögliche eigene nachzudenken. *Das wird dich, lieber Thomas, sicherlich freuen. Warst du doch nicht nur mein, sondern auch sein Freund.*

Ralph Fallinger hatte seine restlichen Lebensjahre (*und das waren nicht wenige, denn er war 92 Jahre alt geworden ohne dabei den Verstand zu verlieren*) in einem Wohnheim in Süddeutschland verbracht. Dort wusste man indessen wenig über ihn zu erzählen. Aber man verwies mich an die nahe gelegene Gemeinde, in der er zuletzt gearbeitet hatte. Der dortige Pfarrer war bereit gewesen, in der Kirchengemeinde nach Leuten zu fragen, die Fallinger noch gekannt hatten und so hatte ich die Adresse eines alten Presbyters in Erfahrung gebracht. Mit ihm hatte ich mich verabredet.

Es war schon Nachmittag als ich auf dem Gehöft wenige Kilometer außerhalb eines größeren Dorfes, das sich in einem Tal beidseitig um einen kleinen Bach angesiedelt hatte, eintraf. Allerlei Familie war im Haus zusammengekommen, aber der alte Mann, der mich nach der Begrüßung mit einer Tasse Kaffee und zwei Stück marmoriertem Kuchen in ein Zimmer unter das Dach dirigierte, war anscheinend froh, deren Gesellschaft eine Weile entkommen zu können. Er hatte auch nicht vor, meine Aufmerksamkeit mit irgendwem zu teilen und wimmelte jeden Neugierigen entschieden ab. Schließlich stellte er sich sogar ins Treppenhaus, umfasste das Geländer mit seinen großen, knöchernen Händen und rief dröhnend den anderen zu, dass er es sich verbitte, noch ein weiteres Mal gestört zu werden. Laut und deutlich ließ er hernach die Tür ins Schloss fallen und nicht zuletzt aufgrund dieser Bekräftigung seines Vorhabens erwartete ich uneingeschränkt interessante Neuigkeiten von ihm zu hören. Leider wusste er von keinen zu berichten. Als ich die beiden Kuchenstücke gegessen hatte, war nicht nur mein Hungergefühl, sondern auch meine Neugierde von ganz und gar unwesentlichen Nährstoffen erdrückt. Ja, Ralph Fallinger hatte über zehn Jahre in seiner Gemeinde als Pfarrer gearbeitet. Ein feiner Mann, sehr gebildet und sehr interessiert an seinen Schutzbefohlenen. Er war allein nach Oberlingen gekommen. Von seiner Frau, die in jener Zeit einer seltenen Krankheit erlag, lebte er lange Jahre schon getrennt und eine Tochter war bereits als junges Mädchen verstorben. Man habe ab und an gehört, dass die Frau irgendetwas mit dem Tod des Kindes zu tun gehabt haben müsse, raunte er mir zu, aber Genaues wisse er nicht. Der alte Mann schien sehr zufrieden zu sein, dass er mir jene Informationen in diesem gänzlich mit Holzdielen verkleideten Dachgiebel in geradezu konspirativer Weise mitteilen konnte. Und nun wartete er offensichtlich auf weitere Erklärungen meinerseits. Als ich ihn stattdessen danach fragte, ob er nicht noch jemanden kenne, der mit Ralph Fallinger gleichermaßen eng befreundet gewesen war, so wie er selbst, überlegte er recht lange. „Ja", meinte er endlich, da habe es ein besonderes Band zwischen dem Pfarrer und der früheren Grundschulleiterin im Nachbarort gegeben. Allerdings sei diese Dame längst verstorben. Aber, sagte er und griente dabei gefällig, vielleicht wisse ihre Tochter Bescheid. Schließlich habe ja um ihretwillen die Frau Lehrerin den Herrn Pfarrer regelmäßig um Hilfe gebeten. Wie die Tochter denn hieße, wollte ich wissen? Das wiederum könne er mir nicht sagen. Aber vielleicht wo sie wohne, fragte ich schließlich noch. Der alte Mann sagte, er glaube, sie lebe in dem alten Schulgebäude des Dorfes, gleich am Ende der Hauptstraße. Und das sei nun wirklich leicht zu finden.

Eine halbe Stunde später stand ich vor der großen Glastür eines alten Schulgebäudes. Nachdem ich mindestens drei Mal ausgiebig geklingelt hatte und anschließend laut klopfend auch noch zu rufen anfing, öffnete sie mir endlich. Mein Anliegen wischte augenblicklich den abschätzenden Blick aus ihrem Gesicht und ein ungemein freundliches Lächeln schlich sich satt um ihren schmalen Mund. Sie war sichtlich bewegt als sie mich am Arm packte, mich über die Schwelle zog und dabei kopfschüttelnd und mehr zu sich selbst diese seltsamen Worte sprach.
„Ich wusste, dass Sie mich eines Tages besuchen würden."

Sie führte mich durch das alte Gebäude. Vier große und zwei kleinere Zimmer, letztere zu Baderäumen umgebaut. Die Decken waren ungewöhnlich hoch. Wohin man sah, ging sie einer anderen Arbeit nach. Zuerst zeigte sie mir Holzarbeiten, Tische und Schränke, die sie entworfen und gebaut hatte. Dann ihre Steinsammlung, einige große, viele kleinere, die nach besonderen Wünschen der Angehörigen von ihr zu Kreuzen, Rosen, Weinreben und vor allem zu betenden Handstummeln gestaltet wurden. Im dritten Raum standen Schnitzfiguren, die sie bis ins benachbarte Ausland lieferte. Hinter der letzten Tür lag endlich ihre Wohnung. Sie setzte sich sofort an einen ihrer vollkommen schnörkellos gearbeiteten Schreibtische, schloss die linke Seitentür auf und entnahm einer der Schubladen einen ziemlich breiten und relativ flachen Karton. Mit diesem ließ sie sich auf ein dunkelbraunes Ledersofa fallen und bat mich darum, neben ihr Platz zu nehmen.

Gleich darauf sprang sie wieder auf.

„Sie müssen auf mich warten. Es wird einige Zeit dauern, bis wir Ralphs Hinterlassenschaft durchgesehen und ich Ihnen Ihre Fragen beantwortet habe. Dazu brauchen wir unbedingt Kaffee. Und Schnaps. Unser alter Konditormeister brennt noch selbst. Natürlich nur für den Hausgebrauch."

Diese Frau, deren Name ich nicht wusste, die Wasser kochte und dann Kaffee in einer dunkelblauen Thermoskanne aufbrühte, schien sich über die Maßen über meinen Besuch zu freuen. Als habe sie meine Gedanken gelesen, erklärte sie nun, dass sie grundsätzlich kein geselliger Mensch sei. Man habe sie einfach nicht akzeptiert und folglich habe auch sie die anderen nicht gemocht.

„Bin zu eigenartig für sie. Zu groß, zu kräftig, als Frau meine ich. Habe eigene Vorstellungen davon, wie ich leben möchte. Habe ich schon immer gehabt. Und mich von keinem davon abbringen lassen. Sie sehen es ja."

Sie bückte sich und als sie wieder hinter dem freistehenden Küchenblock hervorkam, hatte sie eine Schnapsflasche in der Hand, küsste sie pathetisch und rief „Bellamira" und gleich hernach „Mirabella", küsste die Flasche tatsächlich ein zweites Mal, nahm dann zwei Gläser aus dem Schrank, die mir ziemlich groß erschienen, stellte sie auf den kleinen Tisch, direkt vor mich hin, goss ein und prostete mir umgehend zu.

„Trinken wir darauf, dass Sie tatsächlich hierher gefunden haben." Mit einem Schluck hatte sie den Schnaps ausgetrunken und war bereits wieder auf dem Weg zur Küche. Sie holte den Kaffee, zwei Becher, Zucker und Milch, stellte alles vor uns hin, schob dann Schnapsflasche und Thermoskanne mit ihrem Arm sachte zur Seite, alles andere auch und rückte am Schluss den Karton genau in die Mitte des Tisches.

„Wann wollen Sie mich eigentlich fragen, wieso ich wusste, dass Sie eines schönen Tages bei mir vorbeikommen werden?"

Gar nicht, dachte ich sofort, sagte aber nichts.

„Ich finde, Sie verhalten sich nicht weniger seltsam als ich", sprach sie weiter.

„Nun ja, ehrlich gesagt, kann ich mir nicht vorstellen, dass Sie wirklich denken, was sie sagen, wenn sie verstehen was ich meine?"

„Nein, verstehe ich nicht! Was meinen Sie denn?"

„Dasselbe wie Sie, wenn Sie mit einem Kunden vor ihren Holzstämmen oder Steinklumpen stehen und zu erklären versuchen, was sie daraus herzustellen gedenken, während ihre Kunden zustimmend nicken und tatsächlich glauben, sie verstünden, was sie vorhaben."

„Ich verstehe Sie noch immer nicht."

„Also *Sprache*, das ist so eine Sache. *Verstehen* ist einfach kein leichtes Unterfangen."

„Ja, und? Reden Sie deswegen nicht mehr?"

„Reden schon. Aber ich bemühe mich, ehrlich gesagt, selten darum, andere zu verstehen. Die Wahrscheinlichkeit, dass das von mir gesprochene Wort im Gehirn eines anderen genauso decodiert wird, wie es meiner Intention entspricht, ist verschwindend gering. Schon allein deshalb, weil immer schon in meiner eigenen Rede viel mehr Informationen mitschwingen als nur jener Teil, über welchen ich objektiv etwas mitteilen möchte. Und was glauben Sie wie schwierig sich dieser Vorgang erst aus der Perspektive des Empfängers gestaltet? Woher soll ich eigentlich wissen, was andere mir kundtun wollen, wenn diese selbst nicht wirklich Bescheid wissen, was sie alles an Informationen an mich verschicken? Diese Ausbeute ist mir einfach zu gering"

„Zu gering? Für was zu gering? Für das Maß an Anstrengung, das sie aufbringen müssten, wenn sie wirklich zuhören würden?"

„Ja genau. Und natürlich für das Resultat, das sich im gegenseitigen Nichtverstehen präsentiert. Mit diesem Ergebnis müssen Sie sich nämlich immer abfinden, ganz gleich, ob Sie sich zuvor bemüht haben, zu verstehen oder eben nicht"

Sie griff erneut nach der Schnapsflasche, füllte ihr Glas, trank dieses Mal allerdings nicht. Derweil fügte ich noch hinzu:

„Deshalb konzentriere ich mich lediglich auf den konkreten Gehalt eines Gespräches. Alle weiteren Kommunikationsebenen versuche ich so gut es geht beiseite zu schieben."

Sie grinste mich jetzt an, prostete mir mit dem Glas zu.

„Ja, auf diese Weise überlebt man ein Weilchen."

Der Pflaumenschnaps rann brennend meine Kehle hinunter. Hinterließ dabei einen eindeutig fruchtigen Geschmack und schließlich das Gefühl, als habe man sich für das bevorstehende Ereignis innerlich gründlich gereinigt. Das war also der Augenblick, um die Schachtel zu öffnen.

Es waren vor allem Briefe darin aufbewahrt und ein altes Buch, das sofort jedem, der es wissen wollte, offenbarte, dass es noch immer unberührt war. Ganz gewiss hatte niemals irgendjemand darin gelesen oder auch nur ein paar Seiten umgeblättert. Allein Ralph Fallinger hatte am 20. April 1935 eine Widmung auf die erste Seite geschrieben.

„Für unsere ungeduldige Margret, damit sie endlich Leidensgenossinnen kennenlernt. R.F."

Auf einigen Briefumschlägen erkannte ich die Handschrift meines Vaters. Jetzt sah ich, dass er Ralph Fallingers Briefe ungelesen in einen größeren Umschlag gepackt und einfach wieder an ihn zurückgeschickt hatte. Wahrscheinlich deshalb hatte Katharina Fallingers Todesanzeige an ihren eigenen Brief festgetuckert. Sie wollte unbedingt, dass Karl Dorfmann von dessen Tod erfährt. Etwas Unabänderliches war geschehen und er, Karl, sollte sich vor diesem Ereignis nicht verwahren können.

„Ich sollte Ihnen sagen, dass ich das alles gelesen habe und die ganze Geschichte kenne. Natürlich aus Ralphs Perspektive."

„Zuerst möchte ich die Briefe lesen."

„Selbstverständlich."

„Und ich möchte allein sein, wenn ich sie lese. Gibt es hier in der Nähe ein Gasthof, in dem ich übernachten kann?"

„Schon, aber das müssen Sie nicht. Ich gehe einfach runter in die Werkstatt. Hab' noch einiges zu tun. Sie rufen mich dann."

Sie verließ auf der Stelle den Raum, in welchem ich unschlüssig zurückblieb und nicht so recht wusste, was ich nun tun sollte. Nach einer Weile zog ich den Karton näher an mich heran. Einen Moment lang dachte ich dabei an Philine, denn mein Blick ruhte gefällig auf der alten Ausgabe des Buches von Charlotte Bronté. Ich berührte es vorsichtig und hielt es dann fest in meinen Händen. Und ebenso behutsam, so als könne es wie Glas auseinanderbersten, legte ich es zusammen mit Philine schließlich zur Seite.

Dann fand ich es. Es war zwischen die Briefumschläge geschoben. Das Portrait zeigte ein junges Mädchen mit dunklem Haar und einem schmalen Gesicht. Ihre braunen Augen fixierten mich mit einem Lächeln, das unmissverständlich zu verstehen gab, dass sie trotz ihrer Zartheit und eigenartigen Schönheit vor allem unnachgiebig war. Ich betrachtete sie lange, suchte überall nach Details, die mich an meinen Vater erinnern könnten. Aber sie hatte kaum Ähnlichkeit mit ihrem Bruder. Und doch, irgendwie kam sie mir bekannt vor. Das also war Margret. Ihr Name war auf die Rückseite des Fotos geschrieben, genauso wie das Datum der Aufnahme, der 30. Januar 1935. In sehr kleinen Buchstaben hatte jemand außerdem vermerkt: „Zum 16. Geburtstag, von R.F."

Ich begann die Briefe aus den Umschlägen zu nehmen und sie chronologisch zu ordnen. Die meisten waren von Katharina Frey an Ralph Fallinger adressiert, ein Brief hatte mein Vater an ihn geschrieben und drei hatte Fallinger an Karl Dorfmann gerichtet. Alle drei waren ungeöffnet zurückgeschickt worden. Ein einziges Schreiben richtete sich an Margret. Es war das letzte Schriftstück, das Ralph Fallinger verfasst hatte, ungefähr ein Jahr vor seinem Tod.

„Liebste Margret,
Du wunderst Dich sicherlich, dass ich Dir nach so langer Zeit noch einmal schreibe. Auch heute sind es nur wenige Zeilen, obwohl

weder die Zeit mahnt, noch Haltung bewahrt werden muss. Es wird wohl Gewohnheit sein. Oder die Furcht.

Der Herr ist mein Hirte, ... oh ja, stets hat er mich begleitet, doch diese Angst hat mich einfach nie verlassen. Nur Du weißt, warum. Ich sollte Dich nicht weiter damit belästigen, gerade Dich nicht. Die vielen Jahre, die mittlerweile vergangen sind, haben uns nicht weiter voneinander entfernt als wir es früher bereits gewesen sind. Aber diese Jahre haben mich unerbittlich gequält. Sie haben mich meinen Schmerz darüber, dass sich an unser beider Geschichte niemals mehr etwas ändern lässt, unablässig spüren lassen.

Wie jung wir damals waren. Ich kann mich kaum noch an den Mann erinnern, den Du gekannt hast. Alt und gebrechlich bin ich geworden, während du mich noch immer mit deinem jugendlichen und deinem eigensinnigen Lächeln anschaust. Ich sollte loslassen, mich dem lieben Gott überantworten. Aber mein Blick richtet sich im entscheidenden Moment beharrlich zurück ins Vergangene, lässt mich allein mit dieser Angst vor meiner Nachlässigkeit, die eine ungeheuerliche war. Nichts, überhaupt nichts, was von uns bleibt."

Nichts, was zu guter Letzt bedeutsamer wäre als unsere Versäumnisse?

Der älteste der Briefe war jener, den mein Vater an Ralph Fallinger gerichtet hatte. Der Poststempel war datiert am 13. oder 18. April 1946. Der Brief war an Fallingers Adresse in Loosen abgeschickt worden. Der Umschlag wies keinen Absender aus und der Brief selbst enthielt weder eine Anrede noch eine Signatur. Dieser Brief bestand nur aus einem einzigen Satz.

„Wir treffen uns übermorgen um 23 Uhr auf dem Friedhof und begraben sie Reihe M, Platz16."

Ich erschrak als es klopfte und die Frau wieder reinkam. Sie setzte sich mir gegenüber und sah mich direkt an, während ich zu begreifen begann, was Jule Frey meinte, als sie sagte, dass man manchmal nur etwas tiefer schürfen müsse. Sie lagen also tatsächlich im selben Grab!

„Ich nehme an, Sie haben fast alles durchgesehen. In den Briefen steht ohnehin immer dasselbe. Sie müssen unbedingt auch seine Aufzeichnungen lesen, um die Zusammenhänge zu verstehen".

Sie nahm ein dunkelgrünes, dickeres Schreibheft aus dem Karton und reichte es zu mir herüber.

„Seit dem Tag, an dem sie starb, zogen die anderen drei nur noch Kreise um sich selbst. Warum das so war, verstehen Sie erst, wenn sie das gelesen haben. Katharina, weil sie keinen Weg mehr zu Karl fand, Fallinger, weil er sich Karl nicht erklären konnte und Karl, weil er Margrets Tod einfach nicht verkraften konnte. Sie sind in der Stadt aufgewachsen, nicht wahr?"

„Ja", antwortete ich.

„Sie müssen versuchen, sich vorzustellen, was solch eine Tat in einem kleinen Dorf bedeutet. Alle Bewohner fühlen sich betroffen. Und einer musste schuldig sein. Es musste einen Grund für ihren Tod gefunden werden. Alle haben sie nach diesem Anlass gesucht. Und in dieser Konsequenz hatte Ihr Vater nicht nur den Tod seiner

Schwester zu verkraften, er musste auch einer grausamen Hetzjagd standhalten."

Sie mochte mit all dem Recht behalten, wusste wahrscheinlich
mehr als ich je wissen würde, selbst wenn ich alle Briefe und Aufzeichnungen äußerst gründlich gelesen haben würde. Aber ich
wollte ihr partout nicht länger zuhören. Ich konnte ihre Gegenwart,
konnte die Anwesenheit irgendeines Menschen jetzt einfach nicht
ertragen.

Also stand ich auf, packte alles zurück in den Kasten, presste den
Deckel dagegen.

„Ich möchte das alles gerne mitnehmen. Und wenn ich endlich
verstanden habe, was genau passiert ist, dann werde ich diese
Unterlagen allesamt wieder an Sie zurücksenden. Darauf können
Sie sich verlassen. Es gehört Ihnen."

Sie regte sich nicht, versuchte nicht, mich zurückzuhalten und begleitete mich nicht zur Tür.

„Eine Beziehung war undenkbar..." rief sie mir nach. Es waren die
letzten Worte, die ich noch verstehen konnte. Sie redete indes weiter, während ich eilig die Stufen hinabstieg, das Haus verließ und
gleich darauf den Wagen startete. Ich fuhr eine Weile, bis ich mich
weit genug weg wähnte. Dann suchte ich nach einer Raststätte
direkt an der Autobahn, setzte mich dort an einen abgeschieden
Tisch und las die restlichen Briefe.

Katharina Frey berichtete Fallinger immer wieder von demselben
Traum.

„Ich bin starr vor Schrecken, obwohl ich weiß, dass es ein Traum ist. Aber alles scheint genauso wie es damals war. Die Karre, auf die er den schmutzigen Leinensack legte. Meine unbeschreibliche Angst, er könnte ihn vielleicht öffnen, als er zögerte, loszufahren. Die Fahrt durch das mondhelle Dorf, unser Zusammentreffen auf dem Friedhof. Sein unbändiges Schaufeln. Unendlich viele Narzissen."

Im Laufe der Jahre kamen neue Details hinzu. Eine dunkelrote Lache auf Karls weißem Hemd. Sein von Schweiß triefendes Gesicht und kohlrabenschwarze Hände, die sie nicht mehr erkennen konnte, als er nach Fallingers schwarzem Gewand griff und verhinderte, dass dieser gänzlich in das ausgehobene Erdloch abrutschte. Einmal, schrieb Katharina, hätten sie alle drei zusammen im lehmigen Boden, direkt neben dem Sack, gestanden und Karl zugesehen, wie er mit einem scharfen Küchenmesser, welches ihr eigener Sohn kürzlich erst von einem Einkauf mitgebracht hatte, Löcher in den Leinensack ritzte. In ihrem letzten Brief gestand Katharina, dass sie fast nur noch davon träume, dass sie ganz allein das Grab zuschütte, während er, Fallinger, und Karl reglos neben dem Sack knieten.

Die Briefe, die Fallinger an meinen Vater schrieb, waren im Abstand von mehreren Jahren verschickt worden, beginnend 1955, als Fallinger bereits in eine andere Gemeinde verzogen war.

„Sehr geehrter Herr Dorfmann,

wie Sie wissen, bin ich 1946 in eine Gemeinde in Oberfranken ver-
setzt worden. Vor zwei Jahren hat man mich dann in die westliche
Pfalz beordert. Früher oder später bringt immer jemand dies und
jenes in Erfahrung, ganz gleich wie lange es im Abgrund der Ver-
gangenheit ruhte und wie gefährlich die Dornenhecken auch sein
mögen, die darüber wucherten. Aber auch ich selbst bin nicht fer-
tig geworden damit. Dass wir die Umlegung Margrets gegen den
Willen der Gemeinde erzwungen haben, reicht nicht aus. Sie müs-
sen endlich bereit sein, mich anzuhören. Ich habe Ihre Schwester
vielleicht nicht besser als Sie, aber auf andere Weise gekannt. In
der kommenden Woche bin ich Gast bei einem Freund in Berlin.
Ein Wort von Ihnen genügt. Adresse und Telefonnummer habe ich
Ihnen auf einem separaten Blatt notiert.
Ich warte auf Ihren Anruf und verbleibe, mit den besten Wünschen
für Sie,
Ihr Ralph Fallinger."

Den letzten Versuch, Kontakt mit meinem Vater aufzunehmen,
hatte Fallinger in jenem Jahr unternommen, als ich die Schule beendet habe. Ich konnte mich nicht im Geringsten daran erinnern,
dass sich der alte Mann in dieser Zeit über einen Brief erregt hatte,
obwohl nur selten Post an uns geschickt wurde. Andererseits war
ich zu jener Zeit mit Dingen beschäftigt, die meine Aufmerksamkeit
restlos aufsogen: Abschlussprüfungen, die Wahl des Studienfaches

und nicht zuletzt die Frage, wo ich studieren wollte, waren beinahe das Einzige, was mich damals interessierte.

„Sehr geehrter Herr Dorfmann,

in diesem Jahr bin ich 79 geworden und Sie müssen jetzt 54 Jahre alt sein. Ja, es ist unser Alter, auf das ich setze, wenn ich erneut versuche, möglicherweise das letzte Mal, mich mit Ihnen in Verbindung zu setzen. Wenn ich es nicht als vollkommen aussichtslos einschätzen würde, dann hätte ich Sie schon längst bei Ihrem jährlichen Friedhofsgang aufgesucht. Katharina Frey hat mir von ihrer Gewohnheit erzählt. Auch sie grämt sich und trägt schwer an der Sorge, die sie seither um sie hat. Gewiss, ich muss Ihnen zugestehen: Sie hat ihr Tod am meisten getroffen. Aber vielleicht wollen Sie mir doch ein Zusammentreffen zugestehen. Für diesen Fall habe ich meine jetzige Adresse und alle Telefonnummern, unter denen ich zu erreichen bin, aufgeschrieben. Bitte bedenken Sie, die Zeit wird knapp.

Ganz liebe Grüße an Sie und Ihre Familie,

Ralph Fallinger."

Während der Lektüre hatte ich Margrets Bild an eines der ausgetrunkenen Teegläser gelehnt. Hin und wieder schaute ich in diese Augen, von welchen ich nie wissen würde, ob sie braun oder vielleicht doch wie seine blau oder gar meeresgrün gewesen waren. Jedes Mal aber, wenn ich sie ansah, war ich mir vollkommen sicher, genau dieses Mädchen schon einmal gesehen zu haben.

Nicht auf einem anderen Foto. Nein, nicht auf einem Foto. Ein wahrlich absurder Gedanke. Ich begann zu frieren.

Es war stockfinster als ich zurück nach Berlin fuhr. In Gedanken sortierte ich die neuen Fakten und schwatzte sie anschließend mindestens drei Mal vor mich hin, so als würde mir ein Fremder diese Neuigkeiten, die meine Familie betrafen, zum ersten Mal mitteilen. Fallingers Aufzeichnungen, die ich mit Hast überflogen hatte, wussten mich in eine Welt zu zerren, die mir zu meiner Verwunderung kein bisschen fremd erschien, obwohl mir ihre Daten und Ereignisse bis zu diesem Tag völlig unbekannt waren. Noch nie zuvor hatte ich davon gehört, nie hatte ich etwas Derartiges geahnt. Und dennoch waren vormals lose umherhängende Fäden nun unmerklich miteinander verknüpft worden und das Netz, das sich mir zu einem deutlichen Muster gesponnen offenbarte, war auf unsagbare Weise beeindruckend, weil mitleidlos und unbeugsam. Im Hintergrund glaubte ich eine Melodie zu hören, die trotz ihres leichtfüßig daherkommenden Rhythmus eine zunächst sanfte, zaghafte, bald jedoch beharrlich wiederkehrende Melancholie in sich trug. Es dauerte wirklich nicht lange, bis ich ahnte und gleich darauf auch wusste, dass dieserart Schwermut mit dem in weiter Ferne sich anbahnenden Sturm schon längst auf das Innigste vertraut war.
Der Karton lag während der Fahrt über geöffnet auf dem Beifahrersitz. Obendrauf hatte ich Margrets Bild gelegt. Ab und zu sah ich sie an. Sie war eine aufmerksame Beifahrerin, obwohl sie sich die

ganze Autofahrt über ausgesprochen ruhig verhielt. Darin ähnelte sie ihm also.

Gegen acht Uhr am Sonntagmorgen parkte ich den Wagen endlich einen Häuserblock von unserer Wohnung entfernt, griff nach der Schachtel, verschloss das Auto. Ich überquerte die Straße und warf, wie immer, einen Blick in Gregors Antiquariat, das direkt im Haus neben unserem untergebracht war. Der Name des Autors, dessen Buch Gregor im Schaufenster in den Mittelpunkt gerückt hatte, genügte mir und die hohe, meterdicke Mauer in meinem Gehirn war augenblicklich eingerissen und zerfiel, ich glaubte es kaum, zu weißlich grauem Staub.

Ich war neunzehn, da schenkte mir eine Mitschülerin ein Buch.

Zum Dank für meine Hilfe in Latein.

Ein teures Buch. Kein Paperback. 762 Seiten.

Irgendwann war sie an unsere Schule gekommen.

Keine Ahnung woher sie kam oder was aus ihr geworden ist.

Am Tag der Abiturfeier lief sie an mir vorbei, blieb stehen, nickte mir zu.

Danach habe ich sie niemals wieder gesehen.

Sie war die Beste von uns allen.

Und seltsam.

Sie war es auf eine Art, dass es für keinen eine Rolle spielte, dass sie auch schön war.

Ihre Kleidung, ihre Frisur, die Ernsthaftigkeit ihres Auftretens gaben genügend Anlass, sie zu beargwöhnen.

Aber sie ließ nicht zu, dass man sie verspottete.

Das machte sie unheimlich.

Einige Monate lernten wir zusammen.

Dann kam sie zur verabredeten Zeit, legte Jean-Paul Sartres „Gesammelte Dramen" vor mich auf den Tisch, verneigte sich und ging.

Ihr Name, mein Freund, ihr Name war Margret!

11
Der Auferstehungsmann

An jenem 20. April 1935, als Margret wie jeden Abend die Hauptstraße des kleinen Dorfes entlang lief, blieb sie, genau wie am Morgen, eine Weile in der Einfahrt des Grundstückes stehen, auf welchem ihre Eltern zehn Jahre zuvor ihr Haus gebaut hatten. Entle-
gen, fast wie ein Versteck war die Stelle, die sie sich dafür ausgesucht hatten. Ein dichter Wald umgab das Haus an zwei Seiten.
Nur die Ställe für die zehn Hühner, die beiden Schweine und die
kleine Ziege standen noch näher an den hohen Tannen, deren
Wipfel sich jetzt im kalten Wind leicht nach rechts, Richtung Osten
bogen. Fal bellte nicht. Er bellte ohnehin kaum, wenn sie zurückkam. Meistens war er mit ihrem Vater im Wald unterwegs. So war
es auch heute. Und das bedeutete, dass sie genügend Zeit hatte.
Margret ging weiter. Sie stieg die Steintreppe empor und öffnete
die Tür. Ihre Mutter saß mit ihren beiden jüngeren Geschwistern in
der Küche. Die Kinder aßen die Reste des Kuchens, der gestern
das einzige Geschenk war, das die Eltern ihrem Bruder zum 10. Geburtstag machen konnten. Der Junge und das Mädchen schauten nur kurz auf, als ihre ältere Schwester in die Küche kam. Die
Mutter grüßte ohne aufzusehen. Margret glaubte zu erkennen,
dass sie ihren Kopf noch tiefer auf die Brust senkte. Auf ihrem Schoß
stand eine alte Blechschüssel, in welche sie die Pelle der sorgsam
geschälten Kartoffeln fallen ließ. Nur einen kleinen Augenblick
lang geriet Margret in Versuchung, ihr zu sagen, dass sie sich die
Kartoffeln für sie sparen könne.

Mantel und Schal hatte sie im Flur an die Garderobe gehängt. Nur ihre grüne Strickmütze mit den drei kleinen rosafarbenen Quasten, nahm Margret mit in das Zimmer neben der Küche. Hier schlief sie mit ihren Geschwistern. Das Zimmer war klein und roch ein bisschen nach Moder. Der große Kleiderschrank und das Doppelbett füllten den Raum beinahe vollständig aus. Rechts und links waren neben das Bett zwei kleine Kommoden herangerückt. Auf der Seite, auf der Margret schlief, dort, wo das Fenster war, stand ein kleines Öllämpchen. Es war ziemlich dunkel im Zimmer. Margret schloss die Tür hinter sich. Sie musste sich langsam um das Bett herumtasten, bis sie die Streichhölzer zu fassen bekam und die Lampe anzünden konnte. Einen Moment lang sah sie sich um, als wolle sie sich jede dieser Einzelheiten gewissenhaft einprägen. Über der kleinen Kommode an der anderen Bettseite hing ein kleiner Spiegel. Vater hatte ihn ihr vorletztes Jahr zu Weihnachten geschenkt. Sie erinnerte sich genau an ihr eigenes Bild, das sie darin lange betrachtete, nachdem sie das Geschenk eilig ausgepackt hatte. Und sie erinnerte sich an den Gesichtsausdruck ihrer Mutter, als sie anschließend aufsah.

Margret bückte sich und zog das längliche Paket, das unter ihrem Bett lag, hervor. Sie entfernte das hellbraune Tuch und legte es sorgsam gefaltet auf den Boden vor dem Schränkchen. Sie brauchte keine Angst zu haben, dass jemand hereinkommen würde. Sie wusste, dass ihre Schwester mithelfen musste, das Abendessen zuzubereiten, und ihrem Bruder war es aufgetragen in der kalten Jahreszeit die Kohlen und das Brennholz für den nächsten Morgen herbeizuschaffen. Seit vorletzter Weihnacht betrat ihre Mutter kaum noch ein Zimmer, in dem Margret sich aufhielt, wenn sie zu Hause war. Niemand würde sie also stören.

Margret legte sich vorsichtig auf ihre Bettseite. Gleich darauf richtete sie sich wieder auf und schob sich das allzu prall gefüllte Kopfkissen in den Rücken. Ihr Herz begann schneller zu schlagen. Sie merkte, dass die Ruhe, die sie bislang gewahrt hatte, zu schwinden drohte, fühlte, wie sie sich langsam erregte und wusste, dass sie sich unbedingt auf ihren Plan besinnen musste. Als sie Fal zum ersten Mal bellen hörte, nahm sie endlich die Schrotflinte, die sie rechts neben sich auf das Bett gelegt hatte, in die Hände. Robert Dorfmann hatte Margret früh gelehrt, damit umzugehen. Sie lächelte, als sie an ihre gemeinsamen sonntäglichen Ausflüge in den Wald dachte. Gleich darauf jedoch pressten sich ihre Lippen fest aufeinander. Jener scheele Blick ihrer Mutter, den diese für sie beide bei der Rückkehr immerzu parat hielt, hatte sich tief in ihr Gedächtnis eingeprägt. Der Vater, wie auch sie selbst, hatten über den Grund dieser Ausflüge nie gesprochen. Unter allen Umständen wollten sie Therese Dorfmanns willfährigem Missfallen aus dem Weg gehen. Mit ihrem Schweigen jedoch hatten sie jenen Raum geradezu erschaffen, in welchem sich Platz genug bot für allerlei Spinnereien und alsbald auch für dieses unbändige Misstrauen, das sich ebenso unscheinbar wie gnadenlos in allen Sinnen, Gesten und Worten der Mutter ausbreitete und sich wohl nie mehr rückstandslos entfernen ließ.

Fal bellte ein weiteres Mal und Margret handelte jetzt ohne weiter nachzudenken, genau so, wie sie es sich bereits hundert Mal zuvor, zumeist auf ihren langen Märschen für Fallingers Frau, ausgedacht hatte. Ein letztes Mal spürte sie dabei den Holzsplitter in ihrer sich krümmenden Hand.

Sie saßen zu dritt am Küchentisch und aßen die Reste seines Geburtstagskuchens. Hoffentlich würde Margret bald nach Hause kommen. Karl würde sich mit dem Kohlen- und Holzholen beeilen, dann zu ihr ins Zimmer schleichen, sich neben sie aufs Bett setzen und ihr davon erzählen, was er nachmittags in der Schule gelesen hatte - in Ralph Fallingers Buch, mit dem dunkelbraunen Lederband, das sie, Margret, geflochten hatte.

Als seine große Schwester schließlich nach Hause kam, bemerkte Karl sofort, dass sie auf eigenartige Weise anders war als sonst, viel zu empfindsam, und dass sie sich ungewöhnlich rasch ins Zimmer nebenan zurückzog. Sogleich hastete er zur Tür, zündete die Öllampe an und tastete sich die Stufen hinunter in den Keller. Die Decken waren hier niedrig und in den zahlreichen Kuhlen hingen direkt über seinem Kopf etliche Kadaver achtbeiniger Monster, rundum mit weißem Mauerkalk bestäubt. Er lief geduckt, denn die Vorstellung, sie könnten sich in seinen Haaren verfangen, war ihm unerträglich. Die Tür zur Kohlenkammer war indes ob der Feuchtigkeit aus ihrer Fassung leicht ausgequollen, so dass Karl sie immer ein bisschen mit der Schulter anstoßen musste, um sie überhaupt öffnen zu können. An diesem Nachmittag allerdings, just in dem

Moment, als Karl mit seiner Schulter gegen die Kammertür schubste, erschütterte ein ohrenbetäubender Knall das Haus. Karl verlor den Halt und stürzte zu Boden. Dabei entglitt ihm die Lampe und ihre Flamme erlosch.

Der Geruch von kaltem Stein und Ruß drang augenblicklich in Karls Nase, um von da aus gleichsam nach oben, kreuz und quer durch seinen Kopf, und nach unten, in seine schmerzenden Gliedmaßen, zu strömen. Auf diese Weise sollte mindestens der Versuch unternommen werden, dem Schrecken, der gerade grob nach seinem Körper packte, Tür und Tor zu verschließen und jenen Gedanken konsequent zu vernebeln, der sich allein noch in seinem Kopf auszubreiten vermochte. Aber aller Ablenkungsmanöver zum Trotz wusste Karl längst, was geschehen war. Hatte doch sein feines Gespür bereits die Fährte aufgenommen, als er noch schleunigst die Kellertreppen hinabgestiegen war. Karl hörte Fal aufgeregt bellen und mit seinen Pfoten an der Haustür scharren. Er musste unbedingt schneller sein als Vater. Musste aufstehen aus dieser Dunkelheit und die Treppe hochrennen. Mit seinen Kohlehänden die Türklinke zur Küche hinunterdrücken und in drei Schritten zum Schlafzimmer gelangen. Als er genau diese letzte Tür öffnen wollte, hielt ihn die Mutter zurück. Sie war aus einer Ecke der Küche, in welche sie mit Anna geflüchtet war, auf ihn zugeeilt und umschlang seinen Oberkörper fest mit ihren Armen. Der Vater war jetzt im Flur, also riss sich Karl behände los und drückte eilends die Türklinke nach unten. Zu dritt standen sie auf der Schwelle und starten auf das blutüberströmte Bett und das blasse, schmale, große Mädchen mit dem braunen, halblangen Haar, dem beigefarbenen langen Kleid mit burgunderrot gestickten kleinen Blüten vorne an der Taille, das sich dort vollkommen reglos platziert hatte und das Gewehr mit ihren Armen auf jene Weise berührte, als wäre es sein einziger Begleiter.

Sie war tot. Und als Karl über die rechte Bettseite zu ihr hin gekrochen war, dabei den Kohlenschmutz an die weiße Bettdecke rechts und links von sich schmierte, sie dann heftig umarmte und sich selbst mit ihrem Blut besudelte, sie mehrmals auf die Wange küsste, dort auf seine salzigen Tränen traf und mit solcherart feuchten Lippen ihr ins Ohr flüsterte, „wach auf, Margret, wach auf", war sie bereits weit weg von dieser Welt, so unendlich weit weg, wie sie es von nun an immer sein würde.

Seit diesem Tag weinte Karl Dorfmann nicht mehr. Alles, was von nun an geschah, musste in respektvollem Abstand vor ihm stehen bleiben, sich besehen, auch bestaunen, beurteilen und häufig wieder wegschicken lassen. Später kam es gelegentlich vor, dass diese Distanz für einen klitzekleinen Moment, für eine winzige Aufregung durchbrochen wurde, aber wirklich und wahrhaft berühren konnte ihn nichts und auch niemand mehr. Jahr für Jahr übte sich Karl nun in dieser Disziplin bis er schließlich ihr Meister wurde.

Über ein halbes Jahrhundert lang saß Karl Dorfmann, immer am selben Tag und immer zur selben Stunde, an Margrets Grab auf dem Friedhof in Loosen. *Ich mag die Ruhe hier zwischen all den Bäumen.* Zuerst auf einer morschen Holzbank schräg gegenüber am Wald, dann auf dem Grabstein neben dem Ihrigen. Später nahm er wieder Platz auf einer Bank, die aus dem Holz jener Eiche gefertigt war, in deren Wipfel er als Kind oft Zuflucht suchte und dabei seltsam unberührt auf die Welt unter sich blickte. Aber die Eiche war ihrer Natur gemäß ein Jahr ums andere dem Dorfbrunnen immer ein bisschen näher gekommen und als die Kanalisation der Gemeinde saniert wurde und die Straßen neu geteert, als die alten Bauernhäuser von den jüngeren Generationen abgerissen oder instandgesetzt oder zweckentfremdet umgebaut wurden, musste auch der Dorfplatz mit dem Brunnen weichen und die störrische Eiche mit ihrem ausladenden Geäst passte nicht mehr in das nun zeitgemäße Ambiente. In wenigen Stunden war der Baum niedergesägt worden. Am Tag danach, so lautete die Geschichte, die Karl Dorfmann erzählt wurde, gegen Abend, waren selbst die Wurzeln entfernt und der Platz drum herum dergestalt eingeebnet und mit Platten und Blumenkübel bestellt, dass es einem Fremden, wäre denn einer hierher gelangt, nie und nimmer in den Sinn gekommen wäre, dass noch am Tag zuvor, hier alles vollkommen anders, so wie früher eben, ausgesehen hatte.

Bald schon erinnerte sich Karl Dorfmann nicht mehr an Margrets Gesicht, nicht mehr an ihre Hände, nie mehr daran, wie sie ihn zudeckten, ihm über seine Haare strichen, sich manchmal sanft darin festkrallten, um seinen Kopf lachend zu schütteln. Ganz gleich wie lautlos sich solcherart Memoiren immer wieder anzuschleichen bemühten, wie akribisch sie sich hinter unbedeutend erscheinenden Ereignissen zu verstecken suchten, jedem winzigen Verdacht, wurde sofort auf das Entschiedenste begegnet. Allerlei Sehnsüchte, welche seine Erinnerungen an Margret hervorzubringen vermocht hätten, wurden allesamt von Karl unter einer Flut von Buchstaben verschüttet und schließlich in selbstausgedachte, teilweise immer wieder aufs Neue angelegte Kategoriensysteme, einsortiert und an einem sicheren Ort verwahrt.

Nur in den allerletzten Minuten seines jährlichen Besuches, kurz bevor er sich aufzumachen anschickte, nach seiner kleinen dunkelgrünen Ledertasche griff, zwängten sich ein ums andere Mal all jene Leute in seinen Schädel, die sich in den kalten Abendstunden jenes Apriltages nach und nach auf dem Hof vor ihrem Haus gesammelt hatten. Einer von ihnen trug die Laterne und es war dieses aufdringliche Licht, welches Karls Kopf unvermutet grell ausleuchtete und dort auf all jene Vorkommnisse dieses besagten Abends sowie der unmittelbar folgenden Tage und Jahre schien, bis es endlich in jener Nacht, elf Jahre später, als er noch einmal mit Margret im Mondlicht spazieren fuhr, für immer verglomm. Karl vermutete, dass der Laternenträger der älteste Sohn der Familie Peters gewesen war, der wenige Monate später, durch einen Sturz vom Dach seines Elternhauses, das ihrem am nächsten war, zu Tode kam. Im Scheine seines Lichtes warteten nun alle, Jahr um Jahr, genau so lange, bis Karls Vater Robert endlich vor die Tür trat, dabei sein Gesicht mit den großen Händen bedeckte, als wolle er nicht erkannt werden, dann stehen blieb, direkt vor ihnen, erst vollkommen unbeweglich, bald aber zitternd und den Kopf zur Brust gesenkt. Irgendwann ließ er die Arme fallen, richtete seinen Blick auf die Umherstehenden und sagte, ohne jedwede Gefühlsregung in irgendeinem Ton, seine älteste Tochter habe sich erschossen, mit seiner Schrotflinte, mitten ins Herz. Er gab den Weg ins Haus frei und sogleich schickten sich alle an, dasselbe zu betreten, woraufhin Robert Dorfmann überraschend scharf Einhalt gebot und nur dem Bürgermeister und dem Gemeindediener Frey gestattete, seine Angaben zu überprüfen. Die anderen, näher gekommen, standen so lange Karl gegenüber und starrten ihn unverhohlen an. Karls Blick indessen war über sie hinweg zum Wald gerichtet, der sie in der mondlosen Dunkelheit, einer schwarzen Mauer gleich, die bis zum Himmel reichte, ausweglos umschloss.

Am darauf folgenden Morgen teilte ihnen der Bürgermeister mit, dass er zusammen mit dem Dorfgendarm beschlossen habe, weil die Umstände, die zu diesem Tod geführt hätten, noch zu klären seien, dass die Verstorbene unbedingt einer Art Obduktion in der Stadt unterzogen werden müsse. Aus diesem Grund sei es gegenwärtig unmöglich absehbar, wann die Beerdigung stattfinden könne. Erst nach dem Abschluss der Untersuchungen, die er sich einzuleiten gezwungen sähe, könne man sich um den Kauf eines Begräbnisortes bemühen, welcher allerdings den außergewöhnlichen Umständen dieses Todes Rechnung tragen müsse. Wahrscheinlich würden die Verhandlungen diesbezüglich nicht ganz einfach werden, aber schlussendlich werde man sich sicherlich einigen. Und während der Bürgermeister gemächlich vom Küchentisch aufstand, auf dem nur vor ihm eine große Tasse Kräutertee serviert worden war, versicherte er, dass die Leiche noch am selben Abend abgeholt werde. Als Robert Dorfmann, der an der gegenüberliegenden Seite des Tisches gesessen und ununterbrochen mit seinem rechten Zeigefinger die kleine Schnecke mit ihrem großen Haus auf dem Rücken umfuhr, welche er für seine Tochter viele Jahre zuvor, aus Gründen einer von ihr dringlich gewünschten Sitzordnung, sorgsam eingeritzt hatte, dabei fassungslos aufblickte und der Bürgermeister, während er diesem Blick standhielt, sagte, dass es deutliche Beweise dafür gäbe, dass er, Robert, der eigentliche Übeltäter sei, drehte sich seine Frau Therese zum Fenster hin um, dessen Holzladen nur zur Hälfte geöffnet worden war, um jene Befriedigung, die sie empfand und die sich mit leichter Häme auf ihr Gesicht geschlichen hatte, vor den anderen Anwesenden zu verbergen. Im Dorf habe man schon lange über diese ganz und gar unsittliche Verbindung zwischen Vater und Tochter gemunkelt und Gott sei Dank gäbe es klare gesetzliche Vorgaben, die man heuer einzusetzen endlich die Möglichkeit hätte.

Bevor die Hetzjagd begann, die drei Jahre dauern sollte, welche ebenso abrupt und verschämt endete, wie sie ihren Anfang nahm, hob Robert Dorfmann, schon in der Stunde nachdem der Bürgermeister ihn von seinem Vorhaben in Kenntnis gesetzt hatte, ein beinahe zwei Meter langes und über siebzig Zentimeter breites

Erdloch direkt hinter dem Hühnerstall aus und verschwand anschließend wortlos in seiner Werkstatt. Dort nutzte er die Holzlatten, die er seit Monaten für einen neuen Kleiderschrank präparierte und welche man ihm als Bezahlung für seine Hilfsarbeiten bereitwillig überlassen hatte, von denen mittlerweile jedoch schon einige verfeuert worden waren, weil ihnen das wenige Brennholz, das sie letzten Herbst einsammeln durften, ausgegangen war, um notdürftig eine Holzkiste herzustellen, in welche er seine über alles geliebte Tochter, ohne jegliche Hilfe und gerade noch rechtzeitig, in viel grobes Leinen gehüllt, reinlegen und begraben konnte. Zuletzt brach er ein schmales Brett aus der hinteren Wand des Hühnerstalls heraus und bereitete mit dem restlichen Holz und den gebunden Weidenruten, die letztes Jahr noch als Dach einer Voliere dienten, einen weiteren Auslauf für die Hühner, die bald neugierig ihren neuen Hinterausgang untersuchten und jene dort zusätzlich gestreuten Körner hastig aufpickten. Es war Karl, der ihnen am Abend, nachdem sie seinen Vater abgeholt hatten, den Trog mit Wasser auf der noch lockeren Erde nachfüllte.

Während der anfänglichen Aufregung über den Verlust der Leiche wurden zunächst unzählige Vermutungen angestellt über die Ursachen ihres Verschwindens, dann über die möglichen Orte ihres momentanen Verbleibes, aber vor allem über die weitere Vorgehensweise gegen diese verwerfliche Tat. Karl hörte den Männern zu, wie sie auf dem Hof vor ihrem Haus beratschlagten, was nun zu tun sei. Einige waren bereits zur Werkstatt gelaufen, um Harken und Schaufeln zu holen, mit denen sie auf ein Zeichen warteten, um jeden Zipfel des Grundstückes trotz hereinbrechender Nacht umzupflügen. Es war Ralph Fallinger, der verhinderte, dass das geschah.

Bis Robert Dorfmann knapp drei Jahre später nach Loosen zurückkehren konnte, hatte Ralf Fallinger dafür gesorgt, dass die Familie Dorfmann überlebte. Er brachte Lebensmittel und kümmerte sich um Anna, die zumeist krank war und zu Hause unterrichtet werden musste. Karl dagegen versäumte keinen einzigen Tag in der Schule, wo er in der Regel alleine an einem Tisch ganz hinten saß, abgesondert von den anderen Kindern, und still seine Aufgaben erledigte. In der Zeit, die ihm verblieb, weil er viel schneller lesen, schreiben und rechnen konnte als seine Mitschüler, zitierte er in Gedanken ein ums andere Mal die Buch- und Bibelstellen, die Fallinger seiner Schwester erst kürzlich vorgelesen hatte. Denn Karl saß jeden Nachmittag mit den beiden zusammen am Küchentisch. Allerdings sprach er nie ein Wort, selbst dann nicht, wenn Fallinger ihn eindringlich mit seiner wohlklingenden Stimme und seinen klugen Worten darum bat, sich an ihren Gesprächen zu beteiligen. Beinahe regelmäßig forderte der Pfarrer die Gemeinde im Gottesdienst zu Nachsicht mit dieser leidgeprüften Familie auf und nicht selten nahm er Karl in Schutz vor den Demütigungen anderer Kinder.

Aber Karl Dorfmann mochte Ralf Fallinger nicht. Es war ein feines, geflochtenes Buchzeichen, das ihn von ihm fernhielt und das Karl, so erpicht er auch darauf war, es ein weiteres Mal in einem seiner vielen Bücher vorzufinden, die Fallinger in jenen Jahren mit in ihr Haus brachte, nie wieder zu sehen bekam.

Im Sommer 1939 fuhr Robert Dorfmann schließlich mit seinem Sohn Karl nach Berlin. Dort hatte er über frühere Bekannte eine Familie ausfindig gemacht, die sich bereiterklärte, den Jungen mitzuversorgen, solange er sich in ihrer kleinen Druckerei nützlich machen würde. Karl Dorfmann verließ den Ort, an dem er geboren war und bis zu jenem Tag ausschließlich gelebt hatte, widerspruchslos. Als sein Vater mit dem kleinen Koffer, in den Karls Wäsche, eine Bibel, ein großes Butterbrot und zwei Äpfel gepackt waren, vor die Tür trat, streute Karl die restlichen Körner, die er solange in seiner Hand fest zusammengedrückt hatte, endlich in den Hühnerhof vor dem Wald und bemühte sich fortan Schritt zu halten auf der schmalen Landstraße in Richtung Bahnhof. Gerade so akkurat und ganz genau so schnell wie Karl in der Schule mitarbeitete, so führte er auch die Arbeit in der Druckerei aus, weswegen letztlich auch keiner seiner neuen Bekannten besonderen Anstoß daran nahm, dass er so gut wie nie mit ihnen sprach.

Aber so verschwiegen Karl Dorfmann war, so genau beobachtete er diese neue Umgebung. In Loosen hatte kaum jemand mit ihm gesprochen. Höchstens die Mutter über die notwendigen Mengen an Ofenholz im Winter oder Setzkartoffeln für den Garten im Frühjahr. Selten hörte er von einem Bürgerkrieg in Spanien oder später von der „Wiedervereinigung" Österreichs mit dem Deutschen

Reich, das bald „judenfrei" sein sollte. Ab und zu wurde von Festnahmen und Hinrichtungen getuschelt. Letzteres rief ihm Bilder von Füßen im Feuer in Erinnerung, entzündet von einem alten Mann in grauer Kutte, den er in einem dicken Buch kennengelernt hatte. In Berlin angekommen, erfuhr Karl beizeiten, was in der Stadt, im Land, was in Europa geschah. Erbitterte Streitereien zu Beginn des Krieges wurden in der Familie geführt, deren Gast er jetzt war. Es dauerte nicht lange bis beinahe alle uniformiert waren und jene übriggebliebenen Skeptiker an einem nächsten Morgen nicht mehr zur Arbeit erschienen und eiligst von fügsameren Gehilfen ersetzt wurden. Es befremdete Karl keineswegs, dass es ihn kaum beunruhigte, mitanzusehen, wie der Aufruhr um ihn herum seinem Leben Tag für Tag näher kam. Viel eher stellte er eine gewisse Faszination fest, die ihn beschlich ob dieser Dreistigkeit, deren er immer wieder aufs Neue gewahr wurde, und die ihm unverhohlen aufzeigte, wie sich Menschen zu drehen bereit waren, wenn sie nur eindringlich genug aufgefordert und mit Aussicht auf das eigene Vorankommen von anderen Unverfrorenen dazu angehalten wurden.

Zur Jahreswende erhielt er einen Brief von Katharina Frey. Der weiße Umschlag mit den vorsichtig gemalten Buchstaben seines Namens blendete ihn wie damals der Schnee, der an Weihnachten vier Jahre zuvor ihr Dorf vollständig zugedeckt hatte, wie ein dicker Verband eine tiefe Wunde. Am letzten Schultag vor den Weihnachtsferien war sie spät nachmittags plötzlich neben ihm gestanden. Karl schlug hinten im Hühnerstall gerade auf das gefrorene Wasser im Trog ein, als sie ihm seinen Handschuh entgegenhielt, den die älteren Jungen am Morgen als Fußball genutzt und schließlich verächtlich ins karge Rosenbeet hinter dem Abort geworfen hatten. Nach dem Unterricht, als alle eilig die Schule verließen und auf dem Weg nach Hause den dicken Schneeflocken nachjagten, die der Himmel über ihnen so großzügig ausschüttete, war Katharina nach wenigen Schritten umgekehrt und hatte den Handschuh sorgfältig aus der Dornenhecke herausgeklaubt, hatte ihn zu Hause ausgewaschen, mehrere aufgelöste Maschen mit einem dunklen Wollfaden aufgefangen und neben dem Herd getrocknet. Jetzt hielt sie ihn ihm entgegen, schaute direkt in sein Gesicht und wartete geduldig, bis er ihn schließlich wortlos an sich nahm.

Von diesem Tag an stellte sie sich immer häufiger in seine Nähe. Barg nicht selten Dinge, die andere ihm entwendet und schließlich weggeworfen hatten und distanzierte sich zusehends von den übrigen Kindern im Dorf. Bald brachte sie zwei Pausenbrote mit, eines davon besonders reichlich belegt. Etwas später begann sie auch mit ihm zu reden, zuerst über das Futter für seine Hühner, bald über das letzte Aufsatzthema und zaghaft, wenn sie ihn zu Hause aufsuchte, über schwierige Situationen, denen man im Leben ausgesetzt sein könnte. Karl ließ sie gewähren. Er beantwortete ihre Fragen so gut er konnte, später ihre Briefe, die sie ihm nach Berlin schickte.

In den folgenden Jahren bat er sie regelmäßig vorsichtiger ihre Meinung zu formulieren über solche und jene Leute, die linkerhand Unrecht verursachten während sie rechterhand beflissen im Gesetzbuch blätterten. Sie könne Schwierigkeiten bekommen, schrieb er ihr. Vehement schlug Karl hingegen Befürchtungen ihrerseits in den Wind, es könne ihm schon während des Reichsarbeitsdienstes in Rerik, den er im Frühjahr 1943 antreten musste, etwas passieren. Und er widersetzte sich ebenso in seinem letzten Brief, den er ihr damals schrieb, bevor er, wie 108594 andere seines Jahrgangs auch, an die Ostfront aufbrach, ihrer Empörung über jene Dorfbewohner, die sich regelmäßig zu „Seiner Geburtstagsfeier" im April, immer wieder und mit unverhohlener Häme, an jenen schlimmen Vorfall vor beinahe zehn Jahren erinnerten. Weder mit seinem früheren noch mit seinem jetzigen Leben habe das Gerede dieser Leute irgendetwas zu tun, antwortete Karl. Menschen schwatzten nun mal, wenn sie nichts anderes mit ihrem Geist anzufangen wüssten. Klatsch sei eben die leichteste Übung, Kopf und Bauch auf Trab zu halten. Er aber habe für diese Art Leichtigkeit kein Talent und eben darum möge sie doch bitte keine weiteren Details mehr an ihn senden. Es dauerte bis zum Ende des Krieges und noch ein weiteres Jahr bis Karl Dorfmann Katharina Frey in einer kleinen Notiz seine Rückkehr nach Loosen für eine einzige Nacht ankündigte.

Nachdem Karl Dorfmann seinen Arbeitsdienst geleistet und die allgemeine Grundausbildung in der Wehrmacht absolviert hatte, wobei ihm vor allem die Waffen- und Schießausbildung zu schaffen machte und viel Spott eintrug, war sein Körper seit Herbst 1944 angefetzt und beinahe blutleer auf eine harte Pritsche irgendwo im Brandenburgischen geschnallt, wo es Wochen dauerte bis dessen Heilung sicher schien und Monate bis jene vollendet war. Die ungehaltene Brutalität, mit der ihn die feindlichen Waffen zu Boden gerissen hatten, rüttelte Karl Dorfmann mächtig durcheinander. Sie hatte ihm unmissverständlich vor Augen geführt, dass er noch lange nicht unverantwortlich war für dieses große, grausame Gemetzel, nur weil ein anderer und nicht er die Lunte ausgelegt und gezündet hatte, nur weil ein anderer und nicht er jemanden in den Wald geführt hatte, nur weil ein anderer und nicht er auf wehrlose Widersacher geschossen hatte. Seine persönliche Zurückhaltung, in den eigenen Reihen zumeist als Schwäche ignoriert, blieb aus der Perspektive ihrer Widersacher betrachtet, vollkommen bedeutungslos. Gewissenhaft und total verwüstete Landstriche verursachten eine ungeheure Zündkraft in der gegnerischen Offensive.

Karl Dorfmann drohte durch jenes quälende Feuer der Selbstbezichtigung innerlich zu verbrennen. Aber seine Pfleger sorgten dafür, dass sein Körper überlebte und so blieb ihm nichts anderes übrig, als seinem gerade geretteten Leben erneut Zurückhaltung abzufordern. Also stieg er ein weiteres Mal mit schwerem Schritt in seinen Kohlekeller hinab, wo Zeit des Lebens der Putz von den Wänden bröckelte, sobald man versehentlich daran vorbeistreifte. Wo niemand ihn je besuchen konnte, weil allein Staub und Ruß lockten, gelagerte Äpfel und immer zu wenige Gläser weich gekochter Pflaumen. Und wo niemand, das wusste Karl Dorfmann ganz genau, wo niemand jemals aufrecht würde gehen können.

So überlebte Karl diesen Krieg und kam alsbald in ein zertrümmertes Berlin zurück. Fräulein Maler, die unverheiratete Schwester seines früheren Meisters, nahm ihn bei sich auf. Endlich fand er Arbeit bei einem Drucker, später wechselte er in eine Buchhandlung. Er besuchte die Abendschule, machte Abitur, studierte und wurde Bibliothekar an einer der Universitätsbibliotheken. Dort traf er auch an einem sehr heißen Tag, inmitten der Semesterferien Ines Abel, die gerade seine Bücheregale nach Hinweisen über ehemalige Schriftstücke mehrerer Ordinarien durchsuchte. Ines war besessen von ihrem journalistischen Vorhaben und genauso gnadenlos in ihrem Bestreben, sich nicht von Karl Dorfmann abweisen zu lassen. Wie verschlossen er auch war, es gelang ihr tatsächlich sich die Schlüssel zu seinem Haus zu verschaffen und zumindest in dessen Erdgeschoss, also ein Stockwerk über ihm, ganz gemütlich ihre Möbelstücke zu platzieren.

Nur ein einziges Mal im Jahr, früh am Morgen, verließ Karl Dorfmann die eingezäunte Stadt. Er fuhr mit dem Zug quer durch die noch verschlafene Landschaft hinüber gen Westen, wo er manchmal zu Fuß, manchmal mit dem Bus, gelegentlich auch mit dem Taxi die Landstraße nach Loosen bezwang. Er brachte kein Gepäck mit, keine Blumen. Er saß die meiste Zeit direkt neben ihrer

Grabstelle oder, falls es regnete, seitlich neben der Leichenhalle, von dem tief herunterhängenden Dachvorsprung geschützt. Nur wenige Friedhofsbesucher haben sich im Laufe der vielen Jahre zu ihm gesellt. Spätestens gegen fünf Uhr nachmittags erhob sich Karl Dorfmann wieder und fuhr zurück nach Berlin.

In diesen Stunden dachte Karl Dorfmann an jenen Abend, als er es nicht rechtzeitig aus dem Keller nach oben schaffte. Dachte daran, wie es schwarz und dann weiß und rot und wieder schwarz um ihn herum geworden war. Jede Farbe erzählte ihm ihre eigene Geschichte gerade so ausführlich, als wäre sie sie wichtigste. Und dann, ganz am Schluss, wenn alle Denkwürdigkeiten ihr Tribut eingefordert hatten, erinnerte er sich an jene Nacht, der Krieg war zu Ende, sein Vater bereits gestorben, als er sich, zusammen mit Katharina Frey und Ralph Fallinger, dem Beschluss der Gemeinde widersetzte, und unerschrocken, ja geradezu liebevoll, das zerschlissene Leinentuch aus den auseinanderfallenden Holzlatten dem lehmigen Boden hinter dem Hühnerstall entnahm und es in der großen Schubkarre auf der holprigen Hauptstraße quer durch das mondhelle Dorf auf den Friedhof fuhr, wo Fallinger bereits die rechte Seite des Familiengrabes der Freys geöffnet hatte und Katharina wie auch ihm am Hang mit lautlosen Schritten entgegenkam. Karl Dorfmann sah sofort, dass er deutlich gealtert war, aber ihr, und dabei war sich Karl zu hundert Prozent sicher, ihr hätte er immer noch allzu gut gefallen. Er beobachtete Ralph Fallinger, wie er, ohne zu zögern, nach dem anderen Ende des Leinentuches griff und es genauso vorsichtig wie er es selbst tat, in die Grube hinuntersinken ließ, so als könnten sie Margret immer noch verletzen. Einer musste nach unten klettern und es war Fallinger, der zuerst den Entschluss gefasst hatte. Karl blieb nichts weiter übrig, als ihm endlich auch seinen Zipfel zu übergeben und zuzusehen, wie jener die umhüllten Überreste auf der kalten Erde auslegte. Katharina hielt die Lampe tiefer, die sie zum Dorf hin mit ihrem eigenen Körper schützte. Sie zitterte ein bisschen und die drei Narzissen in ihrer Hand wackelten sanft mit ihren zierlichen Köpfchen. Karl sah in ihr Gesicht, das vollkommen reglos war und im schwachen Schein der Lampe ungewöhnlich anziehend auf ihn wirkte. Er nahm ihr wortlos die Lampe aus der kalten Hand. Als sie endlich das Grab zugeschüttet und die beiden Rosensträucher, die zuvor dort gewachsen waren, wieder eingepflanzt hatten, schickte sich Karl an zu gehen. Aber Fallinger wollte ihn zurückhalten. Dieses Mal sollte man ihr jene Abschiedsworte nicht versagen, auf welche sie bei ihrem ersten Begräbnis verzichten musste, meinte er. Fallingers Stimme klang dabei ungewöhnlich rau, als habe sie schon lange keine Worte mehr hervorgebracht. Karl Dorfmann sah zu Boden als er schließlich erwiderte, dass man sich nur solange ein Mensch lebe, von ihm verabschieden könne. Wenn einer aber tot sei, müsse man ertragen lernen, dass man von ihm verlassen wäre und es Zeit seines Lebens auch bleiben würde. Dann zog er die Karre zurück durchs Dorf und verschwand alsbald im Schatten der mondhellen Landstraße.

Sie hatten erheblichen Aufruhr verursacht. Zum ersten Mal seit Ende des Krieges klagten die Dorfbewohner nicht ausschließlich über die eigene misslichen Lage und die schlechte Versorgungssituation in der nahegelegenen Kleinstadt. In der Hauptsache tuschelte man jetzt über die Beobachtungen einiger Nachbarn, die nicht nur am Fenster im obersten Stockwerk zufällig Zeugen einer unglaublichen Tat wurden. Einer hatte sich sogleich Hosen und Stiefel übergezogen und war in angemessenem Abstand bis zum Friedhof hinterhergeschlichen. Nicht alles war deutlich zu sehen gewesen, aber man wusste auch so Bescheid. Und während jene Beschuldigten, die man tags darauf sogleich einem direkten Verhör unterziehen konnte, zu diesen gewichtigen Vorwürfen schwiegen, schrieben andere einen unerquicklichen Brief an die Landeskirche und erhoben schwerwiegende Vorwürfe gegen jenen Mann, der vielen von ihnen, eigentlich schon von Anfang an, ein Dorn ins Auge getrieben hatte.

Und spätestens an dem Tag, an dem eine regionale Zeitung von diesem ungeheuerlichen Vorkommnis, das man zuallererst als Sittenverfall infolge der vergangenen sechs Kriegsjahre deutete, berichtete, war auch die Anweisung seiner Versetzung beschlossen. Wer jedoch partout daran glauben wollte, dass der Bericht über die unerlaubte Verlegung einer weiblichen Leiche auf den Loosener Friedhof das schlimmste Vergehen sein sollte, das in dieser ländlichen Gegend je geschehen sei, dem wurden in den folgenden Wochen bereits weitaus grausigere Tatsachen zu lesen zugemutet. Es war bei der örtlichen Polizei nämlich Anzeige erstattet, und einer der Ihrigen beschuldigt worden, Jahre zuvor im KZ-Ravensbrück an der Folter und Erschießung von Häftlingen beteiligt gewesen zu sein.

Als Ralph Fallinger an einem milden, gleichwohl regnerischen Mai-tag, endlich mit seiner Familie in dem alten Automobil, das ihnen die Eltern seiner Frau notgedrungen ausgeliehen hatten, Loosen in Richtung Süden verließ, läuteten Polizeibeamte gerade die Türglocke jenes Hauses, das dem der Dorfmanns am nächsten war. Als Frau Peters bereits misstrauisch die Eingangstür nur einen spaltbreit öffnete, wurde sie nach dem augenblicklichen Verbleib ihres jüngsten Sohnes gefragt, gegen welchen, womöglich versehentlich, man bitte um Entschuldigung, ein Ermittlungsverfahren eingeleitet und ein Haftbefehl ausgestellt worden sei.

12

Eine Z e u g i n

Die Gegenwart hinterlässt selten einen bleibenden Eindruck und Ausnahmen von dieser Gewohnheit macht sie am allerliebsten beim Grauen. Für gewöhnlich versucht sie, gerade erst angekommen, gleich wieder zu entkommen. Und tatsächlich besteht das Leben vornehmlich aus einer Aneinanderreihung von Selbstverständlichkeiten, die sich auf immerzu gleiche Weise wiederholen, uns damit in Sicherheit wiegen, und gerade deshalb schon tags darauf wieder in Vergessenheit geraten sind. Umso mehr schockiert es uns, wenn ein Augenblick aus diesem Programm ausbricht und bleibenden Eindruck hinterlässt. Am leichtesten gelingt ihm dies, wenn er sich von seiner bösartigen, seiner grausamen Seite zeigt. Dann haben wir allerhand damit zu tun, uns dieser Aufdringlichkeit wieder zu entledigen. Und schaffen wir das früher oder später, konnten wir eine uns plagende Aufregung tatsächlich aus der Gegenwart in die Vergangenheit verbannen, übersehen wir gerne, dass sie sich bloß einen Ruheplatz hat anweisen lassen, der noch dazu nur wenig abseits vom Trubel alltäglicher Geschäftigkeit gelegen ist. Die Gefahr, dass sie irgendjemand achtlos anschubst, dass man möglicherweise sogar selbst die Tür zu ihrem Hinterzimmer im Vorbeigehen aufstößt, ist überaus groß.

Marietta Weiss glaubte lange Zeit nur ungewöhnlich verblüfft gewesen zu sein, auf eigenartige Weise überrascht. So wie man sich fühlt, wenn man des Rätsels Lösung zwar nicht finden konnte, bei dessen Präsentation aber alles vollkommen einsichtig erscheint und man sich überhaupt nicht erklären kann, weshalb man nicht selbst zu dieser Schlussfolgerung gelangt ist. Erst allmählich begann Marietta nach Luft zu schnappen, so dass sie ihren Schritt verlangsamen und ihre Worte beschränken musste. Später spürte sie das dichte Geflecht immer deutlicher, das sich heimtückisch und tief in ihrer Brust um ihre Lunge gesponnen hatte, um ihr, ganz nach Belieben, so jedenfalls kam es ihr vor, mal mehr, mal weniger Sauerstoff zur Verfügung zu stellen, mit dem sie ihren Körper und ihren Geist wachhalten konnte.

Anfänglich schob sie die Unpässlichkeiten auf die vor einem halben Jahr vollzogene Trennung von Mann und Sohn. Letzteren hatte sie einfach nicht mehr bei seinen Großeltern abgeholt. Ersterem dagegen überließ sie die gemeinsame Wohnung mit allem, was sich darin befand. Sie wechselte den Arbeitsplatz, nahm eine Vertretungsprofessur im Nordosten der Republik an, wo ihr die Spaziergänge an der rauen See so gut gefallen sollten. Aber trotz der frischen Luft und dem beständigen Wind im Haar, das sie schließlich auf wenige Zentimeter kürzen ließ, wurde ihr nicht leichter zumute im Kopf, und ihr Körper versagte ihr ebenfalls immer öfter seinen Dienst und präsentierte sich ihr vornehmlich in überwältigender Trägheit.

An einem heiteren Frühlingsmorgen, kurz nach acht Uhr, schleppte Marietta Weiss ihren wunden Körper schwerfällig wie missmutig in den Seminarsaal im zweiten Stock, nachlässig mit einer dunklen

Hose und einem ebensolchen Pullover bekleidet. Die Sonne schien bereits durch die mit undurchsichtigen und staubigen Vorhängen versehenen Fenster hindurch. Marietta achtete geradezu argwöhnisch darauf, nicht von einem einzigen ihrer Strahlen berührt zu werden. Sie hätte diesem Licht unmöglich widerstehen können. Wäre gewiss auf der Stelle in sich zusammengefallen, hätte sich womöglich aufgelöst und wäre zu Staub zerbröselt. Erleichtert nahm sie auf ihrem Stuhl, den sie zuvor ganz an die Wand zurückschob, Platz. Der Tisch, den sie anschließend mit beiden Händen zu sich heranzog, quietschte laut. Die beiden einzigen Studentinnen, die schon vor ihr im Raum waren, blickten missbilligend in ihre versteinerte Miene.

„Es werden wohl keine anderen mehr kommen", meinte eine der beiden jungen Frauen so leise, dass es kaum zu verstehen war.
„Sie streiken mal wieder", sagte die andere in ungehaltenem Ton.
Marietta Weiss reagierte nicht. Sie ließ ihren Blick weiterhin auf den von Philippe Pinel befreiten Geisteskranken ruhen, die auf dem Print, das an der gegenüberliegenden Wand hing, zu sehen waren. Wer sich wohl die Mühe gemacht und die Kosten auf sich genommen hatte, von diesem Gemälde Charles-Louis Mullers, das in der Académie Nationale de Médecine in Paris hing, eine solch überdimensionale Kopie anzufertigen? Ohne Worte begann die dunkelhaarige Studentin jetzt Texte und Bücher auf dem Tisch vor

der Professorin auszubreiten. Wollte sie ihre Bildbetrachtung fort-
führen, war Marietta Weiss gezwungen, mit ihrem Stuhl weiter
nach rechts zu rücken.

„Das hier sind die am meisten zitierten Abhandlungen, die ich in
der Bibliothek für meine Arbeit auftreiben konnte. Ich habe mir gedacht, dass ich mich bei der Präsentation allerdings auf die grund-
legenden Positionen beschränke, die man für oder gegen den
Krieg als politisches Mittel einnehmen kann."
Marietta Weiss schaute das Mädchen jetzt an. Ihr Tonfall war reso-
lut und erinnerte sie sofort an sich selbst, daran, wie sie früher gewesen war. Sie blickte auf den Tisch, auf die vielen Bücher und
eine Fotokopie. Obwohl die Dunkelhaarige das Buch direkt vor sie
geschoben hatte, entdeckte es Marietta nicht gleich. Als ihr Blick
schließlich darauf fiel, streckten sich ihre Hände unwillkürlich danach aus. Schnell wollte sie es wieder zurücklegen, aber es glitt ihr
nicht mehr aus der Hand. Also hielt sie es weiterhin fest und starrte
auf das allzu vertraute Cover voller winziger Gemälde und Foto-
grafien von all den Kriegen des 20. Jahrhunderts, blutigen Auseinandersetzungen zwischen Polizisten und Demonstranten, Bildern
von malträtierten Kindern, ermordeten Frauen, von Neonazis, Stra-
ßenschlachten in verschiedenen Städten der Welt, Folterungen,
Kinderpornographie, Flüchtlingen, die gerade ertrinken oder verhungern, Massenhinrichtungen. „Zivilisierte Gewalt", der Buchtitel
war ganz unten mit fetten Buchstaben über die gesamte Buch-
seite gezogen. Oben links, ziemlich klein gedruckt dagegen, las sie

seinen Namen. Foto und Kurzbiographie befanden sich hinten auf dem Einband. Diese Ausgabe war ganz neu, aber Marietta Weiss kannte sie schon.

Die Dunkelhaarige schien ausgesprochen zielstrebig. In wenigen Augenblicken würde sie erste Fragen formulieren, die Marietta Weiss jetzt nicht mehr beantworten wollte. Also räusperte sie sich laut, bevor sie zugab, dass sie, Marietta Weiss, Kaspar Dorfmann gekannt hatte, und dass sie anwesend war, als das Unglück passierte. Sie blickte weiterhin stur auf das Buch, das ihre Hände noch immer nicht loslassen konnten und wartete darauf, dass sich die Dunkelhaarige besinnen und diesen Hinweis ignorieren würde. Aber die Studentin erwiderte kein einziges Wort. Sie blieb einfach stumm vor ihr stehen.

„Ich mochte ihn nicht. Dafür gab es viele Gründe. An jenem Samstag jedenfalls wollte ich ihn von seinem Stuhl schubsen. Ihm endlich den Garaus machen. Der Tod seines Vaters hatte ihn sehr mitgenommen und es war an der Zeit, ihm die Kontrolle über unser neues Projekt aus der Hand zu nehmen. Ich war mir sicher, dass er nicht vorbereitet sein würde. Wie auch? Er war in den Wochen davor nicht mehr ansprechbar gewesen. Zwar schrieb er angeblich an seinem Vortrag, stellte die Arbeitsthemen zusammen und koordinierte die Seminarangebote. Aber in Wirklichkeit machte das alles unsere Sekretärin, und wenn die nicht mehr weiter wusste, er sowieso nicht erreichbar war, blieb schließlich alles an mir hängen. Ich war guter Dinge, als ich am Abend davor in die Saalestadt kam und einigermaßen überrascht, als man mir an der Rezeption des Hotels sagte, dass mein Kollege schon da sei. Aber auf mein Klopfen an seiner Tür antwortete niemand und am nächsten Morgen erschien er auch nicht zum Frühstück. Er muss schon Tage davor kaum etwas gegessen haben, denn sein Magen war vollkommen leer gewesen. Hat jedenfalls der Gerichtsmediziner gesagt."

Marietta Weiss sah die beiden Mädchen prüfend an.

„Es ging ums Altwerden damals. Kein Thema für junge Leute wie ihr es seid."

Marietta Weiss drängte es in diesem Augenblick aufzustehen und sich fortzubewegen. Aber bald schon blieb sie, eine kurze Weile nur, an die Wand gelehnt, stehen, bevor sie sich endlich wieder auf ihren Stuhl setzte und ihren Kopf in beide Hände legte und leise weitersprach.

„Als wäre es gestern gewesen, sehe ich ihn in seinem braunen Anzug durch diese massive Holztür eintreten, eine dunkelgraue Ledermappe in der Hand. Er nickte mir zu und verschwand gleich hinter der Schiebewand im Nachbarraum, einer kleinen, exquisiten Bibliothek, deren Haupteingang zum Flur an diesem Morgen geschlossen blieb, denn der Schlüssel war nicht zu finden. Erst als alle Tagungsgäste von mir allein begrüßt worden waren, ihre Stühle zurecht gerückt hatten und sich ihre Gespräche nach und nach verloren, klopfte ich leise an die Schiebetür, um ihm ein Zeichen zu geben. Aber er kam nicht. Ich klopfte erneut und weil er auch dieses Mal nicht antwortete, schob ich die Tür zaghaft einen spaltbreit zur Seite. Zuerst sah ich ihn gar nicht, denn er hielt sich ziemlich weit links auf, direkt vor dem Wandschrank. Ich rief leise nach ihm. Eine abrupte Bewegung ließ mich erkennen, wo er stand. Er hatte sich halb umgedreht und, augenblicklich, als er mich sah, sanken seine Hände nieder und das, was er darin festhielt, schob er schnell hinter der Schranktür in ein Fach. Er verriegelte die Tür und nahm den Schlüssel mit, worüber ich mich wunderte. Dann schien er wieder vollkommen ungezwungen. Er griff nach seiner Mappe, schob die Tür auf und richtete endlich seinen Blick, den er, seit ich ihn gerufen hatte, nicht mehr von mir abgewandt hatte, über mich hinweg auf die anwesenden Kollegen. Unglaublich wie begeistert sie ihn begrüßten."

Marietta Weiss schüttelte den Kopf, der noch immer in ihren Händen lag.

Das blasse Mädchen war mittlerweile näher gekommen und hatte in der ersten Reihe Platz genommen. Die Dunkelhaarige dagegen stand immer noch unbeweglich neben dem Tisch mit all ihren Büchern.

Marietta Weiss sagte zu ihr, ohne aufzusehen, dass sie sich lieber hinsetzen solle, denn den Rest der Geschichte könne man unmöglich im Stehen ertragen. Sie selbst habe lange Jahre geglaubt, dass sie vollkommen unbelastet aus dieser Angelegenheit herausgekommen wäre. Aber heute, also jetzt gerade, in diesem Augenblick, wüsste sie genau, dass auch sie damals beschädigt worden sei. Dass sie Wunden davon getragen habe, die tatsächlich lebensgefährlich seien, vor allem auch deswegen, weil der Schmerz einfach nicht zu spüren wäre. Deswegen habe sie sich auch in den vergangenen Jahren nicht gekümmert. Aber mit jedem Tag ihres Lebens hätte sie ein kleines bisschen ihrer Tatkraft eingebüßt. Und das, was davon übrig geblieben sei, reiche wohl nicht mehr lange.

Die Dunkelhaarige griff nach einem Stuhl und setzte sich seitlich an den Tisch. Sie betrachtete die Professorin aufmerksam, wunderte sich über ihr kurzes Haar, das bleiche Gesicht mit den dunklen Augen, erschrak ein bisschen über ihren schmalen Hals, um den sie augenblicklich ihre Hände geschlungen hielt.

„Sie sollten wissen, dass Geschichten erzählen, befreit", sagte sie jetzt.

„Na, ganz so einfach ist das nicht. Finde erst einmal jemanden, dem du deine Geschichten erzählen kannst". Ihre Kommilitonin brachte ihren Einwand in ruhigem Ton vor, aber die roten Flecken an ihrem Hals waren nicht zu übersehen.

„Es war ein Zitat von Jean Améry, mit dem er seinen letzten Vortrag eröffnete: *Der Tag des Rückzuges mit fliegenden Fahnen, der totalen Niederlage vor einer feindlich gewordenen Welt, kommt für jedermann – so sicher wie der Tod, den er verkündet*".

Marietta Weiss glitt langsam mit ihren Unterarmen über den Tisch und presste dabei die Handflächen fest gegen die kühle Oberfläche.

„Ich habe seinen Vortrag so oft gelesen, dass ich ihn auswendig aufsagen kann."

Sie sah die beiden jungen Frauen an und zum ersten Mal lächelte sie.

„Er begrüßte niemanden, fing einfach an zu reden. Sprach auch dieses Mal vor allem vom Tod, von seinem Tod wie es sich herausstellen sollte, auf eine Art und Weise, als ginge es um Dinge, vor welchen er uns leider nicht verschonen konnte. Eigentlich wunderte ich mich von Anfang an über ihn. Wie er im Neuwerk ankam, worüber er dann redete, wie er es tat und dass er gleich danach wieder in der Bibliothek verschwand."

Marietta Weiss hielt inne und holte tief Luft. Sie griff nach dem Buch, öffnete die letzte Seite. Sein Foto war oben rechts zu sehen. Sie musste ihre Augen schließen, bevor sie weitersprach.

„Der Tag des Rückzuges mit fliegenden Fahnen, der totalen Niederlage vor einer feindlich gewordenen Welt, kommt für jedermann – so sicher wie der Tod, den er verkündet".

Bestimmt hat niemand von Ihnen jenes Buch gelesen, aus dem ich dieses Zitat entnommen habe und sein Autor ist Ihnen wahrscheinlich allein als ein Überlebender bekannt. In seinem „Diskurs über den Freitod" hat Jean Améry jedoch viele Gedanken zum „Hand an sich legen" zusammengetragen und ich habe diese ausgewählt, um Ihnen eine Brücke zu bauen zu meinen wissenschaftlichen, am Ende jedoch ganz persönlichen Erkenntnissen über eine besondere Fügung im Leben des alternden Menschen.

Mit dem „Leben aufzuhören" ist freilich nicht allein ein Aspekt des Alterns. Es ist für viele vor allem eine Gefahr, die immer droht. Selten eine Option, die sich dem Menschen, nach dem Verlust seiner kindlichen Unbewusstheit über die eigene Existenz, von Jahr zu Jahr oder von Ereignis zu Ereignis sukzessive offenbart als das, was sie sein könnte: ein Entscheidungsrecht. Zumeist wird dieses Thema gemieden als wäre es eine ansteckende Krankheit, luftdicht in einen Behälter gepackt, mit Warnzeichen in Signalfarbe versehen und in die hinterste Reihe eines Sicherheitsschrankes abgeschoben, zu dem nur wenige einen Schlüssel erhalten.

Häufiges Nachdenken über diese Option gilt als suspekt. Wieviel leichter fällt es daher den meisten von uns, sich dieser Sache wissenschaftlich zu nähern. Aber mit welchem Erfolg? „Vor dem Absprung" hat Améry eines seiner Kapitel genannt. Es beginnt damit, dass er auf unsere größte Schwäche hinweist. Wir Wissenschaftler schreiben so gerne Bücher zu wirklich interessanten Themen, über die wir aber letztendlich nur wenig zu berichten haben. Was bleibt, ist ein ständiges Kreisen um das Wesentliche, das aus dem Akt unserer verbalen Misshandlung immer wieder unversehrt hervorgeht. „Wie einfach das alles doch ist, man braucht nur aufmerksam der Fachliteratur zu folgen und weiß dann – was? Nichts. Wo immer der Suizid als ein objektives Faktum betrachtet wird, als gehe es um Galaxien oder Elementarpartikel, entfernt der Betrachter, je mehr Daten und Fakten er sammelt, desto weiter sich vom Freitod."

„An dieser Stelle, meine Damen, hielt Kaspar einen Moment inne".
Marietta Weiss sah die beiden Studentinnen zuerst fragend, bald
jedoch resigniert an. Wieder schien nur sie um Fassung zu ringen.
Wieder war nur ihr aufgefallen, dass es Zeit war, dazwischen zu reden. Irgendjemand musste doch die Frage stellen, musste eine Bemerkung vorbringen, musste ihm endlich Einhalt gebieten. Aber
noch bevor ihr eine angemessene Geste einfiel, hatte Kaspar Dorfmann wieder das Wort ergriffen.

*Sie können mir zustimmen, sagen, dass die Selbstmordrate bei äl-
teren Menschen ansteige und wir die Diskussion über den Freitod,
jenen „Kavalier in Schwarz mit bleichem Antlitz", wie Améry ihn seinem Leser vorstellt, im Zusammenhang mit unwiderruflichen Krank-
heitsprozessen nicht ignorieren dürfen. Aber an dieser Erörterung
bin ich nicht interessiert. Es ist ein vollkommen anderes Licht, das
ich auf diese Art des Sterbens werfen werde, eines, welches das
Warten auf den Tod beispielsweise als passives Verhalten enthüllt,
den Freitod dagegen, das Sich-selbst-Töten, als bewusste, aktive
Handlung deutet.*
*„Wer den Freitod sucht, bricht aus", schreibt Améry, bricht „aus
der Logik des Lebens", denn er hinterfrage, ob man überhaupt
„leben müsse? Da sein müsse, nur weil man einmal da" sei? Und
am Ende lande man mit diesen Überlegungen bei „Kleist, Chatter-
ton, Pavese, bei Celan und Szondi und den Namenlosen ohne*

Zahl, die da ‚gelinge' ihr Vorhaben oder nicht, etwas tief Mysteriöses und logisch Widersprüchliches tathaft zur Aussage bringen", nämlich den Satz: „Das Leben ist der Güter höchstes nicht."

„Das Leben ist der Güter höchstes nicht". Das ist die erste Seite jener kostbaren Medaille, die ich bei meinen Ausgrabungen in den vergangenen Monaten entdeckt habe. Ich hoffe, auch Sie verstehen sofort, um welch einmaligen Schatz es sich dabei handelt, denn diese Münze verliert ihren Wert nie.

Die andere Seite jener Medaille besteht in einem Hinweis von ebenbürtigem Wert. Es handelt sich dabei um ein Hilfsmittel sozusagen, eines, das Sie heute vielleicht noch brauchen werden, oder aber später, wenn Sie sich gezwungen sehen, eine Haltung zu finden, vielleicht sogar ein Urteil zu sprechen. Denn ganz am Schluss, und da bin ich mir zu hundert Prozent sicher, werden Sie eine solche bitter nötig haben. Sie wird zwingend für Sie werden, für das weitere Leben, Ihr eigenes weiteres Leben. Diese Seite nun, sie dreht sich natürlich auch um eine ernste Sache. Sie dreht sich ums Scheitern.

„Alle hörten ihm gebannt zu. Niemand wagte es, sich zu räuspern, niemand bewegte sich. Kein Tuscheln, kein zustimmendes, kein spöttisches Lächeln im Gesicht. Sie starrten ihn aufmerksam an und warteten voller Spannung auf jedes neue Wort, das sich aus seinem schönen Mund wohlklingend in ihre Ohren stahl und sogleich sämtliche ihrer Sinne betörte. Ich bin überzeugt, dass kein

einziger auch nur ein Wort von dem verstanden hatte, was er eigentlich meinte. Aber sie strengten sich wirklich an, ungemein sogar."

Während unsere Gesellschaft zumeist vom „Selbstmord" redet,
spricht Améry allein vom Freitod, der viel mehr sei als bloße „Selbst-
abschaffung. Es ist ein langer Prozess des Sich-Hinneigens, der An-
näherung an die Erde, ein Aufsummieren vieler Ziffern von Demü-
tigungen, welche von der Dignität und Humanität des Suizidärs
nicht angenommen werden."
Zurückweisung kommt jetzt ins Spiel. Wobei sich natürlich streiten
lässt, wer hier wen zurückweist oder welche der beiden Kompo-
nenten dabei am meisten zum Tragen kommt: Die individuelle, die
den Freitod erkennt als „freien Tod, als gänzlich individuelle Sache,
wenn auch niemals wirklich ohne gesellschaftliche Bezüge, aber
ein Geschehen, bei dem der Mensch letztendlich mit sich allein ist
und Gemeinschaft nicht mehr vorkommt".
Oder die gesellschaftliche, die wie selbstverständlich davon aus-
geht, „es sei nicht das Individuum, das sich seinen freien Tod gebe,
sondern die Gesellschaft, die in ihrer Problematik den schlecht ge-
rüsteten, widerstandslos ihr ausgelieferten Einzelnen zum Suizid
führe."
Wir wissen, dass es müßig wäre, sich darum zu bemühen, einen
Ausweg aus diesem Hin und Her zu finden. Was auch gar nicht nö-
tig ist. Denn ganz gleich wie groß der Anteil vieler an der Entschei-
dung eines einzelnen auch sein mag, „im Augenblick, wo ein

Mensch sich sagt, er könne das Leben hinwerfen, wird er schon frei, wenngleich auf eine ungeheuerliche Weise. Das Freiheitserlebnis ist überwältigend. Denn nun gilt nichts mehr. (...) Er weiß, dass sich nichts ändert, alles aber aufhört."

Der Freitod ist kein Weg ins Freie, wie Freiheit auch „kein ein für alle Mal zu erobernder unveränderlicher Raum" ist, sondern „ein permanenter Prozess von neuen und immer neuen Befreiungen, die als Seins-Tröstungen nicht vorhalten."

Kann diese Art Zuspruch für einen Menschen nicht in ausreichendem Maße immer wieder erneuert werden, und was ausreichend in einem bestimmten Falle ist, entscheidet letztendlich allein der betroffene Mensch, bleibt sein Dasein brüchig und für manche von uns wird dieser Zustand schließlich untragbar.

„Die ganze Zeit über hatte er seinen Zuhörern beinahe reglos gegenüber gestanden. Jetzt hob er seine Hände, deren Innenfläche er dem Publikum zuwandte, als dränge es sich ihm auf und als müsse er es entschieden von sich fernhalten. Dann presste er die Innenflächen der Hände gegeneinander, senkte seinen Blick auf irgendeine Stelle direkt vor ihm am Boden und auch sein Kopf neigte sich einen kurzen Augenblick nach vorn".

Marietta Weiss schluckte.

„Es war die letzte Gelegenheit zu entkommen, bevor sein Vortrag zu Ende war und er mit einer tiefen Verbeugung sogleich in der Bibliothek verschwand. An dieser Stelle hätte man ihn noch aufhalten können."

Marietta Weiss rückte mit ihrem Stuhl nach hinten, stand auf und stellte sich vor das Fenster, direkt ins grelle Sonnenlicht. Sie verschränkte die Arme vor ihrer Brust und wäre die Fensterbank nicht zu breit gewesen, hätte sie ihre Stirn an die Scheibe gelehnt und wäre noch ein paar Minuten länger dort stehen geblieben. So aber drehte sie sich wieder um, setzte sich auf einen Stuhl, der direkt vor ihr stand und redete über die Tische hinweg den beiden Studentinnen zu, während die Sonne unterdessen ihren Rücken warm streichelte.

Entschuldigen Sie bitte, all das hat nicht viel mit Ihnen hier zu tun. Vielleicht ist es ohnehin eine Illusion, zu glauben, dass wir etwas gemeinsam hätten, worüber es sich zu sprechen lohnte. Etwas, für das wir eine gemeinsame Lösung finden könnten, weil wir die Welt miteinander teilen.

Ich möchte Ihnen zum Abschluss noch eine Geschichte erzählen. Das empirische Pendant zu meinen bisherigen theoretischen Ausführungen quasi. Sie beginnt mit einem Mann namens Gospodin Kiriloff, dem der russische Schriftsteller Fjodor Michailowitsch Dostojewskij in seinem Buch „Die Dämonen" eine wundersame Rolle zugespielt hat. Denn auch dieser Mann beansprucht für sich das Entscheidungsrecht über sein Leben. Nennt es den Augenblick größter Freiheit, wenn er – nicht wegen eines Leidens und schon gar nicht wegen seines Alters – seinem Leben selbst ein Ende bereitet. Zu überwinden bleibt ihm dabei zum einen die Angst vor dem Schmerz während des Sterbens und zum anderen die noch größere Angst vor der Ungewissheit über das, was mit dem Tod auf ihn wartet.

Kiriloffs Bekanntschaft habe ich vor noch nicht allzu langer Zeit gemacht. Eine junge Dame stellte uns vor. Durch sie erst bin ich überhaupt auf diese Betrachtungsweise aufmerksam geworden. Diese junge Dame sah sich ihrem Leben gegenüber ebenfalls nicht bis aufs Letzte verpflichtet und trennte sich frühzeitig, also noch bevor das Unheil gewaltig über sie hereinbrechen konnte.

Aber die Katastrophe kam dennoch, nicht zu ihr, aber zu jenen, die zurückgeblieben waren. Einer wurde für ein Verbrechen bestraft, das er gar nicht begangen hatte. Ein anderer zu lebenslanger Einsamkeit verurteilt. Und ein dritter verlor ebenfalls sein Leben, allerdings ohne zu sterben. Er versagte sich zu weinen und damit zu trauern und in der Folge wieder froh zu sein und zu lachen und andere zu lieben. Über einen vierten reden wir zuletzt. Wenn ich nachdenke, gibt es noch viele andere, die auch in Mitleidenschaft gezogen worden sind und einige von ihnen sind mir noch nicht einmal bekannt. Wer am meisten litt? Das weiß ich nicht. Aber wer sich am wenigsten um Heilung gekümmert hat, das war ich.

Alles hing zusammen. Nichts war so einfach, wie ich es mir zurechtgelegt hatte. Und meine eigene Position in diesem Gefüge blieb mir bis zuletzt verborgen. Wir bewegen uns zu wenig. Ja, wenn man zufrieden altern will, sollte man sich viel bewegen. Und Änderungen sollten nicht allein im Wechsel der Farben einer ansonsten gleichbleibenden Fassade bestehen.

Ich habe wahrhaftig kein anderes Haus gebaut. Heute wie früher blieb es ohne Fundament. Sein Bewohner ist immer noch unfähig, Kontakt zu anderen aufzunehmen und wenn er redet, dann nur mit sich selbst.

Ich sage das nicht mit Wehmut. Auch nicht mit Verdruss. Im Gegenteil. Ich sage es mit Zufriedenheit, bin geradezu froh darüber, es sagen zu können. Endlich kenne ich mich aus, weiß um Ereignisse und ihre Verzahnung, um Beweggründe und Haltungen. Und um die Konsequenz.

Herr Kiriloff hat mich dazu angeregt, nachzuforschen. So bin ich auf Monsieur Améry gestoßen. Und wir alle drei haben uns in der wenigen Zeit, die uns zu einer gemeinsamen Unterhaltung über dieses heikle Thema verblieb, zwar auch gestritten, Unterscheidungen formuliert und unsere verschiedenen Motive erörtert, aber zuletzt haben wir dasselbe Ziel vor Augen gehabt.

Mehr als auf Gleichgesinnte zu treffen, sich mit ihnen aufs Heftigste auszutauschen und dann denselben Weg einzuschlagen, kann man sich nicht wünschen. Das ist eine Hoffnung, die auch Ihnen bleibt.

Jetzt würde ich mich allzu gerne umdrehen und gehen. Aber, ich bemerke selbst, es fehlen zum Abschluss ein paar Worte, die eine Brücke schlagen zu jenem Thema, das unser Zusammentreffen hier verursacht hat. „Aufbruch in ein neues Altern. Die Entwicklung neuer Identitäten und Lebensstile alternder Generationen im sozialwissenschaftlichen Diskurs."

Glauben Sie mir, keine Materie hat mir je so viele Schwierigkeiten bereitet wie diese. Bis heute habe ich mich nicht mit ihr auseinandergesetzt. Sie müssen entschuldigen, aber unter den besonderen Umständen meines Lebens kann ich mir ein Altern in dieser Gesellschaft nicht vorstellen. Dazu hätte ich nicht die Kraft, nicht die Ausdauer, die man braucht, wenn man jeden Tag einen immer noch größeren Verlust erleidet und es zumeist, in meinem Fall gewiss, niemand gibt, der mich aufzufangen bereit wäre, mich, der ich als ich selbst festhalten sollte, nur immer darüber hinweggeredet und höchstens drei Mal auf brandenburgischen Alleen einen alten Mann zu seiner letzten Wohnstätte gefahren habe.

Meine sehr verehrten Damen und Herren: Wir altern gerade so, wie wir leben.

„Er wusste, dass ihn niemand unterbrechen würde. Dass keiner das Gebot der Höflichkeit außer Kraft zu setzen wagen würde und Einwände vorbrächte gegen jene ersten Worte, mit denen er Sie herzlich begrüßen sollte".

Wenige Augenblicke zuvor noch wären Marietta Weiss beinahe Tränen übers Gesicht gelaufen. In diesem Moment aber, am Ende des letzten Vortrages des Kaspar Dorfmann, wirkte sie außerordentlich gefasst. Sie konnte sich jetzt nicht gehen lassen, das wusste sie. Denn sie würde diese nächsten Minuten, die noch vom Unglück fehlten, unmöglich überstehen, tränenüberströmt und nervlich bis ans Ende erschöpft.

Erst musste noch Philine Lauter die Tür zum Tagungssaal öffnen, mit zaghaften Kopfbewegungen nach ihr suchen und dann, wenn sich ihrer beide Blicke trafen, wenn Philine ihren missbilligenden Ausdruck im Gesicht entdeckte und sie die Unruhe der anderen endlich zu deuten wusste, genau in diesem Augenblick würde der Schuss fallen und sie, die der Schiebetür am nächsten war, würde hinlaufen und dort von der Rothaarigen zur Seite geschubst werden, während die beiden Türseiten auseinander rollten und sie ihn sogleich vor dem Tisch liegen sähe und daneben, bereits kniend, seine Frau mit den mit seinem Blut verschmierten Lippen.

Es war schon fast dunkel als Marietta Weiss immer noch am Strand entlang lief. Heute erschien ihr die See nicht unendlich und sie kam sich nicht winzig vor. In ihr pochte es heftig. Eine der beiden Studentinnen hatte ihr am Morgen ihre Hand behutsam auf den Oberarm gelegt und die Dunkelhaarige hatte ein paar Worte gesprochen, an die sie sich nicht mehr erinnern konnte. Sie hatte den beiden alles erzählt. Und danach war das Seminar zu Ende und sie haben sich einfach getrennt. Sie war hinterher nicht nach Hause gefahren und hatte sich nicht in ihren abgedunkelten Räumen vor dem lichten Tag versteckt, sondern war in ein kleines Café gegangen, hatte dort etwas Warmes gegessen und schwarzen Tee dazu getrunken. Anschließend war sie zum Strand gefahren. Spät erst hatte sie ihre Schuhe und Strümpfe ausgezogen, die Hosen hoch-

gekrempelt und war mit ihren bloßen Füßen im kalten Wasser gelaufen, das gewaltig heranrollte und sich kaum weniger kraftvoll
wieder zurückzog.

An diesem Abend aber wankte Marietta Weiss kein einziges Mal.

FSC
www.fsc.org
MIX
Papier | Fördert
gute Waldnutzung
FSC® C083411

Zeitfracht Medien GmbH
Ferdinand-Jühlke-Straße 7
99095 Erfurt, Deutschland
produktsicherheit@kolibri360.de